呼吸课

〔美〕安·泰勒 著
卢肖慧 译

Breathing Lessons

天津出版传媒集团
百花文艺出版社

新经典文化股份有限公司
www.readinglife.com
出　品

Part 01

第一部

1

玛吉和艾勒·墨兰要去宾夕法尼亚的盐碱镇参加葬礼。玛吉的闺中女友死了丈夫。盐碱镇在巴尔的摩向北九十英里的一条乡村窄道上，葬礼星期六早晨十点三十分开始，所以艾勒算了算，他们八点左右就得动身。这让他心里不痛快。(他不是那种早起的人。)再说星期六是他最忙的日子，没人顶替他。还有一点，他们的车还在修车行。那车需要好好整修，星期六早晨车行一开门，准八点，他们才能把车取回来，不可能更早了。艾勒说他们最好还是不去了，可玛吉说他们一定得去。她和塞琳娜是一辈子的朋友。或者说差不多一辈子：四十二年，小学一年级在基梅尔小姐班上她们就成为朋友了。

他们打算七点起床，但玛吉准是设错了闹钟，所以他们睡过了头。他们匆忙穿衣，胡乱弄了顿早饭，咖啡机做好的咖啡和冷麦片。随后艾勒去店铺给顾客留条儿，玛吉去修车行。因为是去参加葬礼，她穿着自己最好的裙子——蓝白花叶图案，蝴蝶袖——和锃亮的浅口黑皮鞋。虽说只是中跟鞋，但她仍然走不快。她更习惯穿平底鞋。

还有一个麻烦，就是丝袜的胯裆不知怎的竟然滑到了大腿中间，她不得不踩着别扭的小碎步平移，就像一只圆鼓鼓的上足了发条的玩具在街上走。

好在修车行就隔了几个街区。（城区的这一部分，什么都聚在一块儿，他们家这种木结构的小房子边上就是人像摄影师的工作室，一间由一个女人独自经营的美容院，驾驶学校和足疗诊所。）天气很好，是和暖的、阳光灿烂的九月天，微风刚好吹凉她的脸。她压了压刘海，它们就像马的前额毛那样向外翘着。时髦的手提包夹在胳肢窝下。走到街口往左拐，就是港湾车行了。绿漆剥落的车库门已经升起，空旷的车库里刺鼻的油漆味儿让她想到指甲油。

她已经准备好了支票，车行经理说钥匙就在车上，所以她马上就可以把车开走。车停在车库深处，是一辆蓝灰色的道奇老爷车。这么多年了，这辆车从来没这么光鲜过。他们拉直了后保险杠，换掉了挤扁的后备厢盖，敲平了五六处鼓包和瘪坑儿，门上的锈斑也不见了。艾勒说得对，没必要买新车。她滑进驾驶座，转动钥匙，收音机也跟着响起来——梅尔·斯普鲁斯的《早安巴尔的摩》，一个热线节目。她暂且让收音机开着，调整了座位——准是被个头比她高的人往后挪过了，又把后视镜调低了一些。她的脸在眼前一闪而过，一张微微发亮的圆脸，蓝色的眼睛向中间倾斜，好像为什么事儿犯愁，其实只是因为光线暗淡她得使劲儿看而已。她换了挡，朝车行前门稳稳开去，车行经理正站在办公室门外，朝墙上的书写板蹙眉。

今天《早安巴尔的摩》讨论的问题是："怎样才算美满的姻缘？"一位妇女打进电话，说是趣味相投。"比如说你们都喜欢同样的电视节目啦。"她解释说。玛吉根本不在乎怎样才算"美满的姻缘"。（她已经结婚二十八年了。）她摇下车窗，招呼道："回头见！"车行经理从书写板上抬起眼睛。她的车从他身边滑过——终于，一个自己说了算的女人，红唇鲜艳，中跟皮鞋，开着一辆没瘪坑儿的车！

电台里一个轻柔的声音说："哦，我准备再嫁了。第一回结婚纯粹为了爱情。真的，纯粹的爱情无法维持婚姻。下星期六，我再结婚，为的是生活保障。"

玛吉看了一眼仪表盘，说："菲奥娜？"

她原本想踩刹车，却踩上了油门，车一下子冲出车库，直接冲到了街上。一辆百事可乐大货车从左边开来，撞上了她的左前挡板，那是车上唯一一处直到眼下还没出过毛病的地方。

小时候，玛吉和哥哥们玩棒球，摔倒时总说自己没事儿，怕他们不让她玩。她爬起来，没事似的继续跑，哪怕膝盖疼得要命。眼下她又想起这件事，因为车行经理奔出来，大呼："发生了……你还好吗？"她双目直视前方，一副不容侵犯的模样，告诉他："当然。干吗这么问？"还没等货车司机下车，她已经开走了。看司机的样子，就是要跳下来。实际上，车的挡泥板非常恼人地哗哗乱响，就像拖着一块马口铁在碎石地上跑。她拐过弯，等那两个家伙——一个抓耳挠腮，一个振臂挥舞——从后视镜里一消失，就马上停下车。菲奥娜的部分已经结束，取而代之的另一个女人用沙哑的男性化嗓音在电台里比较她的五个丈夫。玛吉熄了火，跳下车。她看出了问题在哪里。挡泥板被撞得朝里弯，刮擦着轮胎，她很惊讶车轮竟还能转动。她蹲在街边，两只手抓紧挡泥板边缘使劲拽。（她记得自己猫腰偷偷蹲在球场外场的蒿草地里，扯下被血粘在膝盖上的牛仔裤，疼得眉头紧蹙。）些许灰蓝油漆碎屑落在腿上。身后人行道上有什么人走过，她装作根本没注意，又猛拽了一下。这回挡泥板动了，幅度不大，不过刚好可以不刮到车轮。她直起身，拍拍手上的油灰爬进车里，却在里面坐了足足一分钟。“菲奥娜！”她又说了一遍。再次发动时，电台在做银行贷款广告，她关掉了收音机。

艾勒正在店铺门前等着，一套深蓝色西装使他显得陌生又异常神气，额前是夹杂着白发的浓密黑发。他头顶上方，一块金属招牌在微风中摇晃：萨姆相框店。镶框、打磨。专业展示您的绣品。萨姆是艾勒的父亲，三十年前因为“心脏衰弱”垮下来之后，他和店铺的买卖就毫无关系了。玛吉说到“心脏衰弱”总是要加个引号。她有意不朝店铺楼上的窗户看，楼上住着萨姆和艾勒的两个姐姐，他们过着闭塞、无聊、满腹牢骚的日子。他说不定正从上面盯着他们俩呢。她在街边停下车，自己挪到副驾驶上坐好。

艾勒走近汽车，好像思索着什么。他一开始挺满意的，绕过车盖，走到左边挡泥板处，突然停住脚步。那张橄榄形的长脸拉得更长了。他的眼睛本来已经细得看不清到底是黑色还是棕色，此刻困惑地眯成了两条倒垂的缝儿。他打开车门，一脚跨进去，朝她不满地横了一眼。

“碰上了个意外。”玛吉对他说。

“就从车行到这里？”

“我在电台上听见菲奥娜了。”

“才五条街！才五六条街！”

“艾勒，菲奥娜要嫁人了。”

他只好不再追究车的事情，她见状松了一口气。他眉头间的疙瘩松开了，看了她一眼，说：“哪个菲奥娜？”

“你的儿媳妇菲奥娜，艾勒。我们认识几个菲奥娜？你唯一的孙女的妈妈菲奥娜，她现在跳出来要和陌生人结婚，纯粹为了生活保障。”

艾勒往后挪了挪驾驶座，把车从街边开了出去。他好像在听什么声音——大概是车轮转动的声音。不过挡泥板上的那一拽显然有用。他说：“你从哪儿听到的？”

“电台里，我正开着车。”

“他们开始在电台上宣布这类事情了？”

“她打电话到电台，在节目里说的。”

“有点……自我中心，照我看。”艾勒说。

“不，她只不过——她还说杰西是她唯一真正爱过的人。”

“她在电台上这么说？”

“这是热线电话节目，艾勒。”

“哼，我不懂为什么现在每个人都要在大庭广众下推心置腹。”

“你觉得杰西会不会听见？”玛吉问道。她这才想到这事儿。

“杰西？这种时候？他中午能起床就不错了。”

玛吉没有反驳，尽管她本可以反驳。杰西其实是个早起的人，更何况他星期六要上班。艾勒是想说杰西没出息。（艾勒对他们的儿子可比玛吉要苛刻多了。杰西身上的优点他连一半都看不见。）她面向前方，望着滑向身后的店铺和住家，还有寥寥几个遛狗的路人。这是她记忆中最干燥的夏天，街道干得白花花的。空气像薄纱那样低垂。倒霉蛋杂货铺前，一个孩子在细心擦拭自行车辐条上的尘土。

“这么说，你先开上了安珀瑞街。”

“啊？”

“车行那条街。”

“哦对，安珀瑞街。”

“然后拐上戴姆勒……”

他又绕回挡泥板的事儿上来了。她说：“我出车行时撞的。”

“你是说就在那里？在车行里？”

“我想踩刹车，结果踩了油门。”

“怎么可能？”

“菲奥娜上电台，我吓了一跳。”

“我的意思是，踩刹车不用动脑筋，玛吉。你十六岁就开始开车，怎么可能踩错刹车和油门？”

“我这不就踩错了吗，艾勒。行了吧？我吓了一跳，就踩下去了。我们到此为止吧。”

“我的意思是，踩刹车基本就是条件反射。”

“你这么在意，就从我的薪水里出钱好了。”

这下，轮到他不说话了。她看出来他刚要开口，就改了主意。（她的薪水叫人笑掉大牙。她在一家养老院看护一帮老家伙。）

要是他们早知道，她想，出发前她会把车里也收拾干净。仪表盘上到处扔着停车场的票根。脚边的地上净是苏打水瓶盖和餐巾纸。小储物箱下挂着一圈圈红黑双色电线，抬腿时一不小心就会碰到，打断收音机里的音乐。她认为这都是艾勒弄的。男人好像走到哪里都要弄得到处是电线、电缆和绝缘胶带，而他们大概都没意识到这一点。

现在他们沿着贝尔莱亚路往北开，两旁景致错落多变。向前延伸的户外活动场地和墓园被突兀地冒出来的小店铺割断——酒庄、比萨店、漆黑一团的小酒肆和旅店，屋顶上耸着的巨大碟形天线使房舍显得愈发低矮。接着又出现了一片开阔的活动场地。大路上的车流也拥挤起来。星期六一大早，别人都心情大好地往什么地方赶，这一点玛吉十分确定。大多数汽车的后座上都坐着孩子，正是上体操课和练习棒球的时间。

“有一天，”玛吉对艾勒说，“我居然不记得怎么说‘拼车’了。”

“你干吗要记得？”艾勒问。

“哦，我说的就是这个。”

“什么？”

“提醒你时间的流逝，我就是这个意思。我想告诉我的一个病人，她女儿不会来看望她。我说：‘今天轮到她，呃……’我记不得那个词。我想不起‘拼车’这个词。可就好像上个星期才发生过似的，杰西要参加一场球赛，或去曲棍球训练营；戴茜有个女童子军聚会……哎呀，那时星期六我一整天就坐在方向盘后面当司机。”

“提起这个，”艾勒说，“你撞上的是一辆车，还是一根电线杆？”

玛吉伸手去手提袋里掏墨镜。“一辆货车。”她说。

“我的老天。你撞坏它没有？”

“我没注意。”

“你没注意。”

“我没停下去看。”

她戴上墨镜，眨眨眼睛。眼前的一切变得柔和优美起来。

“你从事故现场跑了，玛吉？”

“不是什么事故！只是小事儿，就像，就像随时会发生的那种小事儿。干吗这么小题大做？”

“让我把这事弄清楚，”艾勒说，“你从车行开出来，撞到一辆货车，接着开走了。”

“不，是货车撞到我。”

“不过是你的错。”

“嗯，没错，我想是的，要是你非要抓个人怪罪的话。”

“接着，你照开不误，一走了之。”

“是的。”

他沉默了。叫人提心吊胆的沉默。

“是一辆大得一塌糊涂的百事可乐货车，”玛吉说，“简直就是一辆装甲坦克。我打赌它连一块皮都没掉。”

“不过你都没有看一眼确认一下。”

“我担心要迟到，”玛吉说，“就是你，非坚持多留些时间在路上不可。”

“车行的人有你的名字、地址，你明白吗？货车司机只要一问就知道。警察会站在咱家门口等着我们。”

“艾勒，你能不能住嘴？”玛吉问，“你难道看不出我正心烦？我要去参加我交往时间最久、最亲密的朋友的丈夫的葬礼，也不知道塞琳娜眼下怎么样，而我还和她隔着整整一个州。此外，我还得从电台里听菲奥娜嫁人的事。再清楚不过了，她和杰西还爱着彼此。他们俩一直相爱，从来没停过。只是他们不能，呃，不能心意相通，不知怎么搞的。再说，我唯一的孙女忽然要去习惯一个新后爸。我觉得我们要分开了！我所有的亲戚朋友都从我身边离开，就好像……宇宙大爆炸什么的！我们再也看不见那孩子了，你明白吗？”

“反正我们一直都看不见她。”艾勒平和地说。他刹住车等红灯。

“我们都知道，这新丈夫可能是个性骚扰者。”玛吉说。

“我敢肯定菲奥娜会挑个比这出色的人，玛吉。”

她朝他横了一眼。（这可不像他，居然说菲奥娜的好话。）他盯着红绿灯，眼角挤出一道道斜纹。“哦，当然，她想挑个好的。”玛吉谨慎地说，“可哪怕世上最聪明的人都没法料事如神，何况她？他也许稳重温和、通情达理。他也许待勒罗伊不错，直到他住进这个家。”

红绿灯变了，艾勒继续往前开。

“勒罗伊，”玛吉若有所思地说，“你觉得我们最终会习惯那名字吗？听上去像个男孩的名字，像个橄榄球员。听听他们怎么念的：‘勒——来——了啊’。乡巴佬。”

“你有没有带我特地摆在餐桌上的那张地图？”他问。

“我有时想，我们应该开始按我们的习惯发音。”玛吉说，“勒——罗伊。”她想了想。

“地图，玛吉。你带了吗？”

“在我包里。勒——罗伊。”她说，漱口一样张大嘴巴，像法国佬那样发“r”的音。

“今非昔比，我们已经和她没什么关系了。”艾勒说。

“可我们还有机会，艾勒。我们今天下午就可以去看她。”

“嗯？”

“瞧他们住的地方：宾夕法尼亚的卡特威尔。去盐碱镇的路上正好经过。我们可以，”她说着，伸手去手提包里乱掏一气，“去葬礼，是不是，随后……哦，地图去哪里了？去葬礼，然后往回开，上一号公路……你猜怎么了，我想我没带地图。”

“妙极了，玛吉。”

“我想我把它忘在桌上了。”

“出门时我叫你拿上，记不记得？我说：‘你拿地图还是我拿？’你说：‘我拿，我把它塞在包里就是。’”

“喂，我不明白你干吗这么大惊小怪。”玛吉说，“我们只要看好路标就行。总有办法对付。”

“说得轻巧。实际上不这么简单。”艾勒说道。

“再说，塞琳娜在电话里给我指过路。”

“玛吉，你真相信塞琳娜的指路会带我们去要去的地方？哈！结果把我们带到加拿大什么地方，带到亚利桑那去了。”

“喂，有必要这么激动吗。”

“我们再也回不了家啦。”艾勒说。

玛吉从手提袋里拿出钱包和一包纸巾晃了晃。

“就是塞琳娜，弄得我们参加她自己的婚宴都迟到，忘了？”艾勒说，“我们花了一小时到处找那见鬼的小宴会厅。”

“真是的，艾勒。你怎么老像个唠唠叨叨的妇道人家？”玛吉说。她不再在手提包里翻找，显然塞琳娜的指路条也不知被她弄哪里去了。她说：“我是在替菲奥娜着想。她需要我们替她看孩子。”

“看孩子？”

“蜜月期间。”

他翻了她一眼，可她不明白那一眼是什么意思。

“她下星期六要结婚，”玛吉说，“总不能带着一个七岁的孩子去度蜜月吧。”

他还是不说话。

出了城，房屋越来越稀疏。他们掠过一处二手车场，一片树林，一个购物中心，购物中心的水泥地上已经稀稀拉拉停了几辆赶早的车。艾勒开始吹口哨。玛吉停止拨弄手提包的带子，僵住不动了。

有时候，艾勒一天说的话加起来不超过十个单词，即便他说话，你也弄不清他的情绪。他是个把事情压在心底的孤僻的人——这是他最严重的缺点。但他没有意识到，他的口哨会露马脚。举一个叫人不安的例子来说吧，他们结婚后不久大吵了一架，过后他们多少消了火气又和解了，他便吹着口哨去上班。那支曲子她一时分辨不出，直到后来才想起来。我怀疑我是否还那么在乎，就是这样唱的，像从前那样……

话说回来，口哨扯上的大都是些鸡毛蒜皮的小事——修修补补，就吹《这间老房子》；帮着收拾脏衣服送进洗衣房，就吹《维奇塔电话工》；再有，他在街上绕过一堆狗屎，过了五分钟会不知不觉就吹起《干点巫术》。

当然，有时候玛吉根本不知道他在吹什么。眼下他嘴里吹着的调儿，哦，好像还挺甜蜜，WLIF 电台里老是放。哦，说不定是他刮胡子时听到的，没什么大不了。

是佩茜·克莱恩[①] 的歌，对了。是佩茜·克莱恩的《发神经》。

她马上坐得笔直，说："神经正常的人都会去照看他们的孙子孙女，艾勒·墨兰。"

他吓了一跳。

"他们照看几个月，照看整个夏天。"她告诉他。

他说："但不会突然闯进别人家去看望他们。"

"当然会！"

"安·兰德斯[②] 女士认为不速之客是不体谅他人、自说自话的人。"他说。

安·兰德斯是他心目中的女英雄。

"我们又没有血缘关系。"他说，"我们现在连菲奥娜的公婆都不是。"

"直到咽气，我们都是勒罗伊的爷爷奶奶。"玛吉说。

他无话可说。

这一段路真够混乱的，要多乱有多乱——这儿冒出一家烧烤铺子，那儿一个游泳池展示厅。一辆卡车停在路肩，车里的南瓜堆得就要呼隆隆滚下来。一块五，看你能拿多少。招牌上这么龙飞凤舞地写着。南瓜让玛吉想到秋天，然而眼下天气这么热，她的上唇都冒出汗来了。她摇下这边的车窗，一股热烘烘的空气让她往后缩，只好又摇了上去。反正，有艾勒那边吹进来的微风就够了。他单手开车，左胳膊肘架在车窗沿上，西装袖管往上挽起，露出了手腕。

---

①佩茜·克莱恩（1932-1963），美国乡村歌手，20 世纪最有影响的歌手之一。

②安·兰德斯，《芝加哥太阳报》咨询栏目专栏写手的笔名，始于 1943 年。

塞琳娜曾说艾勒是个谜。那时候这话算是称赞。那会儿玛吉并没有和艾勒约会，她已经和别人订了婚，可塞琳娜还是不停地说："你怎么拒绝得了他？他是个谜。他太神秘了。""我没拒绝他。他又没追求我。"玛吉说，虽然她心里也在嘀咕。（塞琳娜说得不错，他真是一个搞不懂的谜。）不过塞琳娜本人却挑了个世上最"不神秘"的、把什么都写在脸上的人。有趣的老麦克斯！一点儿都不神秘。"我最快活的回忆是这样的，"麦克斯有一回说（那时他二十岁，在北卡大刚读完一年级），"我和另外两个大学兄弟会的弟兄去派对，我多喝了几口，回家时在后车座睡得烂熟，醒来后发现他们开到了卡罗来纳海滩，把我一个人扔在沙滩上。出尽了洋相，哈哈。早晨六点，我坐起来，眼前只有天空，层层薄雾弥漫的天空就像融入了大海似的，连天水相接的那一线分界都没有。我就站起来，脱光衣服追逐浪潮去了，独自一人。这辈子最快活的一天。"

要是那时候有人告诉他三十年后，他会死于癌症，而那个海滩之晨会是他留给玛吉的最清晰的画面呢？雾蒙蒙的气息，湿润的空气撩着赤裸肌肤的感觉，第一波裹携着咸腥味儿的冰凉的海浪——玛吉希望自己也在那片海滩上。她忽然对眼前一晃而过的沐着阳光的参差杂乱的广告牌生出感激来，就连座椅上粘住手臂的人造皮革都让她生出感激来。

艾勒说："我有些好奇她会嫁给谁。"

"什么？"玛吉说。她有点儿摸不着头脑。

"菲奥娜。"

"哦。"玛吉说，"她没说。"

艾勒想超过一辆油罐车。他朝左一偏，瞥了一眼后面的交通情况。过了半晌，他说：“我估计她也不会宣布，在电台上。”

“她只是说，为了生活保障。她说前一次为爱结婚，结果砸了锅。”

“爱情！”艾勒说，“她才十七岁，对爱情一无所知。”

玛吉朝他看过去。她倒是想问问，对爱情需要知道什么？可他这会儿正嘀嘀咕咕地骂那辆油罐车。

“说不定这次找个年纪大些的，”她说，“父亲般的人。她要有生活保障。”

“这家伙明知我想超车，偏要不断挤上我的车道。”艾勒告诉她。

“说不定她想嫁人以后可以不出去工作了。”

“我不知道她工作过。”

“她找到过一份工作，艾勒。你又不是不知道。她告诉过我们。勒罗伊开始上托儿所时，她在美容院找到过一份工作。”

艾勒朝油罐车按喇叭。

“我不懂，要是你没法儿倾听别人说话，你干吗非要和别人坐在一起。”她说。

艾勒说：“玛吉，你今天怎么回事？”

“你什么意思？”

“一触即发，你怎么回事？”

“我没一触即发。”她说着往上推了推墨镜。她可以看见自己的鼻尖——鼻梁之下小而圆的鼻尖。

“是塞琳娜。”他说。

“塞琳娜？”

“塞琳娜让你心烦，所以你就冲我恶声恶气。”

“哦，我当然心烦，”玛吉说，“可我并没有冲你恶声恶气。”

“是的。你就是。还有，这也是你为什么不断唠叨菲奥娜的原因，尽管你这几年根本想不到她。”

“不是这样。你怎么知道我不常想到菲奥娜？”

艾勒终于一拐，超过了油罐车。

现在，他们开进了真正的乡间。两个汉子在一片空地上劈柴，一条皮毛黑亮的狗守在他们旁边。树叶还没泛黄，但已经不那么鲜绿，这意味着它们不久就会变色。玛吉望着路旁围住田园的一排日久剥蚀的木栅栏。多么有趣，某个场景埋在记忆里，连你自己都不知道。直到你看见了原先的场景，你想，啊，原来它一直就在那里。就像一个梦，到了早晨，你还会断断续续想起梦境里的碎片。比如说，这圈栅栏。在前去侦察的路上，她看见过这些栅栏，那些记忆碎片不知不觉又回来了。“荷叶花边。”她对艾勒说。

“嗯？”

“他们不是管这种栅栏叫荷叶花边吗？”

他瞥了一眼，但栅栏已经落在身后了。

她把车停在离菲奥娜母亲的住所有一定距离的地方，自己坐在车里，等着看勒罗伊，等待哪怕只是最短暂的一瞬，哪怕只是看一眼。

要是艾勒知道她这么干，他一定会发脾气。

那时菲奥娜刚离开，接下去的情景玛吉永远不愿再想起。（她称之为“那个糟透了的早晨”，努力让它消失在记忆里。）哦，那些日子她就像个中邪的女人。勒罗伊还只是个小婴儿。而对小婴儿，菲奥娜又知道多少？她向来靠玛吉帮忙。所以在一个空闲的下午，玛吉开车去卡特威尔，停了车，等着。过了不久，菲奥娜抱着勒罗伊从另一个方向走出来，脚步轻快，金色长发飘啊飘，小婴儿的脸蛋儿就像一枚鲜艳的小圆纽一样搁在她的肩头。玛吉的心脏直跳，仿佛跌入了爱河。从某种角度来说，她的确坠入了爱河，爱勒罗伊和菲奥娜，都爱；就连自己的儿子也爱，爱他笨手笨脚地抱着他的女儿，让她紧贴着他黑皮夹克的样子。可是她不敢露脸——至少，还不到时候。结果她跑回了家，告诉杰西："我今天去了一趟卡特威尔。"

他的脸突然亮起来，眼睛望着她，一瞬间又惊奇又害怕，然后他调转目光，说："那又怎样？"

"我没跟她说话，不过我能看出来她想你。她独自抱着勒罗伊在街上走。身边没人。"

"你以为我在乎这个？"杰西说，"你以为我在乎什么？"

可第二天早晨，他把车借走了。玛吉松了一口气。（他是个可爱、温和、好心肠的孩子，有种天赋，能吸引别人围在他身边。这事情马上就会解决。）他一整天都没回来（她每隔一小时就从上班的地方打电话回家察看情形），做晚饭时才回家。"怎么样？"她问。

"什么怎么样？"他说着跑上楼梯，把自己关进屋子里。

她这才意识到解决这件事要花的时间可能比她想象的长。

有三次——勒罗伊的头三个生日——她和艾勒按规矩去看望她，祖父母先预约，带着礼物去看望孙女。但在玛吉心里，真正的看望是她的偷窥之行，那些偷窥之行无需计划，好像有一根看不见的长绳把她生生往北边拽。她要去超市，结果发现自己已经开车在一号公路上了，正翻起衣领藏起脸，以免被认出来。她会在卡特威尔镇上的儿童游乐园里晃悠，无所事事地在沙箱边翻看自己的指甲。她也会套着艾勒姐姐琼妮鲜红的假发，潜进镇上的小街侧巷。她常想象自己老了以后戴着这么个假发的模样。她想等勒罗伊上学了，她也许可以受雇当学生交通护卫员什么的。她也许可以伪装成女童子军领头人，自己租一顶女童子军营帐，如果她们有这种要求。她也许可以在勒罗伊的高中毕业舞会上给她当监护人。哦，没必要这么激动。从杰西阴郁的沉默中，从菲奥娜在儿童乐园里推秋千架时那无精打采的神色中，她明白他们两人不可能分离太久。他们会吗？

后来，一天下午，菲奥娜的母亲推着勒罗伊的童车在卡特威尔镇的主街上走着，被她盯上了。斯塔奇太太是个毫无形象可言的邋遢婆娘，还抽烟。玛吉对她不放心，对她的所作所为也相当不满，而且玛吉没错，看看她干了些什么吧：把勒罗伊和小童车留在万灵童药房门外，自己就跑进药房去了。可把玛吉吓坏了。勒罗伊会被拐走！会被随便哪个路人拐走！玛吉朝童车走去，走到勒罗伊跟前蹲下。

“小甜心，”她说，“要不要跟奶奶一起走啊？”孩子瞪着她。那时小女孩，嗯，大概十八个月左右吧，小脸出奇地像个大孩子。小腿已经没了婴儿的那种胖嘟嘟。眼睛跟菲奥娜一样是粉蓝色的，但更漠然，好像根本不认识玛吉似的。“我是奶奶。”玛吉说。可勒罗伊开始扭动，尖叫起来：“妈妈——妈妈？”没错，孩子就是朝斯塔奇太太刚才走进去的那道门望过去的。玛吉站起来，飞快地跑掉了。遭拒就像是挨皮肉之苦，像胸口挨了一拳。她从此再也不去偷窥了。

春天，她开车来这里，林子里开着白色的山茱萸，它们的洁白点亮了青绿的山岭，就像细小的满天星点缀着一捧盛放的鲜花。有一次，她还见到一只小动物，不是常见的小东西——不是兔子，也不是浣熊，而是体型更细巧、毛色更漂亮的小生灵。她急忙刹住了车，马上调弄后视镜观察，因为它已经落在了汽车后面。可那只小动物一下子窜进灌木丛底下去了。

"什么事情一碰上塞琳娜，就会变得棘手，"这时艾勒开口道，"她其实可以在麦克斯刚去世时，就打电话给我们，可她不，一直拖到最后一分钟。他星期三去世，她星期五晚上很晚才打电话。找 3A[①] 咨询行车线路已经太晚了。"他望着眼前的道路双眉紧蹙，"哼，你不觉得她会让我当抬棺人什么的吧，是不是？"

"她没提。"

"不过她告诉你需要我们帮忙。"

"我想她指的是精神上。"玛吉说。

"抬棺说不定就是精神上的帮助。"

"难道这不是体力上的帮助？"

"唉，也许吧。"艾勒说。

一片牧场上零星出现了一些小店铺，他们慢慢穿过这座小镇。几个妇人站在一只邮筒前说着话。玛吉扭头去看她们。她觉得自己被忽略、被扔在一边，很眼热，就好像她认识这些人似的。

"要是她叫我当抬棺人，我这身衣服也不合适。"

"你这身衣服很合适。"

---

① AAA，American Automobile Association，美国汽车协会。

“我没穿黑西装。”

“你没有黑西装。”

“我穿的是深蓝的。”

“深蓝西装没问题。”

“再说，我的背也不行。”

她望着他。

“而且，我跟他也不太亲近。”他说。

玛吉朝方向盘那边伸出手，放在他的手上。“没关系，”她对他说，“我相信她只希望我们在那里坐着就好。”

他朝她不无遗憾地一笑，简直就是皮笑肉不笑。

他是个谈“死”色变的人，连小毛病都不能应对。她切除阑尾的时候，他硬是找理由远离医院，声称自己得了感冒，怕传染给她。要是孩子生了病，他就装作没看见。他跟她说是她自己捕风捉影、胡思乱想。任何他终有一天要死的暗示——比如，他得对付人寿保险——都会让他板着脸、恼怒、发牛脾气。而玛吉恰恰相反，她担心自己万一老而不死怎么办，也许是她在养老院里看了太多先例。

如果她先死，那他大概就装聋作哑，当什么都没发生吧，生意照做，口哨照吹，一如既往。

他会吹什么调呢？

他们正驶过萨斯奎汉纳河，科纳温戈电力公司维多利亚风格的上层建筑耸立在他们的右侧。玛吉摇下车窗，探出去观望。她能听见远处哗哗的流水声；她几乎能呼吸到水汽，吸吮从桥下喷涌而上的如烟的水雾。

“你知道我刚才突然想起了什么？”艾勒提高了嗓门说，“那个女艺术家，叫什么名字来着。她今天早晨要拿些画到店里来。”

玛吉又摇上车窗。她说：“你不是打开电话留言机了？”

“有什么用？她已经说定要来店里了。”

“我们说不定可以在什么地方停一停，给她打个电话。”

“我没带她的电话号码。”艾勒说。接着他又说：“我们兴许可以打电话给戴茜，让她打给那女人。”

“这时候戴茜已经上班了。”玛吉告诉他。

“头疼。”

戴茜飘进玛吉的脑袋。她苗条、漂亮，有艾勒的深色眼睛和头发，还有玛吉的小骨架。“哦，我的天。”玛吉说，“她最后一天在家，我真恨不得和她在一起。”

“她又不在家里，你刚才还告诉我。”

“可晚些她会回家的。”

“明天你有足够的时间看她。”艾勒解释道，“足够。”

明天他们要开车送戴茜去学校——大学一年级，她第一年离开家。艾勒说：“一整天关在车里，你会看她看得厌烦透顶。”

“不，我不会。我永远不会厌烦戴茜。”

“这话等明天再告诉我。”艾勒说。

“我有个主意，”玛吉说，“不去招待会了。”

“什么招待会？”

“管他们怎么叫，反正就是葬礼之后去他们家里的那种。”

“我没意见。”艾勒说。

“那样的话，即便我们绕去菲奥娜家看看，回家也还早。”

“老天爷，玛吉，你还在嘀咕菲奥娜的事？”

“假定葬礼中午结束，这么说吧，我们从那里直奔卡特威尔——”

艾勒突然往右一拐，辗上砂石路沿。她一时还以为他又要爆发了。（他的火气一寸寸往上蹿，蹿到马上要炸了，对此她是有感觉的。）哦，不是，他拐进了一家加油站，一家老式加油站，白墙板，两名穿工装裤的汉子坐在门前的长凳上。“地图。”他说着跨出了车门。

玛吉摇下车窗，冲着他的背影叫道：“看看他们有没有零食售货机。”

他挥挥手，朝长凳走去。

汽车停下了，从顶窗灌进来的热气就像融化了的奶油。她觉得头顶烫起来，想象自己的褐色头发闪着金属光泽，黄铜或青铜的光泽。她懒洋洋地将手指垂在车外。

要是她能够说动艾勒去菲奥娜那里，剩下的就简单了。说到底，他也不是铁石心肠。他曾经把小娃娃抱在膝头。那时勒罗伊一发出鸽子般轻柔的咕咕声，他就跟着应一声，那声音就像从前他对自己的孩子一样。“哦，是不是啊。你不说话。嗯，我知道，我想你提醒了我，我果真听见喽。”直到玛吉（总是那么当真）忍不住问：“什么？她告诉你什么啊？”他就嘲弄地冲她翻白眼，就是那种古怪的眼神。就连那小娃娃也在翻白眼，玛吉有时候会有这种错觉。

不，他不是铁石心肠，他一看见勒罗伊就会立即想起自己是爷爷来了。人得靠提醒，就这么回事。如今这世道，什么都太容易忘记。菲奥娜准忘了当初她爱得多么深，杰西和他的摇滚乐队走到哪里她就跟到哪里。她准是故意忘到脑后的，她和艾勒一样，也不是什么铁石心肠。玛吉记得他们在勒罗伊第一个生日前去看望。当菲奥娜发现杰西并没有和他们一起出现时，脸就沉了下来。这是傲气在作怪，受了伤的傲气。“但是还记得吗，”玛吉想问她，“开始的时候你们不管不顾，只要两人在一起就好？记不记得你们走到哪里都形影不离？你们的手总是塞在对方牛仔裤后裤兜里？”那时候她看见他们这副模样真不顺眼，可现在一想起这些，泪水就在眼里打转。

哦，这一整天都令人伤心，就是这种你意识到你终将失去身边每一个人的日子。玛吉有一年多没给塞琳娜写信，也没听见她的声音，直到昨夜她打电话过来，哭得那么伤心，哽咽着吞吞吐吐。就在这任和风如暖水般从手指间汩汩流过的一刹那，玛吉觉得光阴流逝给人带来的所有变化实在叫她承受不了。塞琳娜，她要说，想想所有我们跟自己承诺过长大后绝对不干的事儿。我们承诺过，光脚走时绝不装腔作势。我们承诺过，去海滩绝不光躺着晒太阳而不下水游泳，游泳时绝不昂着头担心弄湿做好的头发。我们承诺过，晚饭后绝不忙着去洗碗，因为那样就把自己从丈夫身边拉走了。这些你还记得吗？你从几时开始不再把盘盏留到早晨去陪着麦克斯？而麦克斯又从几时起注意到你已经不再陪着他了？

艾勒一边抖开地图，一边朝她走来。玛吉摘下墨镜，用袖子挡住眼睛。“找到你要的了？”她喊道。他说：“哦……”说着人就消失在地图背后，但还在走。地图背面印满了旅游胜地的照片。他走到他那一侧的车门前，折起地图，跨进车门。“真希望我早给 3A 打电话。”他告诉她，发动了引擎。

“嗯，要是我的话就不会担心，”她说，“我们还有大把的时间。”

“不只是这个，玛吉。瞧瞧，路上车流拥挤起来。所有小老太太都出动了，周末出来转悠转悠。”

这是胡扯：路上大多是大货车。他们绕过一辆搬家货车，跟在一辆别克和一辆油罐车后面，说不定就是刚才他们超车的那辆。玛吉又戴上墨镜。

相信耶稣，你终无悔。一块广告牌上这么写。另一块写着布巴·麦克道夫整容学校。他们进入了宾夕法尼亚州，开始的几百码公路相当平坦，就好像表达一份美意似的，接着路面又变回先前坑坑洼洼的老样子。眼前是绵延起伏的绿色景致，就像小孩子画笔下的乡间。山坡上正在吃草的黑色牛群清晰可见。开始测试里程表，玛吉读道。她坐得更笔直。几乎马上就有一块小标识牌一闪而过，上面写着：基准英里数[①]。她瞥了一眼车上的里程表。“正好零点八。”她跟艾勒说。

“嗯？”

“我在测试我们的里程表。”

艾勒松了松领结。

十分之二英里。十分之三。到十分之四时，她认为他们的仪表走慢了。说不定她在瞎猜，不过她觉得数字跳得好像有点儿慢。到了十分之五英里时，她几乎可以确定了。“你上次测试是什么时候？”她问艾勒。

“测试什么？”

“里程表。”

①美国公路上用于校准里程表的标识牌。

“从没测过。”他说。

“从没测过！一次也没有？你居然还怪我不好好养护汽车？”

“看看，”艾勒说，“他们把九十岁老太放到高速公路上来了。她甚至看不见方向盘上方。”

他突然一拐，绕过别克车。这就是说，一个里程数被他整个儿错过了。

“糟糕。”玛吉说，“就是你，害得我把里程数漏掉了。”

他没理她。他脸上竟连一点歉意都没有。她紧紧盯着前方远处，等待第七块标识牌出现。它一出现，她飞快地瞥了一眼里程表，仪表上的数字往上又爬了一爬。这真让她心里发痒、焦急。奇怪的是，下面一个数字却跳得飞快，好像又太快了点儿。玛吉说：“哦，哦。”

“又怎么了？”

“这东西让我精神紧张。”她说。她一边留意标识牌，一边监视里程表的表盘。“六”又比标识牌提早几秒钟跳上表盘，她发誓。她啧了一声。艾勒扭头扫了她一眼。“开慢点。”她对他说。

“嗯？”

“开慢点！我吃不准能不能测准。瞧，‘七’来了，往上跳、跳……标识牌哪里去了？标识牌哪里去了？哎呀，标识牌！我们错过了！我们太快了！我们——”

标识牌突然跃进视线。她“啊”了一声。表盘上的“七”跳得分毫不差，精准得几乎可以听到它咔嗒一声响。

“哇！”她陷进座位里，“这么接近，简直叫人提心吊胆！”

“我们所有的仪表出厂前都有人核准过精确度，你知道吧。”艾勒说。

“当然，那是好多年以前了。”她告诉他，“累死我了。”

艾勒说：“不知道我们要在一号公路上开多久？”

“我觉得像被折腾了一番。”玛吉说。

她轻轻弹了弹自己前面的裙裾。

路边开阔的空地上偶尔停着几辆货车和房车，四周不见人烟，也看不出需要把车停在这里的理由。玛吉自己开车来这儿时就留意到了，但从来不明白为什么。司机是不是钓鱼、打猎或是去干什么了？是不是乡下人有什么见不得人的私密生活？

“还有他们的银行，”她告诉艾勒，“镇上的银行都很小，就像一间小砖房，你注意到没有？旁边还有院子、花床。你能信任这种银行吗？”

“没道理不信任。”

“我不觉得自己的钱存在里面会保险。”

“你的巨款。”艾勒取笑她。

“我是说看上去不像个银行。”

“喂，按照地图，”他说道，“我们可以沿一号公路往上，一直开到牛津。如果我没听错你的话，塞琳娜叫我们从牛津下来，不过……你帮我查一查？”

玛吉从他们座位中间拿起地图，一折一折地打开，她不想将整张地图完全抖开，因为艾勒会数落她收起来时叠得不对。“牛津，”她说，“在马里兰还是在宾夕法尼亚？”

“宾夕法尼亚，玛吉。北向十号公路开始的地方。”

“哦，等等。我的确记得她叫我们走十号公路。”

“没错，不过要是我们……我刚才讲的话你一个字都没听进去？要是沿一号公路走，看看，我们会省时间，我想前面有一条近路，直接通向盐碱镇。”

“哦，艾勒，她告诉我们走十号公路，肯定有她的道理。”

“有道理？塞琳娜？塞琳娜·基尔会有什么道理？”

她哗啦一下抖开地图。他总是用这种口气数落她的女伴。他就是嫉妒她们。她怀疑他觉得女人们凑在一起，就是为了嚼丈夫的舌根。一贯如此，他就是这么自我中心。不过，说回来，有时的确是这么回事。

“服务站里有没有零食售货机？”她问他。

“只有条糖。那种东西你不喜欢吃。”

“我饿坏了。”

“我可以给你弄一块条糖，但我想你不吃那个。”

“难道他们没有薯片之类的？我饿坏了。”

“露丝宝宝，五大道[①]……”

她做了个鬼脸，又回头去查地图。

“哦，要我说得走十号公路。”她跟他说。

“我敢肯定，我看见前面有近路。”

“好像不是。”她说。

“好像不是？什么意思？近路要么有，要么没有。”

①美国糖果牌子。

“呃，”她说，“说老实话，我还没找到盐碱镇。”

他一下子拨亮转向灯。“我们找个地方，你去吃点东西，我再看看地图。”他说。

“吃东西？我又不吃东西！”

“你刚才还说你快饿死了。”

“没错，可我在节食！我只不过想吃点零食！”

“行。那我给你弄些零食。”他说。

“真的，艾勒，我讨厌你总是暗中破坏我的节食计划。”

“那就叫杯咖啡什么的。我得再看一下地图。”

他沿着一条砂石路往下开，路边是一排簇新整齐、外观相同的牧场式平房，每栋房子背后都有一间铁皮工具屋，样子就像镶白边的红谷仓，不过要小得多。玛吉以为这种住宅区里没什么可以吃东西的地方，但是到了下一个拐弯处，他们就发现了一栋木结构建筑，门前停了几辆车。窗户上的霓虹灯落满了灰尘：尼尔杂货和咖啡。艾勒把车停在一辆保险杠上贴着犹大祭司[①]贴纸的吉普车边上。玛吉开门跨下车，偷偷往上拉了拉长筒袜的袜裆。

杂货铺有一股蜡纸和商店面包的气味。这味道让她想起小学的餐厅。商店里零星站着几个挑罐头食品的女人。咖啡店在铺子的深处——一个长条柜台，背后的墙上悬挂着橙黄色的炒鸡蛋和土灰色香肠的褪色照片。玛吉和艾勒在两张紧挨着的高凳上坐下，艾勒在柜台上铺开地图。玛吉望着一名正刷洗烤盘的女侍者。她往上喷了点东西，再拿

① 1968年成立于英国中部的重金属乐队。

刮铲刮下一层黏糊糊的污物，又喷了一下那东西。从背后看去，她就像一大块白色长方形，灰色的发髻往下垂着，上面别着几只黑发卡。“你们要什么？”最后她问，没朝周围看。

艾勒说：“给我咖啡就行。”依旧埋头研究那张地图。玛吉拿不定主意。她摘下墨镜去看那几张彩色照片。“呃，也要咖啡吧，我想。”她说，“等等，让我想想，我应该要点沙拉什么的，可是——”

“我们没沙拉。”女侍者说。她把喷壶搁在一旁，一边朝玛吉走来，一边在围裙上擦着手。她的眼角布满皱纹，眼睛是一种怪异的浅绿色，像海滩的绿玻璃。“我顶多给你从一块三明治里弄点莴苣叶和番茄片儿。”

“呃，那就来一包架子上那种玉米薄脆片。”玛吉欣然说道，“虽然我明白我不该吃那东西。”她看着女侍者往两只大瓷杯里倒咖啡，“我想在感恩节前减掉十磅。我永远在减这十磅，可这回我下定决心了。”

“老天，你不用减肥。”女人一边说，一边将咖啡杯摆到他们眼前。她胸前绣着一行红字：玛贝尔。这名字玛吉长大后就再也没听见过。所有的玛贝尔都去哪里了？她想象着给一个新生婴儿起名为玛贝尔。这时女侍者对她说：“眼下每个人都想变成一根牙签，我看了就讨厌。”

“艾勒就是这么说的，他喜欢我现在的身材。”玛吉说。她朝艾勒瞟了一眼，可他一门心思看地图，或者装作那样。她一和陌生人搭讪，他就会尴尬。“可每次我去买连衣裙，一穿上就不对劲儿，明白吗？就好像它们觉得我不该长胸部一样。我这人的问题就是没意志力。我喜欢吃咸的，腌的，辣的。”她接过一包玉米薄脆片，举起来示意。

“瞧瞧我。”玛贝尔说道，“医生说我超重，腿受不了。”

“嘿，你没有。给我看看你哪里超重。”

“他说要是我干别的活儿也没这么糟，可我是服务员，腿上的静脉就受不了。”

“我们的女儿就一直在做女侍者。”玛吉说。她撕开玉米薄脆片的袋子，往嘴里塞进一片嚼着，“有时她一连站八小时不休息。她开始还穿凉鞋，后来马上就改穿胶底鞋喽，你瞧瞧，尽管她发誓说不穿胶底鞋。”

“你年纪肯定没这么大，不至于有这么大的女儿吧。”玛贝尔说。

“哦，她还不到二十，只是份暑期工。明天她要上大学去了。”

“大学。聪明人。”玛贝尔说。

“哦，唉，这我就不知道了。”玛吉说，“不过，她确实拿到了全额奖学金。”她将手中的玉米薄脆片袋子递过去。“来几片？”

玛贝尔抓了一把。“我的都是男孩，”她告诉玛吉，“对他们来说，读书就像登天。”

“没错，我们家男孩就那德行。”

“‘你们为什么不做家庭作业？’我问他们。他们总有一打理由。最常挂在嘴上的是老师没布置作业，当然这完全是胡编。”

“简直跟杰西一模一样。”玛吉说。

“还有他们的老爸。”玛贝尔说，“他总是护着他们。他们好像是一伙儿的，我受他们的冷眼。我要有个女儿就好了，跟你说实在的。”

"女儿也有女儿的短处。"玛吉说。她察觉出艾勒想插进来问问题（他用一根手指点着地图，以期待的目光望着玛贝尔），可是一旦他得到回答，就会拍拍屁股上路，所以，她得让他再等等。"比如，女儿藏着更多秘密。我是说你以为她们跟你说心里话，可那些只是闲聊。就比如戴茜吧。她一直很安静、很听话，可突然就蹦出个鬼点子要离开家去上学。我一直蒙在鼓里！我说：'戴茜？难道你在家里不快乐吗？'我的意思是我知道她在计划上大学，但注意到对别人的孩子来说马里兰大学已经够好了。'离巴尔的摩近有什么不好？'我问她。可她说：'哦，妈妈，你知道我一直想上常春藤。'可我从来都不知道！我根本不知道！自从她拿到奖学金，唉，她就变得认不出来了。是不是，艾勒。艾勒说——"她后悔给他一个开口的机会，赶忙又接着说下去，"艾勒说她已经长大了。他说她这么挑剔，对什么都看不惯，是因为青春期，只有傻瓜才当真。但是难哪！很难哪！就好像忽然之间我们怎么做都是错的，就好像她到处找理由，好赶快离开家忘掉我们。我头发太卷，我说话太啰唆，我吃太多油炸食物。还有，艾勒的西装裁剪糟糕，不懂怎么做生意。"

玛贝尔一个劲儿点头，完全感同身受，可是艾勒肯定觉得玛吉说得太夸张。他没这么说，但在凳子上挪了挪，所以她心里很清楚，没理睬他。"你知道她有一天跟我说什么？"她问玛贝尔，"我在试着炖金枪鱼砂锅，准备晚饭时吃，我说：'味道是不是很鲜美？告诉我真话。'戴茜就说——"

她深深吸了一口气，眼泪快要溢出眼眶。"戴茜就坐在那里，仔细端详了我很久。"她说，"那副样子……脸上一副极其感兴趣的样子，然后说：‘妈妈？你是什么时候决定此后的人生中只满足于做个普通人的？’”

她还想继续往下说，可嘴唇不住地哆嗦。她把玉米片搁在一边，去手提袋里掏纸巾。玛贝尔咂咂嘴。艾勒说：“好啦，玛吉。”

“不好意思，”她对玛贝尔说，“这让我伤心。”

“哦，当然。”玛贝尔安慰道。她将玛吉的咖啡杯朝她跟前推了推。“当然很伤心。”

“我的意思是，对我来说，我不是普通人。”玛吉说。

“当然不是。”玛贝尔说，“你告诉她，亲爱的！把这话告诉她！告诉她不许这么想。知道我怎么跟大儿子鲍贝说的吗？回想起来，也是为一道金枪鱼菜，怎么那么巧。他宣布他最讨厌把什么都一锅煮。‘小伙子，’我说，‘不满意这里，你不妨站起来，离开饭桌，离开这家。自己找个地儿待着。’我说，‘自己煮饭去，看看你是不是每顿晚饭都能吃上大牛排。’我心里就是这么想的。他以为我只是嘴上说说，但不用多久他就知道我是动真格的，我把他的衣服一股脑儿堆在他的车顶上。现在他和女朋友住在镇子另一端。他不相信我真会把他轰出家门。”

“话虽这么说，可我不想叫她离开家。”玛吉说，“我想把她留在家里。我是说看看杰西，我真喜欢他带着老婆孩子和我们一起住！艾勒认为杰西没出息。他说杰西这辈子就是被朋友糟蹋掉的，这是胡说。唐·伯纳姆只不过跟杰西说了一句他有唱歌的天赋。这叫一辈子被糟蹋掉？拿杰西这样的男孩子来说吧，他在学校不太出色，背后还有个老爸总是揭他的短。你告诉他，他在某方面特别出色——哈，你以为会怎么样？他会对此不理不睬？忘记它？”

“哦，当然不会！”玛贝尔也愤愤然了。

“当然不会。他跑去重金属摇滚乐队当歌手，从高中退了学，后面有一大帮女孩子追他，最终那个特别的女孩出现了，他就娶了她。没什么不对的。和我们一起住，因为他没挣多少钱。我太兴奋了。他们生了个可爱的小娃娃。后来他老婆和小娃娃走了，说走就走，就是因为那件可怕的事。其实没什么大不了，就是斗几句嘴，可你知道斗嘴会升级恶化。我说：‘艾勒，追她去，她离开是你的错。’（这就是艾勒掺和在里面的结果，我至今还怪罪他。）可艾勒说不，她想怎么着就怎么着。他说让他们去，可我感觉她把孩子带走就像剜掉我的心头肉，留下个大口子。”

“小孙子，”玛贝尔说，“别让我提起这事儿。”

艾勒说：“言归正传，不过——”

“嘿，艾勒，”玛吉对他说，“就上十号公路，别再啰唆了。”

他狠狠瞪了她一眼，目光冰冷。她将鼻子埋进纸巾里，但心里明白那眼神。他接着问玛贝尔：“你有没有去过盐碱镇？”

“盐碱镇？”玛贝尔说，“好像听说过。”

“我不知道从一号公路哪里下去可以抄近路。”

“哦，这个我就不知道了。”玛贝尔告诉他。她问玛吉：“亲爱的，要不要再给你加些咖啡？”

“哦，不要了，谢谢你。”玛吉说。事实上，她的咖啡都没动过。她啜了一小口表示领了情。

玛贝尔从本子上撕下账单，递给艾勒。他站起来翻了一遍口袋，掏出些零钱付了账。玛吉将濡湿的纸巾塞进空玉米片袋子，整齐地包好，这样可以不给别人添麻烦。“哦，和你聊天真的很高兴。”她对玛贝尔说。

“多保重，亲爱的。”玛贝尔说。

玛吉觉得她们应当在彼此脸颊上亲一口，就像女人们吃完午饭分别时那样。

她已经停止了哭泣，但去停车场这一路艾勒一直走在前面，从这情形来看，她能感觉到他的不耐烦。那就好像有一片东西，玻璃一样平而硬的东西，把她挡在外面。他本该娶安·兰德斯才对，她想。她坐进汽车。座位滚烫，那股热气穿透连衣裙灼烫着她的后背。艾勒也坐进车，在背后砰地关上车门。要是他跟安·兰德斯结婚，就会有一个明理精怪的老婆，他就喜欢那种老婆。有时候，读到安·兰德斯一针见血的回答，他会由衷地咕哝一声表示赞叹，让玛吉心中顿时充满嫉恨。

他们的汽车又颠簸着开过了紧靠碎石路边的那排牧场式平房。地图就搁在他们当中，折得四角尖尖、平平整整。她没问他决定走哪条公路。她望着窗外，尽量让自己时不时的抽泣不那么明显。

“六年半，”艾勒说，“不，至今有七年了，你还是对菲奥娜的事情耿耿于怀。跟毫不相关的陌生人说什么她离家出走都是我的错。你是不是非得找个替罪羊，玛吉？”

“要是的确是某人的错，当然，我就是得找。”玛吉对着窗外的景物说。

“你从来不觉得也许是你的错，是不是？”

“是不是我们又要把老账再翻出来吵一遍？”她转身冲着他问。

“喂，是谁起的头？我倒是想知道。”

“我只是说明实际情况而已，艾勒。”

“谁要听你的实际情况，玛吉？你为什么要跟一个女侍者掏心掏肺？”

“哦，当女侍者没什么不对。”她告诉他，“是很值得尊敬的职业。我们的女儿就在做侍者，我倒要提醒你。”

“呵，了不得，玛吉，又来一个合乎逻辑的推论。”

“你这人有一点叫我受不了，”她说，“你总是显得高人一等。我们简直没办法文明地讨论问题，哦，没办法。不，你必须一再强调我多么没逻辑，我多么没脑子，而你又是多么聪明，多么有先见之明。”

“呵，至少我不会在公共餐厅里大谈自己的人生故事。”他对她说。

“好，让我下车。”她说，“我连一秒钟都受不了。”

“很好。”他说，可还是继续开车。

“听着！让我下去！”

他朝她看过去，减慢车速。她拿起手提袋，紧抱在胸前。

“你打不打算停车？”她问，“还是要我从飞驰的车上跳下去？”

他刹住了车。

玛吉跳下车，砰地甩上车门。她开始朝小吃店方向走。刚开始艾勒好像打算坐在车里，可接着她就听见他换上挡，开走了。

到处洒满黄色的阳光，她的皮鞋在砂石路上踩出细碎的声响。她的心咚咚乱跳。她感到一阵释然，一阵异样的释然。她感到暴怒而亢奋，像喝醉了似的。

她走过第一栋牧场式平房，种在平房前院边沿的花草迎着风舞动，车道上停着一辆三只轮子的自行车。真是相当安静。她唯一能听见的就是远处的鸟鸣——啾！啾！啾！啾！唧！唧！唧！从田野那边的树林子里传来。她意识到自己这一辈子一直在城市的嗡嗡声中过日子。你会觉得巴尔的摩由一个巨大的地下永动机操纵着，不停地转啊转。她是怎么忍受的？就这样，她断了所有回心转意的念头，往小吃店的方向走去，心里还隐约想着要去问问最近的汽车站在哪里，也可以找一个看上去可信的卡车司机搭车回家，可是回家去干什么？

她走过第二栋平房，那户人家门前的信箱像一辆有篷马车。住宅四周围着一圈篱笆——也就是一条白漆漆过的铁链拴在一排白漆漆过的树墩子上，完全是摆个样子。她在一段树墩边停下脚步，把提包搁在树墩上，开始清点里面的物品。时尚提包的麻烦是它们实在太小。她自己每天用的提包是一只帆布袋，靠它能活上几个星期。（有一次她母亲说："有句名言'谁偷我的钱囊，不过窃到一些废物①'，你倒是赋予了它新意啊。"）当然，她手提袋里还是放了最基本的东西：一把木梳，一包纸巾，一支口红。她的钱包里有三十四美元外加一些零钱和一张空白支票。两张信用卡，不过支票才是有用的。她该去最近的银行，开一个户头，写一张最大金额不弹票的支票存进去——比方说，三百美元。哼，三百美元够她生活一阵子了！至少足够让她找到一份活儿。至于那两张信用卡，她认为艾勒很快就会注销它们。当然，这个周末她可以试着再刷一刷。

①莎士比亚《奥赛罗》第三幕第三场中伊阿古的台词，原意为金钱是无用的东西。

她把钱包所有口袋都翻了一遍，有驾驶执照，图书馆借书卡，一张戴茜的校照，一张折起来的灵契牌香波折价券，一张杰西站在家门前台阶上的彩照。戴茜的那张是去年流行的双曝光照片，她轮廓分明的半透明的侧影若隐若现地飘浮在下巴轻慢翘起的正面照的后面。杰西穿着从佳物村买来的肥大的黑大衣，脖子上围了一条带流苏的红围巾，一直拖到膝盖下方。她被打动了——几乎被打伤，被他的英俊。他从艾勒那里继承了一滴印第安人的血，让这滴血变得更丰盈醇厚，令人惊羡：高挺优雅的颧骨，笔直的黑发，黑得深不见底的狭长的眼睛。但他看着她的目光却隐晦而冷漠，就跟戴茜目中无人的轻慢神情一样。他们都再也不需要她了。

她把东西一件件重新放回提包，啪地合上包，又继续往回走。这时她觉得皮鞋很硬，很不舒服，好像刚才站着的时候脚改变了形状。说不定因为天气炎热，脚肿了起来。可这样的天气好歹对她有利。要是有必要，她可以露宿在外。她可以睡在干草垛里面，只要还能找得到干草垛。

今晚玛吉要给塞琳娜打个电话，为错过了葬礼道歉，让收话人付费。跟塞琳娜，玛吉可以这么做。塞琳娜开始可能会不接，因为玛吉让她失望——塞琳娜这人总是动不动就生气，但最终她会让步，玛吉会解释。“听着，”她说，“倘若是艾勒的葬礼，我是万万不想错过的。”哦，鉴于目前的情形，这么说大概欠妥。

小吃店就在前面，它背后是一栋空心砖砌的建筑，再往后，她猜想应该有个像小镇的地方。一定是一号公路边上那种糟糕的小镇，主要是供开长途车的人临时吃饭住宿的。她可以在一家不提供额外服务的汽车旅馆登记，房间不会比一张床大多少，而床中间一定会下陷，床上盖着雪尼尔床罩；她心里这么琢磨着，有些得意。她可以去尼尔杂货铺买些不需要烹煮的食物。有一件事大家根本没意识到，许多罐头食品可以不用加热直接吃，而且荤素搭配得当，营养均衡。（开罐器。她一定不能忘记在杂货铺买一只。）

至于雇主，她不太指望能在这弹丸小镇上找到一家养老院。文书之类的工作或许也行。她知道怎么打字，怎么记账，尽管干得不太出色。她也有一点镜框店的工作经验。说不定汽车配件行会雇她，她或许可以像那些坐在汽车检修加油站的窗格栅后面的妇女那样，刷刷顾客的信用卡，交还他们的车钥匙。最次她也可以去跟收银机打交道。她可以跑跑堂，可以去拖地板，老天爷啊。她才四十八岁，身体好得没得挑，尽管某些人会不以为然，但只要她心里愿意，没什么事情做不成。

她弯腰摘下一朵菊苣花，将它别在左耳上的一绺鬈发中。

艾勒认为她是个傻妞。大家都这么认为。她不知怎的就得了老是丢三落四闹笑话的名声。有一回在养老院，只听哐啷一声，像是什么玻璃摔碎了，护士长马上就说：“玛吉？”就那腔调！也不先调查一下是谁的错！玛吉根本就不在附近，完全是别人干的。反正这足以说明人们是怎么看她的。

她曾经认为艾勒会用新婚之夜望着她的那种眼神看她一辈子；那晚，她穿着新娘睡裙，站在他跟前，屋里只有一盏由薄纱灯罩罩着的床头灯照出一片朦胧光影。她解开上面第一枚纽扣，随后解开第二枚，刚好让睡裙滑下肩膀，随后犹犹疑疑，半推半就，滑至脚踝。他直直地看着她的眼睛，似乎连气都喘不过来了。她还以为他会永远那样看下去呢。

在尼尔杂货和咖啡店前面的停车场里，有两个男人站在一辆小卡车边说话。一个胖鼓鼓，长着张猪头脸，另一个瘦弱白皙。他们在聊一个名叫道格的人，说他出来时浑身“燥汗”。玛吉纳闷，不知“燥汗”是何物。她想“燥汗”大概就是把“燥热”和“出汗”拼起来吧。她心想在别人看来自己一定很怪，城里人打扮，一身盛装，一路走着，不知从哪里冒了出来。“嘿！”她喊道，听上去就像她妈妈。两个男人停住嘴，瞪眼瞧她。最后瘦子摘下头上的帽子，往里面瞧了瞧。又将帽子扣了回去。

她可以走进店铺和玛贝尔说说话，问对方知不知道哪里能找到工作，哪里能住下来；她也可以直奔镇上，自己去找。从某种角度来说，她更希望自力更生。要坦白承认自己被丈夫抛弃，多少有些难以启齿。可话说回来，说不定玛贝尔知道哪里能找到不错的工作，哪家极好的旅店便宜透顶，配有厨房设施，里面尽是好心人。玛吉觉得起码得去问问。

她让纱门在身后哐当一声碰上。这回杂货铺已经不再陌生，她泰然穿过杂货铺的气味。她看见午餐柜台那边，玛贝尔撑在团作一堆的抹布上，正跟一个穿工装裤的汉子说话。他们几乎是在讲悄悄话。“唉，你也没办法。”玛贝尔说，“他们觉得你能怎么办？”

玛吉觉得自己是个闯入者。她并不打算和别人分享玛贝尔。趁他们还没看见，她飞快地缩了回去，藏在摆放各色饼干的两排货架之间，希望她的对手赶快离开。

“我已经不想了，不想了。”那汉子声音低哑，“我看不出自己还能做什么。”

“老天在上，没错。”

玛吉拿起一盒丽滋脆饼干。那时候有人做一种苹果派，里面没苹果，只有丽滋脆饼干。[①]不知道吃起来什么滋味，她有些纳闷。她觉得这种饼干和苹果派的味道简直相差十万八千里。说不定先把饼干在苹果汁里泡一泡吧。她在饼干盒上找菜单，但盒子上没写。

现在，艾勒该开始意识到她一去不返了。他该感觉到原本已经习惯的那个人突然消失了，身边只有一团空气。

没有她，他会继续赶去参加葬礼吗？她没想过这个。不会，塞琳娜只是玛吉的朋友，又不是艾勒的。而麦克斯只不过是个熟人而已。说老实话，艾勒没朋友。这也是玛吉无法释怀的一点。

他会越开越慢。他要决定到底去还是不去。说不定他已经调转车头了。

他会知道，当一个人突然被丢下，将感到多么形单影只。

玛吉放下丽滋脆饼干，朝牛顿牌无花果甜饼挪过去。

几年前，玛吉爱上了，可以这么说吧，养老院的一位病人。当然，这种说法听上去挺滑稽的。爱上了！爱上了一个七十多岁的人！爱上了一个到什么地方都得坐轮椅的人！可就是这么一回事。他那张严肃、苍白的脸和温文尔雅的举止让她痴迷。她喜欢他说话直来直去，让她觉得他说的话有距离感。她明白他每天早晨都一本正经地穿戴齐整，

---

①大萧条时，丽滋脆饼干盒子背后附有一道“仿苹果派”菜单，用这种饼干做出的派，其色香味如同真苹果派。

要忍受多少痛苦。他得了关节炎、高尔夫球杆似的两只手终于伸进西装外套的袖子时，那表情真是如释重负。他叫盖布里埃尔。别人都叫他“本”，但玛吉却称呼他为“盖布里埃尔先生”，因为她猜想熟悉和亲昵会让他不自在。每次要帮助他时，她都怯生生的，总是先征求他的准许。她小心翼翼，尽量不碰到他。这是反向的追求，你也可以这么说。大家都很关爱他，但稍微有点不敬；而玛吉却不与大家为伍，对他相当尊重，不敢越雷池一步。

在办公室的档案里，她读到他曾经拥有一家驰名全国的电动工具公司。不错，她看得出他在公司里地位显要。他具有一个企业家说一不二的威严和精明老练的派头。她还读到他丧妻、无后，除了一个住在新罕布什尔州的未婚姐姐，没有近亲。他一直独居，但最近厨师做菜时在厨房放了一把不大的火，之后他就申请进入养老院。他顾虑的是，他写道，手脚越来越不灵便，一旦房子烧塌，他无法逃生。顾虑！你想要理解这个词背后隐藏的东西，就得弄明白他这个人：他对火有一种病态的、近乎强迫症的恐惧，根源就是那次厨房的小火灾，这种恐惧日益严重，连住家看护甚至二十四小时护理服务都无法让他消除重重疑虑。（在消防演习时，玛吉观察到他石头般固执的眼神——唯有在这种情形下，他才像个真正的病人。）

哎，她为什么要去看他的档案？她不该去看的。严格地说，就连他的健康档案，她也不该去看。她只是个照顾老年人的护工，只有给病人洗澡、喂饭、领他们如厕的资格。

哪怕在她的幻想中，自己也一直都是最忠贞的妻子。她心里从来没这么蠢蠢欲动过。可现在想念盖布里埃尔先生让她心力交瘁，一连几个小时琢磨着如何发明些让他离不开她的新招数。他总是能注意到，并且总是感谢她。“想一想。”他跟一名护士说，“玛吉给我带了她家后院种的番茄。”玛吉的番茄得了一种怪病。它们像一堆球状根似的，像一堆挤在一起的红色小橡皮球。这问题持续了好几年，结出了好几种杂种番茄。玛吉把问题归罪于城里的土地只有豆腐干那么大，她只得把它们关在这么小的地方（说不定还缺少阳光？）；但她时常感到，从人们望着番茄时那逗趣的见怪不怪的目光来看，他们认为番茄长成这样是玛吉本人的缘故——和她过日子时的磕磕绊绊、笨手笨脚有关。可是盖布里埃尔先生却毫不在意。他声称玛吉的番茄散发着一九四四年某个夏日的气息。她将它们切成片，就像甜点的网眼垫纸，边缘呈波浪形，番茄片上布满窟窿眼，可他只是说：“我实在无法告诉你这对我意味着什么。”他甚至不让她在上面撒盐，说它们的滋味太美妙了，这样刚刚好。

哦，她也不是傻瓜。她意识到她喜欢的是自己在他心里的形象——这个形象会让艾勒吓一跳，会让任何一个认识她的人吓一跳。盖布里埃尔先生认为她能干，手巧，效率高。他相信无论什么事情，只要是她做的，就完美无缺。他就是这么说的，一字不多一字不少。而那时正是她人生中一段非常不如意的时光，杰西刚进入青春期，情绪非常负面，而玛吉和艾勒似乎处于一个不断吵架的时期。当然盖布里埃尔先生永远猜不到这些。他只看见一个稳重沉着的人，在他的房间里从容不迫地走来走去，整理他的私人物件。

晚上，她睁着眼躺在床上，编造盖布里埃尔先生向她袒露心迹时说的话，他说为她沉醉。他说知道自己的肉体已垂垂老矣，不能唤起她的兴趣。可她会打断他，告诉他错了。这是事实。一想到自己的头枕在他僵硬而白皙的肩头，她就会被无限柔情融化。她发誓他去哪里，她就陪他去哪里，无论天涯海角。他们要不要带上戴茜？（戴茜那时只有五六岁。）他们当然不能带杰西，杰西已经不是小孩子了。可杰西会觉得她更偏心戴茜，她当然不能让他这么想。她的思绪飞走了，想象要是他们带杰西一起走的话，会发生什么。他会拖拖拉拉跟在几步之外，穿着一团乌黑的外套，捣鼓一大堆音响器械和一叠唱片。她开始咯咯发笑。艾勒在半梦半醒中微微动了动，说："嗯？"她头脑冷静下来，抱紧自己——一个能干的、敢作敢为的女人，眼前铺展开无限的机会。

霉运就是这么回事，不过她倒霉起来似乎也跟别人不一样。她要怎样才能既照顾盖布里埃尔先生又出去工作呢？他不肯一个人被撂在家里。她又能去做什么工作？她这辈子只在银丝养老院工作过。在拐带了他们的一名病人潜逃之后，他们大概不会给她出具推荐信。

她的思绪又飘走了：要是她不潜逃，而是以彬彬有礼的文明的方式把消息透露给艾勒，两个人心平气和地重新安排人生怎么样？她可以搬进盖布里埃尔先生的房间，每天早晨从他的睡榻上爬起来，立马就开始工作，不用通勤。夜间，护士来发药，会看见玛吉和盖布里埃尔先生两人肩并肩笔直地躺着，和他们的室友，躺在对面床上的阿比那·斯苟伯一起望着天花板。

玛吉又偷笑起来。

这一切不知为何变得有些扭曲。

就像所有坠入爱河的人，她不断寻找理由提起他的名字。她告诉艾勒有关盖布里埃尔先生的每一件事——他的西服和领带，他的殷勤礼貌，他的自制淡然。“我不懂，为什么对我爸爸和家里人，你不能也这样热情。”艾勒说。他真是什么都不明白，艾勒的父亲是个怨声载道的老头，就会利用别人，和盖布里埃尔先生有天壤之别。

一天早晨，养老院又要进行消防演习。警报器哔哔乱响，高音喇叭里传出刺耳的行动指示：“火大夫在二二〇号房间。”演习刚巧发生在一天中的活动时间，很不方便，因为这时病人们四处分散。手脚灵便的下楼去手工作坊活动室，在那里编织七彩绢花。行动不利索的——就像盖布里埃尔先生这样的——去接受特级理疗。当然，卧床不起的病人仍然躺在床上。他们是最容易对付的。

规则是你得先撤走走廊里所有的障碍物，将迷路的病人关进随便哪间空屋，在门把手上绑一条红布，以表示屋里已经有人。玛吉关上二〇一号和二〇三号房间的门，她照顾的所有卧床不起的病人都在那两个房间里躺着。她将从杂物间取来的红布扎在门把上，又把朱莉·巴莱特负责的一个乱走的老妇人关进二〇二号房间。二〇二号房间边上有一辆空餐车，她将餐车也推进房间里。之后，她又冲过去抓住撑着拐棍慢慢挪还哼着跑调曲子的洛蒂·斯坦，把她关进二〇一，和赫弗齐芭·墨瑞一屋。这时朱莉推着劳伦斯·邓恩来了。“哎呀，蒂丽跑出来了！”蒂丽就是刚才被玛吉关进二〇二的那位老妇人。这就是消防演习的麻烦之处。让她联想到那种得把所有银色小圆珠子同时滚进凹槽里的口袋游戏。她抓住蒂丽，关回二〇二。二〇一号房间里传出一阵吓人的声音。准是洛蒂和赫弗齐芭在吵架。赫弗齐芭讨厌外人走进她的屋子。玛吉本该处理这种情况，她还得帮着朱莉，因为朱莉对付劳伦斯碰上了麻烦。可玛吉心里藏着一件更要紧的事，她正惦记着，当然了，就是盖布里埃尔先生。

眼下，他一定怕得慌了神。

她离开自己所属的走廊（你绝对不该这么做），风一样穿过护士办公室，下楼梯，拐了个九十度的弯。理疗室在走廊尽头。两扇双开式弹簧门都关着。她朝那门冲去，绕过一把折叠椅，又绕过一辆帆布洗衣推车，这两件东西都不该出现在走廊上。突然之间她听见脚步声，是橡胶鞋底咯吱咯吱的声音。她停下脚步向四周张望。威利斯女士！几乎可以肯定是威利斯女士，她的顶头上司；而玛吉却在这里，离自己的岗位几英里之遥。

她来不及细想，一念之下，就跳进了那辆洗衣推车。

荒唐，她马上意识到了。她一边将自己埋进皱巴巴的衣服里，一边痛骂自己。她说不定躲得过去，除了她弄得推车滚动起来。有人一把抓住推车，稳住它。只听一个咆哮般的声音说道："搞什么鬼？"

玛吉睁开眼睛，她刚才像走投无路、垂死挣扎的小孩子那样闭上了眼睛，好像这样别人就看不见她了。在厨房里干活的贝莎·华盛顿站在眼前，目瞪口呆地俯视着她。

"喂，你好。"玛吉说。

"哇哦！"贝莎说，"沙汀，快来看，这里有个人在等洗衣工。"

沙汀·毕肖普的脸出现在贝莎旁边，咧开嘴笑着。"你这傻妞，玛吉。你下一步准备怎么办？他们刚洗了澡。"她说。

"计算失误。"玛吉对她们说。她站起来，甩掉挂在肩头的一条毛巾。"啊，哦，我想我最好——"

可是沙汀说："咱们走，妞儿。"

"沙汀，别！"玛吉叫道。

沙汀和贝莎抓住推车在走廊上飞奔，像两个疯子一样哈哈大笑。玛吉不得不紧紧抓住推车，不然就会像倒栽葱那样翻出去。她摇摇晃晃跟着推车一起往前冲，在拐弯时蜷缩起身体，但两个女人跑起来比看上去更快。她们灵巧地推着她转了个圈，又朝刚才过来的方向冲过去。迎面而来的风把玛吉的刘海从前额上吹起来。她觉得自己就像船头上的艏饰像。她抓住推车边缘，边笑边叫："停下！请你们停下！"贝莎这个体重超重的女人，在她身边一个劲儿喘气，而沙汀则从牙缝里挤出嘶的一声来。她们呼啦啦向理疗室冲去，恰巧这时传来解除警报的信号——高音喇叭里一阵嘶哑刺耳的哔哔叭叭。理疗室的门立刻哗地一下打开，出现了坐在轮椅里的盖布里埃尔先生，由印曼女士推着。不是理疗师，不是助理，不是义工，而是印曼女士本人——整个养老院的护理总管推着。沙汀和贝莎立即住了手。盖布里埃尔先生惊得张大嘴巴。

印曼女士说："女士们？"

玛吉一只手扶在贝莎肩膀上，从推车里跳出来。"真是的。"她对那两个女人说道，将翻起的裙摆捋下去。

"女士们，你们明不明白我们正在消防演习？"

"是的，夫人。"玛吉说。看到严厉的女人，她向来怕得要命。

"你们明不明白养老院里消防演习的重要性？"

玛吉说："我只是……"

"请把本送回他自己的房间，玛吉。随后到我办公室来，我有话说。”

“是的，夫人。”玛吉说。

她推着盖布里埃尔先生朝电梯走去，凑上去摁电梯按钮时，她的手臂在盖布里埃尔先生的肩膀上擦了一下，他猛地躲开。她说：“对不起。”他没说话。

在电梯里他沉默不语，当然也可能因为恰巧还有一位医生和他们一起乘电梯。可是等他们到了二楼，和旁边那位医生分别之后，盖布里埃尔先生还是一言不发。

走廊上呈现出一派飓风扫过的景象，每次消防演习之后都是这样。每一扇门都大开着，病人们茫然地到处乱走，员工们忙着把不属于屋子里的东西拖出来。玛吉将盖布里埃尔先生推进二〇六号房间。他的室友还没回屋。她停下推车。然而，他还是沉默地坐着。

“哦，到啦。”她说，还笑了笑。

他的目光在她脸上慢慢划过。

也许他会把她看成《我爱露西》的主角那样的人，大大咧咧，有趣，精力旺盛，朝气蓬勃。这好歹也是一种看法。事实上，玛吉从没喜欢过《我爱露西》。她认为剧情胡编乱造——那糊里糊涂的女人注定要砸锅，逃不掉的。不过，盖布里埃尔先生说不定不这么认为。

“我下楼是想去找您。”她说。

他盯着她。

“我担心您。”她告诉他。

担心得坐在一辆洗衣推车里兜起风来了，他的眼神清楚地说。

然后，当玛吉弯腰去扳轮椅刹车时，她被自己极其奇怪的念头吓住了。是因为他嘴角那几条纹路——把嘴角往下拉的深沟。艾勒就长了这么几条纹路。当然，艾勒的脸上没这么明显，只有在他对什么（通常对玛吉）表示不满时，才会出现。而且艾勒也会以同样阴沉严厉、带着批评意味的目光审视她。

哎呀，盖布里埃尔就是另一个艾勒，原来如此。他有艾勒那种棱角分明的脸、艾勒的自尊心和冷漠，这些至今对她仍是一种威慑。她敢打赌，他一定还在供养没嫁人的姐姐，就跟艾勒供养他的姐姐们和死皮赖脸的老爹一样：是高贵的表现，大概有人会这么说。有关盖布里埃尔先生的一切，实际上都是玛吉企图寻找早期版本的艾勒的一种努力。她想要找回他们新婚时期、她还没开始让他失望的时候，她心中那个版本的他。

她并不是在追求盖布里埃尔先生。她只是在追求艾勒。

好吧，她将盖布里埃尔先生搀出轮椅，安顿他坐进床边的扶手椅，随后就去查看其他病人了，而日子也照样继续过。事实上，盖布里埃尔先生还在院里住着，只是他们不像以前那样常常说话了。现在他好像更喜欢朱莉。当然他仍然非常友善，说不定已经把玛吉坐洗衣推车兜风的事忘得一干二净。

但玛吉记得。有时候，她忍受着艾勒因为对她不满而流露的冷漠，进而变得麻木、疲倦。她相信世上不会有什么真正的改变。你可以换丈夫，却不能改变处境。你能换人，却不能改变事情。所有人不过在世上原地打转，她想。她把人世想象成儿童乐园里的蓝色旋转茶杯，杯子转啊转，但其实每个人都被固定在自己的位置上。

她拿起一盒无花果甜饼，念着反面的营养标签。“每块六十卡路里。”她大声念道。这时艾勒说：“啊，就放纵一回吧。”

“别破坏我节食。”她告诉他，将那盒饼干放回货架，没有回头。

“嘿，小妞，”他说，“想不想陪我一起去参加葬礼？”

她耸耸肩，没回答。可是他伸出一只手臂揽住她的双肩，她顺势让他带出门，向汽车走去。

2

想要在盐碱镇找个地方，你只要往红绿灯下一站，朝四周一看就行。理发店、两个汽车加油站、五金店、杂货铺、三座教堂——什么都一目了然。建筑物就像火车站村镇的玩具模型一样，一板一眼地散布着。树一棵棵孤零零地立着，人行道出了三条街就断了。越过街道，你能望见绿野和玉米地，从某个角度，你甚至能看见一匹膘肥体壮的棕马拱着鼻子在吃草。

艾勒将车停在芬威纪念教堂旁的沥青停车场上。教堂是灰白色的方形建筑，上面顶着个巫婆帽似的短粗尖塔。停车场上没有别的车。他猜得没错，沿一号公路一直开果然更快，当然这并非全然是好事，因为这意味着他们提前三十分钟到了盐碱镇。玛吉没料到竟然一个吊唁人都看不见。

“说不定日子错了。”她说。

“不可能。塞琳娜告诉你是‘明天’。你不会把这个都搞错。”

“你认为我们该进去？”

“当然，门没锁的话。”

他们下了车，玛吉的连衣裙粘在腿上。她觉得自己有些狼狈。头发被风吹得打了结，连裤袜的腰部卷了起来，勒进她的肚皮。

他们爬上几级木台阶，试着推了推门。门发出一声不情愿的吱嘎声，就开了。门后立刻露出一间幽深的厅堂，没铺地毯，梁椽裸露的高高的天花板下是深色的教堂长椅。讲坛两边团团簇簇摆满了花。玛吉心神落定，只有婚礼和葬礼才需要摆上这些看上去假模假式的花束。

“有人吗？”艾勒说。

他的声音反弹了回来。

他们踮起脚走上走道，把地板踩得咯吱咯吱响。“你觉得是不是有……哪边之类的讲究？”玛吉轻声问。

“哪边？”

“我的意思是说新郎一边，新娘一边？还是——”她一时失口，把自己逗得咯咯一笑。说实话，她对葬礼没有多少经验。与她亲近的人都还没去世，老天保佑！“我是说，”她说，“我们坐在哪里有讲究吗？”

“别坐第一排就行。”艾勒告诉她。

“哦，当然不会，艾勒。我也没那么傻。”

她走到过道中段，拐进右手边一排长椅，往里挪了挪，留空给艾勒坐。“你还以为至少会放些音乐呢。”她说。

他看了看手表。

玛吉说：“也许下一次你应该按照塞琳娜说的线路开。”

“什么？耗半个早晨在牛走的路上瞎拐？”

“总比第一个到要好。”

“我不在乎第一个到。”艾勒说。

他将手伸进左边的西装口袋，摸出一叠用橡皮筋捆着的扑克牌。

“艾勒·墨兰，不能在教堂里玩牌！”

他将手伸进右边的西装口袋，又摸出一叠来。

“要是来了人怎么办？”玛吉问道。

“别担心，我的反应像闪电一样快。”他告诉她。

他拆下橡皮筋，将两叠牌对洗，发出一阵机关枪般的响声。

“好吧，”玛吉说，“我就装作不认识你。”她提起提包的带子，挪到长椅另外一端，走了出去。

艾勒把扑克牌放在她刚才坐过的地方。

她走到一扇彩色玻璃窗前。缅怀薇薇安·德维，挚爱的丈夫和父亲。窗下一块匾额上这么写着。一个名叫薇薇安的丈夫！她强忍着不笑出来。这让她想起年轻小伙子蓄长发的六十年代，那时她常想：手指顺着情人背后柔软的长发往下滑，感觉是不是很古怪？

教堂总让她的思路歪到有失体统的事情上去。

她继续朝前走。鞋跟笃笃响，好像她知道自己要去哪里似的。她走到讲坛边上，踮起脚去嗅一朵叫不出名字的、像蜡一样苍白的花儿。花儿什么气味都没有，明确无误地散发着一阵寒意。事实上，她自己也觉得有些冰凉。她转过身，沿着中间那条过道朝艾勒走去。

艾勒已经把扑克牌散开摊满半张长椅了。他将牌挪来挪去，从牙缝里吹着口哨。《赌徒》，这歌就叫这个。一听就能听出来，真没劲。你得知道什么时候守，什么时候丢……他玩起接龙游戏会一连几个小时不停手，开始很轻松，他挪起牌来几乎不假思索。“这时的牌不太来劲儿。”他跟玛吉说，“我该雇个业余牌手来对付这一段，就像绘画大师会找个弟子给自己的油画画背景。”

她瞪了他一眼，她还不知道大师们是这么干的。在她看来这是作弊。“你不能把那张五放到六上去？”她问。

“别多嘴，玛吉。”

她沿着过道往前走，手指松松勾着提包，包一前一后地晃荡。

这是哪个教派的教堂？外面标牌上没说明。玛吉和塞琳娜从小都是去卫理公会教堂，但麦克斯却是别的教派，他们结婚后，塞琳娜就转到那个教派去了。不过她的婚礼倒是按卫理公会教徒的规格办的。玛吉还在她的婚礼上唱过歌，她和艾勒二重唱。（那时他们刚开始约会。）那场婚礼是塞琳娜独出心裁的创意，在大家都热衷于“哦，答应我”的年代，她的婚礼是流行歌曲大杂烩外加哈里利·纪伯伦。没错，塞琳娜总是跑在时代的前头。也不知这回葬礼她会怎么安排。

玛吉在门口转了个身，往回朝艾勒走去。他已经离开了刚才坐的长椅，跑到后面一排，趴在椅背上，这样他可以纵观整个牌局。他一定到了起劲儿的时候，就连口哨也吹得慢了下来。坐在牌桌前，绝对不可数钱……从这边看过去，他就像个稻草人：肩膀像一副晾衣架，额前头发蓬乱，胳膊肘弯得像根铁丝。

“玛吉，你来啦！”门口，塞琳娜喊叫起来。

玛吉转过身，可她只看见金色阳光中的一个剪影。她说：“塞琳娜？”

塞琳娜伸出双臂，朝她跑来。黑色的披肩把她整个人都包裹起来了，披肩边缘晃动着垂挂的长流苏，她的头发也是黑的，并没有变灰。玛吉拥抱她时，手指缠住了塞琳娜垂肩长发的发梢。她不得不轻轻把手指上的头发抖掉。她浅浅一笑，后退一步。塞琳娜本该是一位西班牙女郎，玛吉一直这么觉得的。她留着中分的发型，长了一张肤色明亮的丰满的鹅蛋脸。

“哦，艾勒！”塞琳娜说，“你怎么样，艾勒？”

艾勒站起来（已经神不知鬼不觉地把扑克牌收起来了），她亲吻他的脸颊，他让她亲了一会儿。“听到麦克斯的消息，非常难过。”他对她说。

“哦，谢谢你。”塞琳娜说，“我真感激你们能来。麦克斯所有的亲戚都在家里，我觉得势单力薄。我总算溜了出来，告诉他们教堂这边有事，我要先来看看。你们吃早饭了吗？”

“哦，吃了。”玛吉说，“不过我倒是想去个厕所。”

“我带你去。你呢，艾勒？”

“不用，谢谢。”

“那我们去去就回。”塞琳娜说。她伸手勾住玛吉的手臂，领着玛吉沿过道往门口走去。“麦克斯的表兄弟从弗吉尼亚过来了，”她说，“他的兄弟乔治，当然，还有乔治的老婆和女儿。琳达和孙子孙女们星期四就到了，一直在这儿……”

她的呼吸散发着一种水蜜桃的芬芳，也说不定是她用的香水。她脚上穿着带皮带的凉鞋，带子一直绕到褐色的腿肚上，身上是一件鲜红的薄绸连衣裙（玛吉已经见怪不怪了），V字领口正中佩挂了一枚太阳形状的莱茵石坠。“说不定是好事，”她说，“这些混乱让我不去多想。”

“哦，塞琳娜，是不是很可怕？”玛吉问道。

“哦，是，也不是。”塞琳娜说。她领玛吉穿过正门左侧的边门，走下一段窄梯。“我是说这事情拖了这么久，玛吉；说得难听点也算是一种解脱，至少。他二月份就病了，你瞧。只是那时我们还不知道。二月一整个月都很糟糕，咳嗽感冒，屋顶漏水，炉子也坏了。所以我们没立刻意识到这个问题。他感到有些不对劲，他只是这么说。碰碰这里，摸摸那里……后来他脸色开始变黄。后来上嘴唇就消失了。我是说，你没什么可以告诉医生的。你不能就这么打电话给医生，说……可有一天早晨我看着他，心想，‘我的上帝，他可真老！他的脸都变样了。’那是四月的事情，四月里一般人都神清气爽的。”

她们穿过没亮灯的地下室，地上铺着油毡，头上横着粗粗细细的管道和电线。她们小心翼翼地穿过几张长铁桌和几把折叠椅。玛吉感到一阵亲切。那时她们不知多少回一起躲在主日学校的教室里相互倾诉秘密。她觉得自己都能闻到圣经宣传页用的铜版纸的气味了。

“一天我买杂货回来，”塞琳娜说，“麦克斯不在家。那天是星期六，我离家时，他在院子里干活。哦，我没多想，就开始收拾买来的东西——”

她领着玛吉走进一间墙上贴着白瓷砖的洗手间，话音发出了回声。“可是突然间，透过窗户，我看见一个不知哪里来的陌生女人搀着他的手，领着他。她在那儿……徘徊，你可以断定她认为他是残障人士什么的。我跑出去。她说：‘哦，他是你的吗？’”

玛吉走进隔间，塞琳娜抱起手臂靠着洗手池。“他是不是我的！”塞琳娜说，“那德行就像邻居牵着你家流着口水的狗问，‘它是不是你的？’可我说是的。原来这女人在邓莫路上发现了他，他手里拿了把修枝大剪刀，不知自己要去哪里。她问他要不要帮忙，而他一个劲儿说：‘我吃不准，我吃不准。’可他见了我，还是认得的。他高兴起来，对她说：‘那是塞琳娜。’我就领他进屋，让他坐下。我问他怎么回事，他说那感觉很奇怪。他说也不知怎的，忽然之间自己好像就走在邓莫路上了。那女人领着他朝他来的方向往回走，他说看见我们家的房子，知道那是我们家的，可同时又好像和他无关。他说那时就好像从自己的生命里走出去了似的。”

玛茜和戴夫，卫生纸架上面写着几个粉笔字。苏·哈戴衬垫文胸。玛吉试着将脑海中的麦克斯调整为这个新的版本——糊里糊涂、昏头昏脑、膝盖弯曲的麦克斯，毫无疑问，就像在她院里的某个病人。可她脑子里出现的麦克斯还是曾经熟悉的那个，健壮得像橄榄球运动员，有一头闪亮的金发，长了一张好脾气的满是雀斑的脸，赤身裸体冲进卡罗来纳海滩的浪潮里。毕竟过去十年里她只见过他寥寥数次。他不是个能稳稳当当守着一份工作的人，不断地搬家。不过，他给她的印象就是那种永远孩子气的男人。很难想象他变老。

她冲了马桶，出来时发现塞琳娜伸出脚扭来扭去，仔细观察着脚上的凉鞋。“你有没有经历过这种事，从自己的生命里走出去？”

玛吉说：“嗯，至少我不记得。”说着拧开了热水龙头。

“会是什么样子，我纳闷。”塞琳娜说，“有一天你看着自己身边的事物，一切都让你大吃一惊——你生在哪儿，你跟谁结婚，你长成怎样的人。比方说，你突然灵魂出窍了，那时——嗯，比方说，你和女儿一起正在外面购物——七八岁的你在观察自己所做的一切。‘啊！’你会说，‘这是我吗？开着车？自己拿主意？对年轻女人唠唠叨叨，好像知道自己该怎么做似的？’你会走进自己的家，说：‘哈，我不认为这些合我胃口。’你去照镜子，说：‘老天爷，我的下巴开始往下垂，就跟我妈一个模样。’我是说，你会看见人生的真实面目。你会说：‘我丈夫可一点都不聪明，是不是？’你会说：‘我女儿当然可以减去几磅体重。’”

玛吉清了清嗓子。（这些观察都令人汗颜地属实。比如，塞琳娜的女儿的确可以减去许多磅。）她伸手取了一张手纸，说：“我记得你在电话里提到他是因为癌症去世的。”

“是的，”塞琳娜说，“我们知道时已经扩散到全身了。他身上每个部分，甚至脑子。”

“哦，塞琳娜。”

“前一天，他还像往常一样跑出去卖无线电广告，可第二天就倒下了。没法走路，看不清东西，所有动作都向一边歪。他不断说闻到甜饼的味道。他说：‘塞琳娜，甜饼什么时候烤好？’我已经很多年没烤甜饼了！他说：‘给我一块，塞琳娜，一出炉马上就给我拿一块。’所以我就烤了一批，但他一副吃惊的样子，告诉我他不饿。”

“真希望你那时打电话给我。”玛吉说。

“你又能干什么？”

是啊，什么都不能，真的，玛吉想。她都不知道自己是否明白塞琳娜到底经历了什么。她们人生的每一个阶段，塞琳娜似乎都比玛吉提早一步经历；每一个阶段，她都以毫无掩饰、实话实说、令人吃惊的口气报告给玛吉，就好像一个不懂礼仪规矩的外国人。直来直去地说话！是塞琳娜告诉玛吉，婚姻不是洛克·赫德森和多丽丝·戴的电影[1]。是塞琳娜告诉她做母亲太艰难，你会觉得花这番精力得不偿失。眼下又是这个——丧夫。这使玛吉神经紧张，虽然她知道这不会传染。

她朝镜子皱皱眉头，瞥见耳朵上耷拉着那朵蔫蔫的蓝菊苣花。她一把将花扯下，丢进垃圾桶。塞琳娜竟然没提醒她——这足以证明塞琳娜何等心烦意乱。

“起初，我想，我们怎么办啊？”塞琳娜说，“我们俩怎么对付？后来我明白了，是我一个人怎么对付。麦克斯觉得我可以帮他渡过难关。管税务的人是不是威胁说要来查账。汽车是不是要换个新变速器。这是我的事儿。麦克斯把这一切丢在身后。等税务的人来查账时他早已死了，而那时他再也用不着汽车。你静下来一想，真是好笑。这是不是愿望成真的一种预兆？‘心若有思——事即登门’[2]，是不是有这种预兆？小时候我就发誓以后不依靠男人。你永远不会看见我等着男人来献殷勤！我要找个爱我、像胶水那样黏着我的丈夫，我找的丈夫就是这样一个人。不折不扣。我走到哪里，麦克斯就跟到哪里，在家里他的目光绕着我转。最后他不得不去医院，他求我别离开他，所以我白天黑夜地守着他。不过我开始对他恼火了。我记得自己一直劝他去锻炼，劝他关心自己的身体状况，他总是说锻炼只不过是赶时髦，还声称快走会让人心脏病发作。要是听他的话，人行道上早就堆满跑步的人的尸体了。他躺在床上，我看着他，说：‘哎，你更倾向哪一种，麦克斯，是穿着时髦的红色运动服猝死呢，还是躺在这里浑身插满针

---

①二人合作过《枕边细语》《名花有主》和《爱人回心转意》三部爱情片。

②出自美国作家詹姆斯·鲍德温。

头和输液管？’我是这么说的，就是这么大声说的！我竟那般恶劣地对待他。”

“哎，哦。”玛吉痛苦地说，“我知道你不是有意的——”

“每一个字，都是我心里想说的。”塞琳娜说，“你为什么样样事情都要粉饰过去，玛吉？我态度很恶劣。后来他死了。”

“哦，天哪。”玛吉说。

“是在晚上，星期三晚上。我感觉像有人搬走了压在我心头的一块大石，我回到家，一口气睡了十二个小时。接着，星期四，琳达从新泽西过来，这挺好的。她和丈夫还有孩子们。可我就是感觉有什么事情该去做。我忘记了什么。我得去医院，对，就是这件事。我感到心神不定。就好像我们小时候玩的小把戏，记得吗？站在门口，两只手的手背用力抵住门框，等我们向前跨出一步，感到两只手自己轻飘飘地往上飞，就好像所有压力都蓄积起来留待将来使用一样。事情过去了才产生作用。后来琳达的孩子开始逗猫玩儿，给猫穿上他们的泰迪熊睡衣，琳达根本没注意到。她从来不好好管教他们。麦克斯和我以前都硬是咬住嘴唇不说出来。每次他们过来，我们什么都不说，只是在屋子里对视一下，交换一下目光而已，这个你明白吧？可是突然间，屋里那个跟我交换目光的人不在了。这是我第一次明白我真的失去了他。”

她揪起肩头的一撮发梢，细细看着。她眼睛下方的皮肤亮晶晶的。她在流泪，但她自己并没有意识到。“所以我喝了整整一瓶葡萄酒。”她说，“之后我打电话给以前认识的每一个人，从麦克斯和我谈恋爱起我们结交的所有朋友。你，还有茜茜·帕通，还有巴利姐妹——”

“巴利姐妹！她们来吗？”

“当然，还有乔·安·德茂特和奈特·阿布拉姆，她最后还是嫁给了他，你会有兴趣听到——”

“哦，这么多年我一直都没想起过乔·安。”

“她会朗诵《先知》[①]里的段落。你和艾勒要唱歌。”

“我们要干什么？”

“你们要唱《爱情何其绚丽》[②]”

“哦，求求你，塞琳娜，不要唱《爱情何其绚丽》。”

“你们在我们的婚礼上唱过，是不是？”

“不错，可是——”

“麦克斯第一次告诉我他对我的感情时，他们正演奏这首歌。”塞琳娜说。她捻起披巾一角，轻轻擦了擦眼睛下面湿润的地方。“一九五五年十月二十二日，记不记得？庆丰收舞会。我和泰瑞·辛普森一起去的，可是半路杀出一个麦克斯。”

“这是葬礼！”玛吉说。

“又怎么样？”

“这又不是……点播节目。”玛吉说。

头顶上的钢琴开始震动地板。和弦，和弦，和弦，就好像许多套餐具重重地摆下来。塞琳娜抖了一下披巾，裹住前襟，说道：“我们最好上去。”

“塞琳娜，”玛吉跟着她出了洗手间，说，“艾勒和我自从你的婚

①纪伯伦的散文诗。

②电影《生死恋》的主题曲。

礼之后就再也没在大庭广众之下合唱过了！”

“没关系。我又不指望什么大师级的演唱。”塞琳娜说，“我只想重新再来一遍，就像有人过金婚纪念一样。我觉得这么做是点睛之笔。”

“点睛之笔！可你明白歌曲，呃，会过时。”玛吉说着，跟着她在桌子间绕来绕去，“为什么不唱些慰灵圣歌？你们教堂难道没有合唱团？”

走到楼梯脚，塞琳娜转过身来。“你看，”她说，“我求世上最亲密的朋友，帮我做一件最微不足道、最轻而易举的事情。哦，所有的事情，哪件不是我们俩一起经历的？！我们的婚礼和我们的孩子们！你帮我把妈妈送进养老院。你们家杰西被抓起来时，我陪你一起熬夜。”

“不错，可是——”

“昨晚，我开始想，我对自己说：‘我举行这个葬礼是为了什么呢？没几个人会来，我们在这里没住多久。唉，我们都不打算埋葬他，明年夏天我把他的骨灰撒到切萨皮克去。我们都不准备把他的棺柩抬到葬礼上。那么坐在教堂里又是为了什么？’我说，‘难道为了听菲尔波特太太在钢琴上弹福音诗《在恩义之道上磕绊前行》，还有《死亡恰似一夜深眠》，我都不认识菲尔波特太太！我情愿叫茜茜·帕通来弹琴。我情愿听《我的祈祷》，就像茜茜·帕通在我婚礼上弹的。’于是我就想，为什么不都再来一遍？纪伯伦，《爱情何其绚丽》。”

“不是每个人都能理解，”玛吉说，“比如那些没参加婚礼的人。”

甚至是那些参加了婚礼的人，她暗想。何况在那时，一些参加婚礼的人已经露出莫名其妙的表情了。

“那就让他们去莫名其妙好了。”塞琳娜说，“我这么做又不是为他们。”她一转身，开始往上走。

“还有艾勒呢。”玛吉跟着她，大声说。塞琳娜那条披巾的流苏拍打在她脸上。“当然啦，你要摇撼大地，我替你去摇，塞琳娜。可是叫艾勒唱那首歌，我觉得他会不自在。”

“艾勒是很不错的男高音。”塞琳娜说。她踏上楼梯最顶端的台阶，转了个弯。“而你的声音就像银铃，记得吗，大家总这么说。是亮相的好时候。”

玛吉叹了口气，跟着她走上过道。告诉她也不顶用，玛吉心想，现在这只银铃已经有半个世纪的岁数了。

玛吉不在的当儿，已经到了几位客人。他们零零星星地坐在一排排长椅间。塞琳娜弯下腰和一个穿细瘦黑西服、戴帽子的女士说话。“休格？”她说。

玛吉在她身后一下子停住脚步，说：“休格·蒂尔曼？”

休格转过身来。她以前一直是班花，现在依然漂亮，玛吉心里这么想。尽管她帽子上垂下的厚厚的黑面纱使玛吉一时看不真切。她倒是比那位寡妇更像个寡妇。哦，在她眼里，衣服就是戏装。“嘿，你来啦！”她站起身和塞琳娜贴了贴脸颊。“你失去丈夫，我非常非常难过，”她说，“哦，不过，他们现在叫我伊丽莎白。”

“休格，你还记得玛吉吗？”塞琳娜说。

“玛吉·达雷！真没想到。”

休格被网纱遮掩的脸颊水滑而不松弛，感觉就像杂货铺里装在网兜里的洋葱。

“更不幸的是，”她说，“罗伯特本来要和我一起来的，可是他在休斯敦有个会。不过他让我向你转告他的哀悼之意。他说：‘我们到处寻找去他们婚宴厅的路，就好像是昨天。’”

“是啊，哦，这正是我想跟你说的事。”塞琳娜说，“你记得我们的婚礼吗？结婚誓词后，你独唱了一曲？”

“《为汝而生》。”休格说着笑起来，“你们俩在歌声中走出教堂。我仍然能够看见你们当时的模样。歌曲已经唱完，但你们还没走出门，结果大家都听见你高跟鞋的声音。”

“唉，”塞琳娜说，“我想今天请你再唱一次。”

休格惊愕地撩起面纱，露出了脸。她看上去比玛吉想象的要老。“什么？”

“唱歌。”

休格朝玛吉挑起眉毛。玛吉转开目光，拒绝和她联手。有人的确在钢琴上弹起了《我的祈祷》。不过弹琴的人肯定不是茜茜·帕通，怎么可能？那个虎背熊腰、胳膊肘上长着肉坑、臂膀像只倒挂鸡心的女人？哦，她就跟一般女信徒没什么两样。

“我有二十多年没唱歌了。”休格说，“再说我那时候就唱不好，只不过亮亮相而已。”

“休格，这是我最后一次开口求你帮我。”塞琳娜说。

“伊丽莎白。”

“伊丽莎白，就一支歌！在座的都是老朋友！玛吉和艾勒也会唱。”

“别，等等——”玛吉说。

休格说道：“再说又是《为汝而生》。”

“有什么不合适吗？我倒想听听！”塞琳娜问道。

“你有没有想过歌词？在你身边，心满意足？你想在葬礼上听这个？”

“追思会。”塞琳娜说，尽管到目前为止，她一直都把它称作葬礼。

“有什么区别？”休格问。

“哦，不是陈示灵柩的仪式。”

“又有什么区别，塞琳娜？”

“不是说我躺在他身边，躺在棺材里！不是说我要装神弄鬼！只是精神上在他身边，我不过就是这个意思。”

休格望着玛吉。玛吉搜索枯肠，竭力回忆《我的祈祷》的歌词。在葬礼（或者说追思会）的语境里，她想，哪怕最平常的一句话也会有不同的理解。

“你会在这个教堂里被人当成笑柄。”休格断然说道。

“我为什么要在乎？”

玛吉离开了她们，沿着走道往前走。她开始留意起身边的人，因为他们可能就是旧日老友。可是没有一个人看上去脸熟。她走到艾勒坐着的那张长椅，用手肘捅了捅他。“我回来了。”她说。他挪过去些。他正在看袖珍日历——罗列生辰宝石和十二星座的那部分。

“是我的幻觉，”等她在他身边坐定，他问道，“还是我真的听见了《我的祈祷》？”

“是《我的祈祷》，没错。”玛吉说，“弹琴的人不是随便哪个老钢琴家，而是茜茜·帕通。”

“谁是茜茜·帕通？”

“真是的，艾勒！你记得茜茜。塞琳娜婚礼上就是她弹的琴。”

“哦，对了。”

“你和我那时还唱了《爱情何其绚丽》。”玛吉说。

“我怎么会忘记。”艾勒说。

“塞琳娜希望我们今天再唱一次。”

艾勒连表情都没变。他说：“可惜，我们无法为她效劳。”

“休格·蒂尔曼，她也不肯唱，塞琳娜会对她生气的。我想她不会放过我们，艾勒。”

“休格·蒂尔曼来了？”艾勒说。他扭过头，从肩头望出去。

男孩子们都迷恋休格。

“她坐在后面，戴了帽子。”玛吉告诉他。

“休格在他们婚礼上唱过？”

“她唱了《为汝而生》。”

艾勒转过脸想了想。他一定在回忆歌词。最后，他发出一声不太响亮的哼哼。

玛吉问：“你还记不记得《爱情何其绚丽》的歌词？”

“不记得，我也不想记得。”艾勒说。

一个男人在玛吉身边的过道停下，说：“嘿，墨兰，你们好啊？”

“哦，杜尔伍德。”玛吉说。她对艾勒说：“过去点儿，让杜尔伍德坐下。”

“杜尔伍德，嘿，你好。”艾勒说。他只朝里挪了一英尺。

“早知道你们也来，我就搭个车了。”杜尔伍德在玛吉旁边坐下，说道，“佩葛不得不坐公交车去上班。”

“哦，抱歉，我们应该想到的。”玛吉说，“塞琳娜一定给巴尔的摩所有人都打过电话。”

“没错，我注意到休格坐在我们后面。”杜尔伍德说着，从胸袋里摸出一支圆珠笔。他是个不修边幅、少言寡语的人，留着一头过长的灰卷发。头发末梢擦着耳朵尖，蹭着后衣领，给人一种落魄不济的感觉。高中时，玛吉不怎么喜欢这个人，可是这些年来，他一直住在离他们不远的地方，娶了一个格伦伯尼的姑娘，养家糊口。如今，和她一起长大的朋友里，他倒是最经常碰面的一个。居然会变成这样，是不是很有趣，她想。她不明白当初他们为什么没走得这么近。

杜尔伍德把所有的口袋都摸了一遍，在找什么东西。“你有没有纸？”他问道。

她只找到那张香波折价券，递给了他，他拿了一本赞美诗集垫在下面，咔嗒一声按出圆珠笔笔尖，冲着空气拧起眉头。“在写什么？”玛吉问道。

“我在回忆《要你，想你，爱你》的歌词。”

艾勒哼了一声。

教堂里人越来越多。他们前面的长椅上坐了一大家子，孩子们依照高矮坐着，他们圆嘟嘟的金发脑袋一溜斜上去，像个疑问句。塞琳娜在客人中穿梭，无疑在跟人软磨硬缠。披巾的流苏上不知从哪里粘了一层灰絮。《我的祈祷》一直重复着，不肯善罢甘休。

玛吉这才意识到这里坐着多少以前认识的人，她希望自己来这儿之前多花些心思打扮一下。比如，她该化个妆，或者打个粉底之类的——让脸不那么红彤彤。说不定她该试着在脸颊上画两笔褐色的修容粉，就像杂志上一再鼓吹的那样。她还应该挑一件看上去更年轻的连衣裙，一件吸引眼球的，就像塞琳娜的那样。只可惜她没有这种连衣裙。塞琳娜向来穿戴得花枝招展，她是学校里唯一一个打过耳洞的学生。她在艳俗的边缘摇摇晃晃，却恰恰又不落俗套。

对小时候的古板日子，塞琳娜表现得那么不屑！三年级时，她穿着芭蕾样式的鞋子，纸一样又轻又薄，鞋尖点缀着漂亮的小亮片。看见她走路时的轻盈模样和舞蹈演员般曼妙的裸露着的腿，别的女孩子（那时都穿着结实耐穿的咖啡色系带牛津鞋和齐膝羊毛袜）嫉妒得心里泛酸。每回课间休息，她的两条腿总是起鸡皮疙瘩，冻得青紫。她带着别出心裁的午餐去弥漫着炖肉气味的食堂，有一回，她带来了装在银色扁罐头里的银色小沙丁鱼。（她竟然把鱼尾巴吃了下去，还把鱼骨头也吃了下去。“哎——呀呀，好吃，好吃。”她一边说，一边一根一根舔着手指。）每年，到了家长日，她就神气活现地带来那位名声不怎么好的妈妈——阿妮塔，她妈妈穿着包着屁股的鲜红紧身运动裤，在酒吧干活。塞琳娜从来不避讳告诉别人她没有爸爸。或者，至少没有一个结了婚的爸爸，至少她爸爸没有和她妈妈结婚。

到了高中，她发展出了独树一帜的时尚风格——人造棉，机绣图案，菲律宾产的紧身衬衫。而别的女孩子还穿着裙撑。你可以看见女孩子们翩然走过走廊，裙裾就像镶荷叶边的灯罩；而她们当中，塞琳娜穿着阿妮塔那件性感的、充满诱惑的紫红色紧身衣裙。

可是她从来不和花心的男孩子约会，说来是不是奇怪？你认为她该和那些皮肤黝黑的风流浪子约会，但是，她和天真而阳光的男孩子约会，像麦克斯。穿花格子衬衫的男孩，穿运动鞋的男孩。吸引她的是这些男孩。也许平常心才是她梦寐以求的，不像她外表流露的那样。

有可能吗？唉，当然是这样，不过玛吉当时并没有猜出来。塞琳娜一味地要与众不同。她尖刻易怒，很容易就触到她的逆鳞，和你分道扬镳。（她和玛吉有多少回彼此不再说话，塞琳娜就像个高傲的公主唰地转身就走？）即便是现在，裹在大胆亮眼的披巾里，与每一位来参加葬礼的来宾拥抱，她仍然焕发出一种浓郁而深重的神采，使周围的人黯然失色。

玛吉低头看着自己的手。最近，当她从手背上揪起一层皮肉，再放掉，她注意到那层皮肉会皱上一会儿。

杜尔伍德自言自语着，在她的折价券上胡乱涂写。接着，他盯住眼前放赞美诗的木格子又嘀咕了一阵。玛吉心里焦虑不安。她撮紧手指尖，小声念叨："爱情何其绚丽。那是四月玫瑰，生长于——"

"我是不会唱的，跟你明说。"艾勒说道。

玛吉也不打算去唱，可她感到自己正独自负担着什么。她开始想象教堂里所有的中年人一起哼唱五十年代那些多愁善感的歌。"无限美妙，爱的眼睛可以看见……比五月的苹果树更繁茂的花蕾……"

为什么流行歌曲总是盯着浪漫爱情不放？为什么尽是初次见面、悲伤分离、甜蜜一吻、心碎肠断；而生活里其实还充满了孩子的降生、海边旅游、老朋友间讲讲老笑话。有一次玛吉在电视上看到考古学家挖掘出公元前鬼知道多少世纪的歌词残片，是一个男孩得不到姑娘爱的回报的伤心曲。不但歌曲，还有杂志上的故事，还有小说，还有电影，就连发胶和连裤袜广告上都是浪漫爱情。玛吉觉得这实在是颠倒主次，事实上是误导。

一道细细的黑影在杜尔伍德手边蹲下。是休格·蒂尔曼，她吹了口气，吹开粘在涂了口红的嘴唇上的面纱。“早知道让我给大家提供娱乐节目，我肯定不来。”她说，“嘿，艾勒，我在那边没看见你。”

“你好吗，休格？”

“伊丽莎白。”

“什么？”

“巴利姐妹做得对。”休格道，“她们一口回绝，不赞成这事。”

“她们就是这种人。”玛吉说。巴利姐妹特别势利眼，除了彼此，谁都不入她们的眼。

“尼克·伯尼根本就没来参加葬礼。”

“尼克·伯尼？”

“说是路太远不好开车。”

“我不记得尼克·伯尼参加了婚礼。”玛吉说。

“哦，他在合唱队里，不是吗？”

“嗯，是的，我想他在。”

“合唱队唱了《真爱》，记不记得？要是巴利姐妹不参加合唱，尼克·伯尼又不来，就剩我们四个了，所以她准备跳过合唱部分。”

“你瞧，”杜尔伍德说，“我从来搞不懂为什么《真爱》在排行榜上名列前茅。仔细想想，曲调相当无趣。”

“接着就是《为汝而生》。”休格说，“塞琳娜是不是很滑稽？有时候她做得太张扬。一首像《为汝而生》这样平庸的曲子，我们都觉得一般，而她却拿来当宝贝。这就很奇怪，很荒唐。碰上塞琳娜，什么事情都会变得夸张。”

“就像她的婚宴。”杜尔伍德说。

“哦，她的婚宴！迎宾队只有她母亲、一个十二岁的胖表妹和麦克斯的父母。”

“麦克斯的父母看上去脸色不太好看。”

“他们从来就不赞同这门亲事。”

“他们认为她多少有点儿低贱。”

“他们不停地问她家里来的都是什么人。”

“还是不要什么迎宾队比较好。”杜尔伍德说，“哎呀，最好直接私奔算了。我搞不懂她为什么弄得这么麻烦。”

“唉，不管怎么说，”休格说道，“我跟塞琳娜说了，要是她一再坚持，我可以唱，不过得换一首曲子。换一首更合适的。我是说我知道我们应该体恤未亡人，但也该有个限度。塞琳娜说，好吧，行，只要是在他们约会期间流行的歌曲就行。‘一九五五年和一九五六年，’她说，‘后面的一概不行。’”

“《装得真像》。”杜尔伍德忽然冒出来说，“嘿，有这么一首歌。记得吗，艾勒，记不记得《装得真像》？”

艾勒作深沉状，压低嗓门说：“哦——是的……”

“何不唱唱那首歌？”杜尔伍德对休格说。

“嘿，严肃点儿。”休格回道。

“那就唱《大卫·克洛科特》。”艾勒说。

他和杜尔伍德你一句我一句斗起嘴来：“唱《得克萨斯的黄玫瑰》。”

“唱《猎犬》。”

“唱《爸爸爱跳曼波舞》。”

“你们两个能不能严肃点？”休格说，“我是要到前面去站着的，嘴巴一张，没歌唱。”

“那么《伤心客栈》怎么样？”艾勒说。

“嘘——你们。他们开始了。”玛吉说。她瞥见亲属从后面走进来了。休格仓促起身，回到自己的座位。而塞琳娜刚才还弯着腰跟两个只可能是巴利姐妹的女人说话，现在就在她们身边这条距离第一排很远的长椅上坐了下去，继续低声说话。毫无疑问，她还在据理力争，企图说服她们唱歌。玛吉看见两姐妹的金发依然剪得短而卷曲，像顶帽子，是她们高中时就喜欢的发式；不过，她们后颈的皮肤惨不忍睹，就像鸡脖子，领口的粉红花边把她们弄得像米妮·珍珠[1]。

一位引宾员把家属引上过道：塞琳娜的女儿、一脸雀斑的胖琳达、琳达的络腮胡子丈夫，还有两个穿了大人西装的小男孩，脸上挂着不自然的严肃表情。他们后面是一位淡金色头发的男士，很可能是麦克斯的兄弟，还有许多人，都穿得庄重肃穆。其中几个长着和麦克斯一样的阔脸，让玛吉怔忡。她一时恍惚，竟忘了这是什么仪式，但马上又回过神来。麦克斯·吉尔已经走了，死了。死亡最让人激动的，她想，就是它是一件热闹的大事，让你明白你其实活得像模像样的。像模像样的，终于！你可以这么说！这是不是她每天早晨看报必读讣告栏，寻找熟悉名字的原因？这是不是当养老院里的病人被灵柩车运走时，她总是不无敬畏地压低声音和同事谈论这些事的原因？

亲属在第一排坐定。琳达回头朝塞琳娜示意，可是塞琳娜正和巴利姐妹争得起劲，根本没注意到她。这时钢琴声轻下去，祭坛近旁的

①美国喜剧女演员。

一扇门打开了，走出一个瘦瘦的秃顶牧师，他穿着一身黑长袍。他从布道台背后走过，坐进一张深色的木扶手椅中，过分讲究地摆弄长袍下摆，将它在西裤上摆伏贴。

“这位不是康诺阿牧师吧？”艾勒轻声说。

“康诺阿牧师已经死了。”玛吉回答他。

她没料到自己的嗓门竟这么响。坐在她前面的一排金色脑袋都转过头来。

这时，钢琴开始磕磕巴巴地奏响《真爱》。显然，茜茜是在替合唱队充数。塞琳娜朝巴利姐妹投去尖利责备的一瞥，可她们的脸硬是冲着前面，装作没看见。

玛吉记得格蕾丝·凯莉和平·克劳斯贝在电影里唱《真爱》。他们俩在一艘快艇或者帆船之类的东西上晃悠。细细一想，这两个人也都已经死了。

牧师先生或许察觉到演奏的音乐有些不对劲儿，但他至少不露声色。他等到最后一个音符在空中消失，站起身说：“请将圣言宝书翻到……”嗓音又高又细。玛吉想，要是康诺阿牧师就好了。康诺阿牧师声如洪钟，而且她觉得他在塞琳娜的婚礼上没念过什么圣言宝书，反正她不记得。

这人诵读起一首赞美诗，讲述了一个宜人居住之地。玛吉如释重负，因为据她的经验，赞美诗中的大多数篇目都偏重于敌人和阴谋诡计。她幻想着麦克斯和格蕾丝·凯莉还有平·克劳斯贝一起静卧在一处宜居之地，沐着阳光的船帆映衬着他闪闪发亮的小平头。他会跟他们讲肚子里的笑话段子。他可以一连几小时不停地讲笑话，一个接一个。塞琳娜总会说:“好啦，吉尔，够啦。”他们用姓氏称呼对方——就算结了婚，麦克斯还是用塞琳娜的娘家姓氏叫她。“留神，巴勒莫。”现在玛吉好像正听见他这么说。比起其他成了家的夫妻，他们这么称呼彼此倒更显亲密，好像是两个脾气随和的老朋友。玛吉婚姻中不时涌起的那种黯淡、无望、愤怒、走投无路的感觉，他们全然无所知。

事实上，虽说塞琳娜不相信婚姻是多丽丝·戴的曼妙电影，但她却从未当众证明过这一点；在外人眼里，她的婚姻生活就像一出最赏心悦目的家庭喜剧：任性的怪话连篇的塞琳娜，快乐的嘻嘻哈哈的麦克斯。哪怕在为人父母之后，他们对彼此仍旧那么专注，那么一往情深，琳达多少有点像个局外人。玛吉很羡慕。麦克斯在外面混得不太好，又有什么大不了的？“要是我不想支持他呢？一家的担子为什么总落在我肩上？”塞琳娜有一次坦白。不过她马上又变得和颜悦色，挥了挥手，手镯跟着叮当响成一串。“哦，得了。可他是我的甜心，对不对？”她说，玛吉当然同意。还有谁比他更甜吗。

（或许塞琳娜不记得，但玛吉记得，五年级后的夏天，她和塞琳娜怎么侦察她生父在吉尔福特的豪宅，怎么诡秘地跟踪他十几岁的儿子们和端庄优雅的妻子。“我朝她耳边说一句话，就能把她的世界砸碎。”塞琳娜说，“我可以敲敲她家的门，她说：‘嘿，你好，亲爱的，你是谁家的小姑娘啊？’我就告诉她。”可她躲在其中一只把守大门通道的石狮背后，并没有现身让人看见。然后她悄声说：“我以后绝对不会像她那样，跟你说吧。”不知情的人大概以为她说的是那位妻子，不过玛吉很清楚，她是指自己的妈妈。巴勒莫“太太”，爱情的牺牲品。一个女人，她的一切特征，哪怕是掠向一边的瀑布般的黑色卷发，都暗示着她永恒的创伤。）

牧师落了座，又精心整理起他的长袍。茜茜·帕通敲出几个叫人提心吊胆的音符。她朝众人扫了一眼，杜尔伍德便马上说："我吗？"声音响亮。一排金色脑袋又转过来。杜尔伍德站起身，走上过道。看样子，你好像要记住什么时候轮到你登台亮相。别介意，你得翻翻二十九年前的老账。

杜尔伍德站在钢琴边摆好架势，一只手臂搁在琴盖上。他朝茜茜点点头，一张嘴，发出一声颤抖的低音："贴近我，抱紧我……"

许多家长不许在家唱这首歌。这些渴求和需要听上去实在不怎么得体。所以玛吉和同学们不得不去塞琳娜家或者巴尔的摩金莺发烧友店，那时候，你可以挤在店铺的试听室里，放一下午的唱片，不付一分钱。

现在她想起自己为什么不喜欢杜尔伍德了，他发抖的歌剧般的嗓音提醒了她。大家都曾认为他很有魅力，一头深色的卷发，深褐色的眼睛，还有他微微皱起眉头央求的模样。他会借着任何能想到的理由在高中礼堂里唱"相信我，所有迷人的小美人都如过眼烟云"，同一首歌，同样一套动作，同样的五十年代低吟歌手的做派，一激动就哽咽。有时候，杜尔伍德哽得太过分，一句歌词的第一个音节发不出声，第二个音节也慢了一拍，这时胖乎乎的戴眼镜的音乐老师从钢琴上抬起头，泪眼朦胧地望着他。毕业纪念册上他的名字下面写着"梦中情人"。校报选他为"愿与之同归于尽的人"。他曾经想跟玛吉约会，被玛吉回绝了，她的女伴们都说她发神经。"你拒绝杜尔伍德，杜尔伍德·克雷格？"

“他太温柔。”她说。她们重复着她用的这个词，把这词传来传去，细细琢磨。“温柔。”她们跃跃欲试地说。

他太柔顺了，她的意思是，太可怜巴巴、低声下气了。她没看见他吸引人的地方。要是塞琳娜决定不要成为那样的人，那么玛吉也可以做到；而且，为了不成为她妈妈那种人，她准备避开所有和爸爸稍有相似的男人。不过爸爸倒是这世界上她最喜爱的人。玛吉要找的人绝对不能温吞水，不能丢三落四，不啦，谢谢您啦；绝对不能笨手笨脚，不能好好先生，不能多愁善感，绝对不能是个逼她唱红脸、做恶人的人。你绝对不会看见她在晚餐桌上板着脸冷冰冰地坐着，而她丈夫却快快活活地红着脸，嘴里哼唱着小曲。

因此玛吉拒绝了杜尔伍德·克雷格，毫无悔意地看着他和露·贝丝·帕森斯约会。哪怕此时此刻，露·贝丝的身影在她眼前那么清晰，比最终他娶的佩葛都来得清晰。她还可以清晰地看见杜尔伍德紧紧扣上了卡其裤背后常春藤风格的小搭襻（“挂上了钩”就意味着“正在谈朋友”），还有他带领角扣的衬衫和潇洒的装饰着小皮革橡果的棕色平底便鞋。当然，他今天早上穿了一件西装——晃晃荡荡像只袋子，过时，廉价，节俭。有那么一会儿，他变来变去，就像那些魔法相片，站在不同位置能看到不同的东西：旧时的大众情人杜尔伍德挥之不去，*亲爱的，我一生为你而活*，他的眉毛突然拧了起来；接着就是眼前这个寒酸的杜尔伍德，在玛吉的香波折价券上搜肠刮肚挤出一行行歌词。折价券被他举得那么近。他挖空心思在想，前额皱起一条条皱纹。

坐在前面的金发孩子们窃笑不已。他们一定觉得整个仪式实在太滑稽。玛吉有种冲动，想举起赞美诗集，给离她最近的那只小脑袋来一下子。

杜尔伍德唱完，有人竟糊涂地拍起手——只是两声清脆的掌声，杜尔伍德冷冷地点点头，一脸释然地回到座位。他叹了口气，在玛吉身边坐下，脸上蒙了一层细汗。他捏着折价券扇着。要是她开口要回来，是不是显得有点贪财？可以减两毛五分钱，还有双倍折价。

乔·安·德茂特起身走向布道台，她拿着一本拷花皮革封面的小书。那时候，她是个呆头呆脑的小姑娘，然而岁月使她丰富了起来。现在她苗条而迷人，穿着一件线条优雅、色彩柔和的连衣裙，化着淡妆。“在麦克斯和塞琳娜的婚礼上，”她说，“我朗诵了纪伯伦关于婚姻的诗。今天，在这悲伤的日子里，让我来读一读他如何写死亡。”

在婚礼上，她说纪伯伦的“G”时，发音重浊。今天，这个“G”却说得轻柔。玛吉搞不清哪一种是正确的。

乔·安用教书时的平缓语调开始朗诵，可玛吉突然间紧张起来。过了半晌，她才明白自己紧张的原因：下一个节目轮到她和艾勒了。正是《先知》抑扬顿挫的节奏提醒了她。

在婚礼上，他们俩坐在祭坛后面的折叠椅上，而乔·安和康诺阿牧师一起坐在祭坛前面。当乔·安开始朗诵，玛吉的心就开始狂跳，预示着她的怯场。她哆嗦着，猛吸一口气，这时艾勒伸手从背后悄悄挽住她的腰。这动作安抚了她。轮到他们唱歌时，他们竟然在同一秒钟发出同一个音符，仿佛他们是天作之合一般。至少那时候玛吉是这么看的。

乔·安合上书，回到座位。茜茜翻过一页琴谱，鸡心形胳膊肘上的赘肉晃了晃。她忽然在琴凳上挪了一下，开始弹奏《爱情何其绚丽》

的前奏。

如果玛吉和艾勒稳坐不动，说不定茜茜就继续弹下去了。她会代替他们，就跟她刚才代替合唱团一样。

可是钢琴声止住了，茜茜扭头扫了众人一眼，手指还停在琴键上。塞琳娜也回过头——她清楚玛吉坐在哪一排——投来充满信任和期待的一瞥，那目光根本不怀疑玛吉不会让她失望。

玛吉站起身。艾勒坐着不动。他就像个根本不认识的人——完全陌生的人，只不过凑巧和她坐在同一排长椅上。

于是，这辈子不曾独唱过的玛吉，抓住前排的椅背，喊道："爱情——"

声音有些尖利。钢琴声随之演奏起来。金发小孩们扭过头，仰头望着她。

"……何其灿烂明媚。"她声音发颤。

她感到自己像个孤儿，一个被遗弃的小孩，挺直背脊，两只圆头皮鞋鞋尖紧紧并拢。

这时她身边一阵窸窣，不是右边，不是艾勒坐着的那边，而是左边，杜尔伍德这边。杜尔伍德仓促地站起身，好像突然想起什么事情似的。"那是四月玫瑰，"他唱道，"生长于……"这么近，近到能听见他声音中的回响。她想到了颤动的金属片。

"爱情是大自然赠予的……"他们齐声同唱。

他们居然记得所有歌词，玛吉很惊讶，因为刚才她还想不起是什么把一个男人变成一位帝王。"是金色的冠冕。"她信心十足地唱了出来。你就得豁出去，咬紧牙关，歌词就会跟着冒出来。杜尔伍德主唱，玛吉应声附和，她的声音已经不怎么颤抖，当然如果能响亮一些更好。她的嗓音曾经一度媲美银铃。她在唱诗班唱了好几年，至少在孩子们出生之前，在一切都还没这么棘手、这么麻烦之前。最令她愉悦的就是把一个音符字正腔圆地唱出来，就好像一颗珍珠，一枚挂在空中将落未落的果实。当然，年岁并没有使她的声音更曼妙。有没有人从她的高音里听见一丝裂痕？她不知道，因为众人都端庄地面向前方，除了那几个金毛讨厌鬼。

她觉得时间变得绵长，就像太妃糖拉出的丝那样。她清晰地意识到身边所有细节。她感觉到杜尔伍德的衣袖轻轻摩挲她的手臂。她听见艾勒心不在焉地拨弄着一根橡皮筋。她看见听众了无兴趣。有人唱这首歌，后面还会跟着别的歌，他们理所当然地这么想。“你的手指抚摸我沉默的心。”她唱道，她记得自己和塞琳娜私下唱这首歌的时候，还笑过这句歌词——哦，远在那次历史性的庆丰收舞会之前。你的心如果不在胸腔里还能在哪儿？这歌词是不是说情人抚摸了她们的胸部？塞琳娜脸朝布道台，脑袋一动不动地静静听着。她的头发末梢用一根两端缀了一对红色塑料珠子的头绳扎成一束，就是年轻姑娘用的那种。她也像年轻姑娘那样，只叫来了高中同学——没有任何后来的朋友，没有他们结婚以后住过的那十几个小镇上来的朋友，因为每个地方他们都住不长。玛吉认为今天的葬礼上，这最可悲。

歌曲唱完，玛吉和杜尔伍德坐了下去。

茜茜·帕通紧接着开始弹奏《四海一家》，可曾经配合得如列侬姐妹一样天衣无缝的巴利姐妹却坐着没动。塞琳娜似乎已经放弃努力，连看都不看她们一眼。茜茜只弹了一段，牧师就站起来说：“今天我们聚集在此，哀悼我们的痛失。”

玛吉感到自己一下子软成了一摊泥。她已耗尽气力，膝盖直哆嗦。

牧师说了很多麦克斯为熔炉基金会工作的业绩。但他本人似乎和麦克斯并不熟识。也许这就是麦克斯一辈子全部的丰功伟绩了：一套穿着东奔西走的西装，一只握起来坚定热诚的手。玛吉把注意力转向艾勒。她不明白他怎么能坐在那里一动不动。他当然会让她一个人难堪地对付整首歌，她早就知道。她会结结巴巴，洋相百出，而他会无动于衷地看着她，好像他们没有任何关系似的。为什么不？他会说。他又没有什么义务在一个半生不熟的人的葬礼上大唱五十年代老掉牙的歌。像平常一样，他总是有理。像平常一样，他总是会逼玛吉认输。

她决定葬礼一结束，就昂首阔步自己离开。她绝不会和艾勒一起开车回巴尔的摩。她说不定可以搭杜尔伍德的车。一想到杜尔伍德的侠义相助，她心中便涌起一股感激之情。没多少人会像他这样拔刀相助。他是一位文雅和蔼、富有同情心的绅士，她当初就该意识到。

嘿，要是当初她同意和杜尔伍德约会，现在就是完全不同的人了。一切都是因为对比。跟艾勒一比，她很愚蠢、很情绪化。谁和他比都这样。跟艾勒一比，她说得太多、笑得太多、哭得太多，甚至吃得太多，喝得太多！动作太马虎、太无趣！

她决绝地不愿成为母亲那样的人，结果却成了父亲那样的人。

牧师发出一声清晰的哼哼声，坐下来。后面几排座位上传来一阵衣料的窸窣响动，是休格·蒂尔曼，手扶着黑色大草帽，如同稳稳地端着一只摆满碗碟的托盘。她脚步轻盈地走到前面，弯腰跟茜茜商量着什么。她俩嘀咕了一通。然后休格直起身，在钢琴边摆好站姿。她双手交握的样子就像合唱团领队一再教导的那样——松松地握住，齐腰，不能更高。茜茜弹了一段音乐，玛吉一时叫不出曲名。一位引导员走到塞琳娜跟前，她站起身，将手伸进他的臂弯，由他引领着走下过道，目光低垂。

休格唱道："当我还是个小姑娘……[①]"

又一位引导员向塞琳娜的女儿琳达伸出手臂，家属排队走出门。布道台前面，休格运足心力，投入众人的合唱声中：

世事不可强求，
顺其自然，
我们不能预见未来，
世事不可强求。

①希区柯克的电影《擒凶记》中的插曲。

3

走出教堂，就好像一下子走出日场电影院——突如其来的阳光、鸟儿的啼啭，生活在他们缺席时继续向前推移。塞琳娜拥抱着琳达。琳达的丈夫领着孩子们尴尬地站在一旁，就像希望被介绍的客人。教堂院子里都是五六级毕业生，他们彼此辨认着，打着招呼。“是你吗？”他们问道。又比如，“过了多久了？”再比如，“你能相信吗？”巴利姐妹对玛吉说她什么都没变。乔·安·德茂特则声称大家都变了，越变越漂亮。“多有趣，”她说，“比起父母那一辈这个年纪的时候，我们显得多么年轻。”接着休格·蒂尔曼出现在教堂门前，冲着这一大群人问，不然她还能唱什么。“我是说，我知道这首歌不太理想，”她说，“可你得瞧瞧让我挑的那些歌！是不是绝对不合时宜？”

大家都发誓，并没有不合时宜。

玛吉说：“杜尔伍德，你救了我的命，我欠你的。”

“我很荣幸。”他告诉她，“你的折价券，磨损一点照样用。”

此话不尽然。纸张湿漉漉，边角软塌塌。玛吉将折价券收进提包。

艾勒和奈特·阿布拉姆在停车场边上站着。他和奈特·阿布拉姆比其他人高几级，属于局外人。不过艾勒好像无所谓。事实上，他悠哉得很。他在聊开车路线。玛吉的耳朵只听见只言片语，“3A”和“十号公路”。你会觉得男人就是喜欢钻牛角尖。

“有趣的小地方，是不是？”杜尔伍德说，朝四周望了望。

“有趣？”

“你都无法把它叫作小镇。”

“哎，是小了点儿。”玛吉说。

“我不知道塞琳娜会不会继续留在这儿。”

他们俩同时朝塞琳娜望去，她似乎正竭力安慰女儿，让女儿重新振作起来。琳达泪流满面，塞琳娜推开她一些，帮她整理好衣衫。“她在巴尔的摩不是还有亲戚？”杜尔伍德问道。

“没人认她。”玛吉说。

“我以为还有她妈妈。”

“她母亲几年前过世了。”

“哦，是吗？”杜尔伍德说道。

“她得了那种病，肌肉什么的病。”

“当初我们男同学个个都，怎么说，都很迷恋她，有那么一阵子。”杜尔伍德说。

这让玛吉吃了一惊，不过还没等她发表意见，塞琳娜已经走了过来。她用披巾紧紧裹住自己。“感谢你们俩唱歌，”她说，“对我来说意义重大。”

“艾勒固执得叫我生气。”玛吉说。而杜尔伍德则说：“完美的仪式，塞琳娜。”

“哦，说实话，你们都觉得这么干挺疯狂的吧。”塞琳娜说，“不过你们愿意迁就我真是太好了。大家都对我很好。”说着她的嘴唇颤抖起来。她从 V 字领口抽出一张面巾纸，沾了沾一只眼睛，又在另一只上也沾了沾。“对不起，”她说，“一会儿哭一会儿笑。我觉得就像，我也说不清楚，就像风暴中的电视屏幕。情绪实在不稳定。”

“再自然不过了。”杜尔伍德安慰她说。

塞琳娜擤了擤鼻子，又把面巾纸叠起来。“不管了，”她说，“一位邻居在我家里准备了些点心。你们能不能都来？我需要大家陪陪我。”

“哦，当然。”玛吉说。杜尔伍德则说：“一定奉陪，塞琳娜。”两人同时开口。“我去取车。”杜尔伍德说。

“不用麻烦，我们走过去。就在那边，穿过树林就是，而且那边没多少可以停车的地方。”

她挽起玛吉的手臂，轻轻依靠着。“办得不错，是不是？”她说。她领着玛吉走上街，而杜尔伍德落在后面，和休格·蒂尔曼一起走。“我非常高兴自己想出这个主意。奥比森牧师还大发脾气，可我说：‘难道这个仪式不是为了我吗？追思会的目的不是为了慰藉活着的人吗？’于是他说没错，他想的确如此。可是这还没完！等你到我家，看看我在家里安排的惊喜。”

“惊喜？什么惊喜？”玛吉问。

“我不会说的。”塞琳娜说。

玛吉开始咬住下嘴唇。

她们拐进一条更窄的小路，因为路边没有人行道，只能贴着墙根走。这里的房子一看就是宾夕法尼亚特有的风格，玛吉想。大多数房子都是用石块砌起的瘦高长方形，靠近马路，正面平板一块，没有几扇窗户。她想象里面尽是些简陋的木家具，没有靠垫，没有花里胡哨的荷叶边，没有现代设施。当然，这么想显然很愚蠢，因为每根烟囱上都绑着电视天线。

一大群宾客都迤迤然尾随其后，穿过砂石地时，女士们踮起穿高跟鞋的脚尖，男人们则把手插在裤兜中，闲庭信步。艾勒殿后，走在奈特和乔·安当中。他的脸上并没有流露出在意改变计划的迹象，也说不定他有所表示，不过玛吉正好没看见。

“杜尔伍德想知道你是不是打算继续留在这里，”她告诉塞琳娜，“会不会搬回巴尔的摩？”

“哦。”塞琳娜说，“此刻巴尔的摩看上去那么遥远，我还认识谁啊？”

“首先，有我和艾勒。”玛吉说，“杜尔伍德·克雷格。巴利姐妹。”

巴利姐妹就跟在她们后面，手挽着手。她俩都戴着夹式墨镜，墨镜片夹在眼镜上的那种。

“琳达劝我搬去新泽西，”塞琳娜说，“在她和杰夫附近找一间公寓。”

“那样不错。”

“哎，我吃不准。”塞琳娜说，“好像每次一起连住几天，我就开始觉得我们毫无共同之处。”

“可要是你住在附近，就不必一起连住几天了。”玛吉说，“你想来就来，想走就走。没话说了就走。再说，你可以经常见到孙子们。”

“哦，是的，孙子们。我从来不觉得他们跟我有多大关系。”

“也不会有人禁止你接触他们啊。”玛吉告诉她。

“你孙女怎么样，玛吉？”

“不知道。”玛吉说，“什么都不告诉我。而且菲奥娜又要嫁人了，我还是偶然听说的。”

“是吗！哦，拉露身边有个爸爸，是好事。”

“勒罗伊。”玛吉说道，“可你看，菲奥娜真正喜欢的还是杰西。她就是这么说的，她总是这么说。他们只不过是暂时闹别扭。要是她再嫁，肯定铸成大错。而可怜的小勒罗伊就……哦，我真不愿去想这孩子经历过的事。住在快要倒塌的房子里，抽二手烟——”

“抽烟！六岁的孩子？”

“七岁。抽烟的是她外祖母。”

“哦，这样。”塞琳娜说。

“可是，蒙上一层尼古丁的是勒罗伊的肺！”

“哦，玛吉，随她去吧。”塞琳娜说，“都随他们去吧！我就是这么说的。今天早晨我看着琳达的儿子爬我家后院的篱笆，一开始我想，哦，哦，最好叫他们进屋，他们一定会扯破身上娘娘腔的小西装。后来我一想，不，算了吧。不关我的事，随他们去吧。”

“可我不想随她去。”玛吉说，“这叫什么话？”

“你无能为力。”塞琳娜告诉她。一根小树枝横在路上，她一脚跨了过去。“最终就是这样，不管愿不愿意，统统剪下扔掉。唉，你一直都在这么做，是不是？生下孩子的那天，你就开始要摆脱他们，就是这个道理。人生中最为重大的时刻便是当你望着他们时，你能说：‘要是我现在死了，他们也照样能过下去。我死了也没关系。’‘真是大松一口气！’扔掉，扔掉！把地下室的玩具统统扔掉！搬进小房子去住。绝经让我高兴。”

“绝经！”玛吉说，“你已经绝经了？”

“终于。”塞琳娜告诉她。

“哦，塞琳娜！”玛吉忽然停下脚步，弄得后面的巴利姐妹差点儿撞上她们。

“哦，老天爷，”塞琳娜说，“你紧张什么？”

“可我记得我们初潮的时候，”玛吉说道，“记得我们大家都在等吗，记不记得？”她转向巴利姐妹，“有一阵子我们开口闭口只谈论那件事？谁开始了，谁还没有？感觉怎样？刚结婚时，我们是怎么拿它当秘密守着不让丈夫知道？”

巴利姐妹点点头，笑了笑。她们的眼睛隐藏在墨镜后边。

“可现在，她没了，停了。”玛吉告诉她们。

“我们还没停。”吉妮·巴利欢唱道。

“她进入更年期了！”玛吉叫道。

“妙极了，向全世界宣告吧。”塞琳娜说。她勾住玛吉的手臂，继续往前走。“相信我，我连想都懒得想。‘哦，好。’我跟自己说，‘只不过又是一件要放手的事而已。’”

玛吉说：“我没觉得是我放了手，我觉得是他们硬把这些从我手里抢走。儿子长大成人，女儿离家上大学，养老院据说要裁员。好像跟州里新的立法有关——他们要雇用专业人员，解雇我这种人。”

“那又怎样？反正那份工作本来就委屈了你。”塞琳娜说，“你是全A学生，忘了？或者差不多全A。”

“不委屈，塞琳娜，我喜欢那份工作。你怎么跟我妈一个腔调？我喜欢那份工作。”

“那就回学校去，把自己变成专业人员。”塞琳娜说。

玛吉不再跟她计较。突然间，她觉得太累了，不想多纠缠。

她们一拐，进入一扇小院门，走上石板小径。塞琳娜的房子比边上其他建筑更新——砖坯砌成，单层，新式，简洁紧凑。有人站在前窗后，正撩开一角窗帘往外窥视；等客人一出现，她就放下窗帘，不见了踪影。接着她出现在门口，穿着上身收紧、下摆用裙撑支衬着的深蓝连衣裙。“哦，可怜的孩子！”她朝塞琳娜唤道，“你快过来。你们大家，请进！这里有很多吃的喝的。有人要洗一把脸吗？”

玛吉需要。她照妇人的指点，穿过塞满饰有车轮图案的笨重家具的客厅，沿一条短过道走到卧房。房间里的装饰似乎全经过麦克斯之手：床罩上印着五彩的汽车牌照图案，书架上摆着一溜啤酒杯收藏品。矮柜上摆着一张琳达戴方帽穿毕业礼服的照片，边上是一只铜制牛仔靴，里面插了铅笔和顶端被咬碎了的塑料调酒棒。盥洗室里已经有人挂好了客用毛巾，摆好了盛着玫瑰花形小香皂的碗。玛吉从水池下的柜子里找出一块象牙牌肥皂，洗了手，在浴帘后面挂着的灰色浴巾上擦干，然后就着镜子照了照。这段路没损害她的打扮。她想把前刘海往下压平，又在镜前侧过身收起小腹。巴利姐妹正谈论着琳达的照片：“真可惜，她长得像麦克斯，不像塞琳娜。”奈特·阿布拉姆说：“这里排的是上厕所的队吧？”玛吉在里面说道：“马上就出来。”

她一走出来，就看见艾勒和奈特一起在门口等着，他们现在的话题是一加仑汽油能开多远。她回到客厅。客人聚集在餐厅的角落，餐桌上摆满了一盘盘食物——三明治、蛋糕和酒。茜茜·帕通的丈夫充当酒保。玛吉一眼就认出他扎眼的粉红头发，那头发颜色就像新砍下来的香柏木，一点儿都不见黯淡。她走向他，说："嘿，迈克尔。"

"玛吉·达雷！唱得精彩，"他说，"可艾勒是怎么回事？"

"哦，呃……"她支吾了一下，"我可以要一杯杜松子酒加奎宁水吗？"

他替她调了一杯，划了一个花哨的倒酒动作。"我讨厌这些事儿，"他说，"这是我这周参加的第二场葬礼。"

"还有谁死了？"玛吉问。

"哦，一个老牌友。上个月是我姑姑琳娜特，再之前一个月……这么说吧，先前我出席孩子们的每一场表演；这些刚结束，就开始一连串的葬礼。"

一个不认识的人走上前，问他要一杯苏格兰威士忌。玛吉开始在客厅里周旋应酬。她没听见太多有关麦克斯的谈话。大家在聊棒球联赛，犯罪率，郁金香根茎在泥土中适宜的深度。两个玛吉从未见过的女人凑在一幅组合照片前，照片上是她们认识的一对夫妻。"他是个酒鬼。"其中一个说。

"是啊，可他宝贝她。"

"哦，他没她不行。"

"他们招待的那次复活节早午餐你去了？"

"去了，是餐桌中间摆着巧克力装饰的那次？"

"是他送她的礼物，她说。那天早晨他要给她一个惊喜。"

"一只空心巧克力兔子，灌满了朗姆酒。"

“她不知道兔子里灌了朗姆酒。”

“他说要像瑞士酒心糖那样做只酒心兔。”

“朗姆酒从底下漏出来了。”

“巧克力融化了一个小洞。”

“从没见过这么狼狈的情况，桌布上到处都是。”

“幸好用的是节日纸桌布。”

餐厅角落里，巴利姐妹正和迈克尔说话。她们将墨镜片翻上去，杵在眼镜上，就像可爱的尖脸外星生物头上支棱着两只触角，她们俩步调一致地认真点头。乔·安和休格在谈论异族通婚——嫁给奈特·阿布拉姆之前，乔·安就对此颇有兴趣，显然嫁给奈特·阿布拉姆后，她的兴趣仍未消退。“说实话，”休格说，“你不觉得其实每桩婚姻都是不纯的？”而塞琳娜的两个孙子正偷偷地互扔蛋糕。白蛋糕，看上去挺诱人。玛吉想尝一块，随即想起自己在节食。她觉得一种贞洁的空旷的快感在胸口荡漾。她绕着餐桌走，检视他们摆出来的食物，什么都不碰，就连土豆片也不碰。“仓库沙拉是我做的。”塞琳娜的邻居在她身边说。

“仓库沙拉？”

“你拿一包橙子味的果冻粉，一罐菠萝丁，一盒鲜奶油……”

有个留着蓬松发型的女人过来问好，邻居便转身应酬，留玛吉一人在那里体验牙缝里的果冻粉。

塞琳娜站在自助餐桌前，上方挂着一幅油画：一只死鸟和一篮橄榄绿色的水果。琳达和她丈夫站在她身边。“等这些人都走了，妈妈，”琳达说，“我们请你到外面吃一顿，你喜欢去哪一家就去哪一家。”她说话的声音比平时稍微响了点儿，好像塞琳娜听不清似的。“我们请你吃顿像样的。”她说。

“哦，可是家里有这么多吃的，”塞琳娜说，“说实在的，我真的一点都不饿。”

她女婿说：“哦，吉尔妈妈，只要告诉我们你喜欢哪家餐厅就行。”对了，他叫杰夫，可玛吉想不起他姓什么。

塞琳娜说：“嗯……”她环顾四周，似乎指望有人提议。她的目光飞快扫过玛吉，继续向四周扫视。最后她说：“哦，那么，金筷子吧。那地方挺不错。”

“哪种，中餐？”

“哎，没错，而且他们还有……”

“哦，我不太喜欢中餐。”琳达说，“中餐和日餐，两种都不喜欢。抱歉。”

“以及所有东方食物。”杰夫指出，“你也不喜欢泰国菜。”

“不喜欢，没错。也不喜欢菲律宾或者缅甸的。”

塞琳娜说：“可是——”

“你还不能吃印度菜，别忘了印度。”杰夫说。

“不吃，印度菜里放了奇怪的香料。”

“香料妨碍她消化。”杰夫告诉塞琳娜。

“我想我只不过是敏感什么的。”琳达说。

“墨西哥菜也有这问题。”

“不过我们这里没墨西哥人，”塞琳娜说道，“这里找不到墨西哥餐厅。”

琳达说："我倒是想知道，这帮墨西哥佬自己怎么受得了那么火辣的调料。"

"他们受不了，"杰夫对她说，"结果都得了吓人的病，口腔内膜就像装甲板。"

塞琳娜眨眨眼。"哦，"她说，"那你们俩想去什么样的餐馆？"

"或许去一号公路边上那家牛排店？"杰夫回答她。

"马克曼牛排？哦。"

"没错，要是你觉得还行的话。"

"嗯，马克曼会不会……有点儿吵？"塞琳娜问道。

"我从来不觉得那里吵。"琳达说。

"我是说那里一向又吵又挤。"

"去不去由你，妈妈。"琳达翘起下巴，告诉她，"我们只是想对你好，老天！"

玛吉就站在他们的小圈子外，等着塞琳娜丢给她那种斜着眼睛转着眼珠的表情。可塞琳娜连看都没看她一眼。她萎掉了似的，失去了那份泼辣。她举起杯子，凑到唇边，若有所思地啜了一口。

这时，麦克斯的兄弟喊道："塞琳娜，你准备好没有？"

他指了指茶几上长霉点的黑色人造革盒子。这东西看上去很眼熟，可玛吉想不起为什么眼熟。塞琳娜脸色又好起来。她转向玛吉，说："这就是惊喜。"

"是什么？"玛吉问道。

"我们要放一段我的结婚录像。"

对了，一台放映机。玛吉已经很多年没见过这玩意儿了。她看着麦克斯的兄弟解开银色搭扣。这时，塞琳娜跑去放下遮光帘。“我们就用这面最大的帘子当屏幕。”她喊道，“哦，但愿片子没破，没褪色，不像老片子那样。”

“你是说你和麦克斯的婚礼？”玛吉跟着她问。

“他叔叔奥斯瓦尔德拍的。”

“我不记得婚礼上有摄像机。”

“我昨晚回忆歌曲时突然想起来的。‘要是还没坏，’我跟自己说，‘看一遍是不是很有趣？’”

有趣？玛吉不敢肯定。尽管如此，她可不会错过这机会，于是在地毯上找了块地方坐下。她放下手中的酒杯，腿朝一个方向蜷曲起来。她旁边的扶手椅里坐着一位年纪很大的老太太，玛吉看过去，只能看见老太太塌成一团的米色厚棉袜融化了似的坍在鞋面上。

听到接下来的节目，塞琳娜的老同学都聚拢到放映机周围，而其他人则四下散开，就像显微镜下看到的东西。有几个一边慢慢向门口挪动，一边提起临时保姆，提起要去其他地方赴约，跟塞琳娜说务必保持联络。有几个回到酒柜旁，因为找不到迈克尔，他们便自己动手调起酒来。此刻迈克尔在客厅里，还有奈特。艾勒不知去了哪里，玛吉没看见。奈特问休格：“你觉得我会在里面吗？”

“要是你在婚礼上唱过歌的话，就在。”

“哦，我没唱。”他苦着脸道。

只要稍微运用一下想象力，玛吉想，这里就成了阿尔丹先生的公民学课堂了（只要把那位手里捧着一只叮当响的茶杯，心满意足、稳如泰山的老太太排除在外）。她朝周围一看，见到已显年纪的男女围成半圆，他们棱角消损，显得谦逊谨慎，以至于她一时间竟觉得他们就像家人般亲近。她奇怪自己竟没意识到这些年来他们和她一样都在变老，多多少少经历了相同的人生阶段——养育孩子，把孩子送出家门，惊愕地从镜子里发现皱纹，看着父母变得羸弱。也不知怎么回事，在她心里，他们竟还是那群为毕业舞会焦灼不安的人。

就连放映机的声音都像是直接从阿尔丹先生的课堂上发出来的似的——咔嗒咔嗒，胶卷开始转动，带着斑点和裂隙的光投射在遮光帘上。要是阿尔丹先生看见他们这帮人又聚在一起，会说什么呢？现在他说不定已经去世了。反正，这片子不是讲民主制度如何运作，也不是关于法律如何诞生，而是——

嘿，茜茜！茜茜·帕通！年轻，苗条，一本正经，梳着溜光的发髻，发髻四周装饰着假雏菊，像法国侍女小围兜的花边。她在弹钢琴，手臂典雅优美地弯曲着，你甚至会相信正是因为她将落未落的触碰，让影片沉默无声。她穿着唱诗班的长袍，领口处正好露出衬衫的小圆领，一抹浅橙红色（其实是深玫瑰色，玛吉记得）。她扬起头，朝某个方向期待地望过去，摄像机跟着她的目光，镜头中突然充满了两排风华正茂的年轻人，穿着打褶的长袍。他们无声地歌唱，嘴形是无可挑剔的椭圆，就像圣诞卡上欢唱颂歌的人。塞琳娜辨认出他们唱的歌曲。“真爱，”她唱道，“真——”她打住歌声，说，“哎呀，你们看，玛丽·简·博耐特！我竟没想到邀请她。我完全把她忘了。谁知道玛丽·简·博耐特现在在哪里？”

没人回答，倒是有几个人压低了声音，仍旧迷迷蒙蒙地继续唱：“……爱你，我有一位守护天使……”

“那是尼克·伯尼，那讨厌鬼，”塞琳娜说，“他说来葬礼路太长。”

她坐在椅子的扶手上，冲录像探出脖子。投向屏幕的银光勾勒出她挺拔的鼻子和唇线，从侧面看，显得十分神气。甚至可以说威风凛凛，玛吉想。

玛吉自己站在唱诗班的第一排，身边就是休格·蒂尔曼。她满头小卷，显得脸更大。哦，真丢脸！不过毫无疑问，所有人都这么想。她分明听见休格哼了一声。等镜头移向杜尔伍德，他迸出一声爆笑，那时的杜尔伍德留着油光乌亮的大背头，就像超级奶油冰激凌上的浇头。年轻的杜尔伍德大步跨到钢琴边，长袍在身后飘扬。他摆好姿势，煞有介事地顿了顿。接着便开始无声地咏唱“要你，想你，爱你”，大多数时候他的眼睛不是睁着而是闭着，左手臂激情奔放地挥来挥去，有一回竟打了插在纸花瓶里的百合花一巴掌。玛吉想笑，可硬是忍住了。大家都忍着，可是老太太开口了：“哎呀，我的老天。”她的茶杯又一阵叮当响。有几个人竟跟着一起哼唱，玛吉心想他们真是大好人。

接着，摄像镜头摇晃着对准了教堂前端的乔·安·德茂特。她手扶布道台边沿，看着一本观众看不见的书朗读。因为不参加唱诗班，她的衣裙从上至下可以看得一清二楚——式样古板、肩胛高耸的长裙，她这辈子没穿过比这更老气的裙子了。她低垂的眼睛不施脂粉。没有哪个人能够跟着《先知》哼诵，所以整段朗诵就无声地、没完没了地继续着。在餐厅那一角，其他客人正说说笑笑，酒杯里的冰块儿被晃得叮当响。“我的老天，你们快进啊。”乔·安·德茂特嚷道，可是麦克斯的兄弟显然不知道怎么快进（这种老片子，真能快进吗？），所以他们没办法，只得坐着看下去。

摄影机镜头又一转，是茜茜·帕通在弹钢琴，一缕湿卷发贴在脑门上。玛吉和艾勒并肩站着，望着茜茜演奏，神情严肃。（艾勒还是男孩，小孩子一个。）他俩吸了一口气，开始唱歌。玛吉身上的唱诗班长袍稍微紧了些，鼓鼓的——从那时起，她就开始与多余的十磅肉斗争了，而艾勒看上去就像只拔了毛的雏鸟。他头发真的这么短？那时他好像完全难以捉摸。难以捉摸成了他最吸引人的魅力。他让她想到不需要写下演算步骤就能直接给出答案的数学天才。

拍这片子时他二十一岁。玛吉十九岁。她说不清楚他们是在哪里碰上的，因为那时候他们没什么关系。他们说不定在高中走廊里擦肩而过，也说不定小学时就碰见了。他说不定还去她家玩过，和她的哥哥们一起出去逛。（他和她哥哥乔希年纪差不多。）当然，他和她还在教堂里一起唱歌，这个她可以肯定。他们一家是教堂的信徒，而尼古尔斯先生总是缺男声，于是说服艾勒加入唱诗班。不过他没待多久。差不多高中毕业时，他就不去了。也说不定是高中毕业后的一年。具体什么时候他不再出现在唱诗班，玛吉没注意。

她高中时的男朋友是个叫鲍里斯·德拉姆的同班男生。他很矮，皮肤黝黑而粗糙，一头短而卷的黑发——哪怕才那个岁数，就已经满是男子汉气概，正是她想要的那种人。还是鲍里斯教会玛吉开车的，其中一项练习是让她一个人在西尔斯·罗巴克商场的停车场里开快车，而他会突然冲到车前，测试她的刹车技术。到今天，她对他最清晰的记忆是他站在车前毅然决然的姿势：手臂平伸，两脚岔开，咬紧牙关。他就像是磐石，牢不可摧。她觉得哪怕从他身上辗过，他也会分毫无损地弹起来，就像底部灌铅的塑料玩具小人。

他计划高中毕业后去中西部上大学，不过他们有约在先，等他一毕业，他们就结婚。而玛吉则留在家里，上古彻学院。对上古彻学院，她自己并不怎么起劲儿，全是母亲的主意。母亲结婚前是英语教师，她替玛吉填了所有的申请表，甚至还帮玛吉写了申请书。孩子能够飞黄腾达，对她来说相当重要。（玛吉的父亲是安装汽车车库门的，根本没上过大学。）玛吉顺从了，同意在古彻耗上四年。同时，为了减轻学费压力，她找了一份夏季洗窗户的工作。

这份工作就在银丝养老院。那时养老院还没正式开张。那是一栋簇新的现代风格建筑，一下厄曼路就到，三条长侧翼，一百八十二扇窗户。每扇大窗有十二格窗玻璃，每扇小窗有六格窗玻璃。每格玻璃左角上都贴着一片纸雪花，上面写着“晶亮制造公司”。这些雪花以一种玛吉这辈子都没见过的巨大韧劲粘在玻璃上。她后来想，粘住纸雪花的物质不管是什么，都应该被国家宇航局采用。撕掉表面的纸，下面还有一层毛茸茸的赖着不肯走。用热水泡，再拿刀片刮，还会有一条条黏乎乎的灰色胶质。等把这些都弄走，不用说，这格窗玻璃早就一团糟了，满是手指印和刮痕。因此得喷上清洁剂，再用麂皮猛擦一通。整个夏天，从早晨九点到下午四点，玛吉又刮又擦，擦了再刮，手指尖一直酸痛。她觉得自己的指甲就要陷进指甲根里去了。干活时没人跟她说话，因为他们只雇了她一个人清洁窗户。她只能与无线电为伴，播放《月之城》和《我几乎要发疯》。

八月，虽然还有些窗户没完全擦干净，但养老院已经开始接收病人。当然，病人住进的那些房间的窗户已经完全擦亮，而玛吉也养成了习惯，时不时歇一歇，走走看看。她会在一张张病床前停住，看看那些人怎么样了。“请把水壶挪得近些好不好，漂亮姑娘？”女人会求她，或者：“你能不能帮忙拉上帘子？”玛吉做着这些事情，感受到了自己的价值和能力。她开始吸引一群能够走动的病人。某个坐轮椅的人发现她在一间屋子里干活，于是突然间就有三四个病人聚到她周围，坐着说话。他们谈起话来好像无视她的存在，只顾自己激烈争吵。(大暴风雪是在一九八八年还是一九八九年？哪个血压指数更重要？)其实他们心里明白有一双耳朵在倾听，她也知道这一切都是为了她。所以在适当的时候，她就哈哈笑，或者发出同情的声音，那些老人的脸上便显露出称心如意的神情。

当她宣布不想上大学，而去养老院做护工时，家里没人理解。为什么，护工不比佣人高明，她母亲一针见血，不比女仆高明。而玛吉头脑聪颖，毕业成绩在班里名列前茅。难道她只想庸庸碌碌？那几个和她一样自作主张的哥哥（三个哥哥靠建筑业的某些行当吃饭，四哥在芒特克莱尔铁路段检修、焊铁轨），却声称他们都一直指望她学成高就，出人头地。就连爸爸也低声嘟囔，不知她明不明白自己在做什么。但玛吉心思已定。大学对她有什么用？大量莫名其妙的信息，就像她在高中学到的——个体发育大致重复了总体发育的过程，举偶法是以局部代表整体？她参加了红十字会培训班，那时候这个就足够了，接着就去银丝上班了。

于是，十八岁半的她在一帮老年人中工作，与两个年老的家长和一个老气横秋的未婚兄长一起过日子。鲍里斯·德拉姆得靠自己挣学费。只有圣诞节他才回巴尔的摩，其余的节假日都在学校附近一家服装店卖男装。他在信里叙述学到的知识怎么改变他对世界的看法。这个世界充满不公！他写道。他以前从来不曾意识到这一点。写回信真叫人头疼，因为玛吉没什么可说的。以前的朋友，她现在很少碰得上。有些人去上大学，回来时已经变了个样。有些成了家，成家使他们变化更大。没多久，她经常碰见的就只剩下休格和巴利姐妹——只是因为她们还在唱诗班唱歌。哦，当然，还有塞琳娜，她最要好的闺中密友。可鲍里斯一直不太看得起塞琳娜，所以玛吉在信里也不怎么提她。

塞琳娜在一家女式内衣店记账。她带回家五颜六色的带着丝带花边的半透内衣，这些内衣的颜色叫人无法理解。（鲜红的文胸难道不会从每一件衬衫里透出颜色？）她一边展示一件里面是透明紧身胸衣的黑色睡袍，一边宣布等麦克斯结束在北卡大学的第一年，他们就在六月份结婚。北卡大学是麦克斯和父母之间的一桩交易。他向他们保证去上一年大学试试，倘若他真的非常讨厌大学，他们就同意他辍学。他们希望的，当然是他会碰上个南方好姑娘，忘掉对塞琳娜的一腔痴情。不过这一点他们是不会承认的。

和麦克斯结婚后，她就能辞去内衣店工作，从此不必再上班，塞琳娜这么说。而且她还说（懒懒地退下一侧的花边带，欣赏着自己细腻柔滑的肩），他求她，等他下一次回家，想和她一起去蓝母鸡汽车旅馆。他们不会干什么，他说，就是想和她在一起。玛吉很感动，很羡慕。她觉得这听上去浪漫极了。“你会去的，是不是？”她问道。可是塞琳娜却说：“你在想什么呢，我发疯了吗？我可没疯！”

“可是，塞琳娜——”玛吉开了口。她想说，这跟阿妮塔的情形完全不一样，完全不是，可是塞琳娜激烈的表情阻止了她。

“我不是傻瓜。”塞琳娜说。

玛吉暗想要是鲍里斯邀请她去蓝母鸡汽车旅馆该怎么办，不过她认为他想不到这事。也许是因为这些日子她只能从冗长的来信里感受他，可是近来，鲍里斯好像有点儿不……干脆，可以这么说吧，不那么锋芒毕露。他在信里说大学毕业后要念法学院，要从政。只有从政，他说，你才有强大的力量纠正世上的不公。但好笑的是，玛吉从不认为政客强大，她认为他们像是一帮乞丐，总是在乞讨选票，改变自己迎合公众，为了讨公众喜欢，可以如此没有骨气、如此虚伪。她不愿把鲍里斯也想成那种人。

她很想知道，对于和麦克斯在一起，塞琳娜有没犹豫过。不会，大概不会。塞琳娜和麦克斯是天造地设的一对。塞琳娜真幸运。

玛吉十九岁生日那天——一九五七年的情人节——刚巧是星期四，那天晚上唱诗班要排练。塞琳娜买了蛋糕，练习一结束，她就把一块块蛋糕和装着姜汁汽水的纸杯传给大家，大家齐唱生日快乐。布利特老太太——她其实早该退出唱诗班，只是没人狠心提出来——朝她看了一眼，叹了口气。“多叫人伤心，”她说，“年轻人陆续走了。唉，茜茜结婚以后就不怎么来了，路易莎搬去了蒙哥马利，刚刚我又听说墨兰家的男孩也走了，自己送了命。”

“送命？”塞琳娜说，“怎么会？”

“哦，就是那种变态训练弄出来的事故。”布利特太太说，“具体我也不清楚。”

休格的未婚夫在列尊训练营，她说：“天啊，天啊，我希望罗伯特平安回家，不缺胳膊少腿。”——好像他去了什么地方打肉搏战似的，当然不是。（此时刚巧碰上历史中罕见的半分钟，国家没有跟哪个敌人大动干戈。）塞琳娜又要切第二轮蛋糕，可大家都想回家了。

那天晚上，玛吉躺在床上，开始想墨兰家的男孩，也不知为什么。虽说对他不太了解，她却发现自己心里清晰地记着他的模样：懒散，高个子，高颧骨，油亮乌黑的直发。她该猜到他注定会早逝。当尼古尔斯先生跟他们说话时，他是唯一一个不胡搅蛮缠的男孩。他身上有一种雷打不动的沉着。她还记得他开一辆自己组配的车，用从废车场弄来的零部件，到处缠着黑胶布。想到这些，她觉得已经看见了他两只手握住方向盘的模样。那双手黝黑粗糙，巴掌很宽大，指关节的缝里嵌着油污。她似乎看见他一袭军装，如刀锋般笔挺的裤管—— 一个脸不改色冲向死亡的好男儿。

这是她第一次朦胧地意识到其实她这代人也会随着时间流逝，就像他们的长辈一样，会长大，变老，死去。更年轻的一代已经从后面顶上了。

鲍里斯写信来，说他争取春假时回来。玛吉希望他别把这事说得那么千辛万苦。艾勒的不动声色和沉着自信，他一丁点都不具备。

塞琳娜得到一枚订婚戒指，上面镶着一颗心形钻石，闪亮耀眼。她开始一遍遍拟定复杂而周密的婚礼计划，婚礼定在六月八日，她庄严神圣地朝那日子靠近，就像一艘船，而她所有的女伴都跟在船尾的余波里团团乱转。玛吉的妈妈说，就一个婚礼，弄得这样大惊小怪，实在荒唐。她说一心想结婚的人，结了婚就会大失所望；之后，她又换了口气："不幸的孩子，花了这么多心思，我真的是可怜她。"玛吉吓了一跳。（可怜！在她看来，塞琳娜已经开始了自己的生活，而玛吉还在导轨上等待出发！）就在这时，塞琳娜选定了一套象牙白蕾丝婚纱，之后又变了主意，觉得雪白丝缎的更好；她先是挑选了一组圣歌，后来又变成一组通俗歌曲；她又向同伴们宣布要用草莓图案装饰厨房。

玛吉回忆自己所知的墨兰家的情况。失去一个孩子，他们肯定非常伤心。他的妈妈，她好像记得已经过世。父亲是个邋里邋遢的糊涂男人，像艾勒那样弯着腰。有几个姐姐——大概两三个。在教堂里他们总是坐哪排，她能一下子说出来。现在，她想去看一眼，却意识到再也不会见到他们了。二月余下的日子，还有三月的大部分日子，她一直抱着看见他们的希望，可他们却再也没在教堂露脸。

鲍里斯·德拉姆回家过春假，礼拜天，他陪她去教堂。玛吉站在合唱队里，朝下面他坐的地方张望，他夹在她父亲和哥哥艾尔莫中间坐着，很般配，简直太般配，就跟她家里的男人们一个样。唱圣诗时，他脸上一副垂头丧气的表情，低声嘟囔着，甚至可能只是做做口型，眼珠溜到一边去，就好像指望别被人注意到。真正唱的只有玛吉的母亲，下巴高翘，字正腔圆，落地有声。

礼拜天和家人吃完晚餐，玛吉和鲍里斯走到屋前的露台上，鲍里斯说着他从政的热切愿望时，玛吉用脚尖前后摇晃着吊椅。他说他觉得自己得从小事做起，比如去选校董事会之类的。然后他要一步步当上参议员。“嗯。”玛吉说。她咽下一个哈欠。

然后鲍里斯轻轻咳了一声，问她是不是想去念护校。这说不定是个不错的打算，他说，要是她那么喜欢照顾老人的话，这样一来和他的仕途多少也能挂上钩。但参议员夫人是不倒痰盂罐的。她说：“可我不想做护士。”

“你在学习上向来聪明。”他对她说。

“我不喜欢站在护士办公室里填表格，我喜欢和人打交道！”玛吉说。

她的声音比想象得更加尖锐。他转开头。

“对不起。”她说。

她觉得自己太高。他们一起坐着，她比他高，尤其是他蹲下的时候，就像眼下的情形。

他说：“你有什么烦心事，玛吉？整个春假你都不像原来的你。”

“哦，对不起，”她说，“可是，我经历了一件……伤心事。一位很亲密的朋友去世了。”

她并不觉得自己过分夸张。现在，在她看来，她和艾勒的确很亲密，只是他们还没有意识到。

“唔，那你为什么不说？”鲍里斯问道，“是谁？”

“你不认识。”

“你怎么知道我肯定不认识，是谁？”

“嗯，哦。”她说，“他叫艾勒。”

“艾勒，”鲍里斯说，“你是说艾勒·墨兰？”

她点点头，目光低垂。

“瘦瘦的？比我们高几届？”

她点点头。

“他是不是有印第安人血统？”

她竟然没意识到这一点，不过听起来没错。听起来很不错。

“我当然认识他，”鲍里斯说，“我是说打过招呼。我的意思是，实际上算不上朋友。我不知道他是你的朋友。”

她是在哪里遇到这些人的，他阴暗的表情暗示着这个意思。先是塞琳娜·巴勒莫，现在又来个红种印第安人。

“我喜欢的人，他是其中之一。”她说。

“他是？哦。是吗。好吧，好吧，玛吉，我向你致哀，”鲍里斯说道，“但愿你早点儿告诉我。”他思索了一分钟说，“究竟是怎么回事？”

“是训练事故。”玛吉说。

“训练？”

“新兵训练营。”

“我不知道他参了军，”鲍里斯说，“我还以为他在他老爸的相框店干活。不就是给我们的毕业舞会照片镶相框的那家？萨姆相框店？记得我去送照片时，接待我的好像就是艾勒。”

“真的？”玛吉说，她想象艾勒站在柜台后的模样，影集里又增加了一幅图。“没错，是的，”她说，“参军，我是指。后来他就出了事故。”

“我很难过。”鲍里斯说。

过了几分钟，她说余下的时间她希望一个人待着，鲍里斯说他当然能理解。

那天夜晚，她躺在床上开始哭。艾勒的死亡终于从她嘴里响亮地说了出来。她以前一直没提过，哪怕跟塞琳娜都没有，因为塞琳娜会说：“这话从何说起？你几乎不认识他。”

玛吉意识到她和塞琳娜的隔阂越来越大。她哭得更凶了，捏着床单一角使劲儿擦眼泪。

第二天，鲍里斯回学校去了。那天早晨玛吉请了假，开车送他去汽车站。跟他道别之后，她觉得孤单。突然间她意识到，他辛辛苦苦跑来看她显得如此可悲。她但愿能够待他热情些。

家里，母亲在做春季大扫除。她已经卷起地毯，铺上夏天的剑麻地席，此刻正噼里啪啦地摘下窗帘。惨白的光亮慢慢填满了整栋房子。玛吉爬上楼梯走进自己的房间，扑倒在床上。或许，在剩下的日子里，她注定孤独一生，在这陈腐无趣、年年老调重弹的家里终老。

过了几分钟，她爬起来，走进父母的房间。她从电话下面抽出电话簿。框子，不，相框，对，萨姆相框店。她原来只是想看看它印成铅字的样子，结果却把地址抄在便笺上带回了自己的房间。

她没有加黑边的信笺，便挑选了最朴素的一种，是毕业时收到的——白色的信纸一角印了一片碧绿的羊齿叶。尊敬的墨兰先生，她写道。

> 我和您的儿子曾一起在教堂唱诗班唱诗，我希望您知道，听见他的噩耗我心中多么悲伤。我之所以给您写信，不仅是出于礼貌，我认为艾勒是我遇见过的最出色的人。他是个非同一般的人，我想告诉您，只要我活着，就会一直牢记他。
>
> 深表同情的
>
> 玛格丽特·M·达雷

她封好信封，写上地址，趁还没改变主意，走到街角将信丢进邮筒。

起初她不曾想过墨兰先生是否会回信，可是过了不久，在上班的时候，她突然觉得他可能会回信。当然，人们收到慰问信是该回的。他说不定会写写有关艾勒的个人琐事，她可以当宝贝收起来。他说不定还会说艾勒提到过她的名字。这也不是完全不可能。或者，他会把她看作为数不多的能正确评价他儿子的人中的一个，说不定还会寄一些纪念品——也许是一张老照片。她很想要一张照片。她写信时怎么就没想到问他要一张?

星期一寄出信后，那封信大概会在星期二到达艾勒父亲的手上。所以应该在星期四会收到回复。到了星期四早晨，她焦躁不安，急忙赶着手上的活儿。午休时，她打电话回家，可母亲说信还没来。(她还说:“怎么啦?你在等什么吗?”就是这类事情让玛吉巴不得赶快结婚，赶快搬出去。)两点钟，她又打电话，可母亲说没有她的信。

那天晚上，在去唱诗班练习的路上，她又算了算日子，意识到墨兰先生说不定星期二还没收到她的信。信差不多到了中午才寄出去，她想起来了。这么一想，她感觉好多了。她加快脚步，看见塞琳娜站在教堂的台阶上，就挥了挥手。

尼古尔斯先生迟到了，唱诗班团员们一边等他，一边相互开玩笑、说闲话。大家都有点儿兴奋，因为春天来了——就连布利特老太太也陶醉其中。教堂的窗户开着，他们听见邻居的孩子们在街边玩耍。夜晚的空气里弥漫着新刈青草的香味。尼古尔斯先生出现时，扣眼里插了一支薰衣草，准是在那个街头小贩的摊子上买的。今天早晨小贩在街头摆出了摊子，这是他今年第一次摆摊。“抱歉，女士们、先生们。”尼古尔斯先生说。他将公文包搁在一排长椅上，从里面掏出笔记。

教堂的门又一次打开，艾勒·墨兰走了进来。

他身量很高，神情忧郁，穿着袖管挽起的白衬衫，以及一条细瘦的黑色裤子。严肃的表情把下巴拉得很长，好像嘴里塞了块疙瘩。玛吉感到自己的心跳停止了。她先觉得浑身冰冷，继而滚烫，不过她大睁着一双干涩的眼睛盯着他，拇指仍然夹在赞美诗的书页之间。哪怕只是第一眼，她都知道他不是鬼魂，不是幻影。他真实得就像油亮黏糊的长椅，并非毫无缺点，但摸上去别有一番滋味——更实在，不知为何，更复杂绵密。

尼古尔斯先生说："啊，艾勒。见到你真高兴。"

"谢谢。"艾勒说。然后他穿过折叠椅，朝后排男团员那边走过去，找了一把椅子坐下。不过玛吉看见了他的目光是怎样扫过第一排女团员，最后落定在她身上的。她看出来他知道那封信，感到脸上一阵臊红。她平时是个非常谨慎、脸皮很薄的人，如今犯了这么愚蠢荒唐的错误，她不相信这辈子自己还敢正眼看人。

她麻木地唱歌，叫她站起就站起，叫她坐下就坐下。她唱《对于每个人和国家》，还有《聚集在河畔》。尼古尔斯先生让男生唱《聚集在河畔》，叫伴奏的人重复某个乐段。男生练习时，玛吉朝布利特太太凑过去，耳语道："那不是墨兰家的男孩？迟到那个？"

"哦，不错，我想是的。"布利特太太亲切地说。

"你不是跟我们说他送了命？"

"我说过吗？"布利特太太问。她看上去十分惊愕，往椅背上一靠。过了半晌，她又往前靠过来，说："送了命的是兰德家的男孩，蒙提·兰德。"

“哦。”玛吉说。

蒙提·兰德是个苍白的笨孩子，却有跟他不相称的深沉浑厚的嗓音。玛吉从来都不怎么喜欢他。

一排练完，她赶忙收拾自己的东西，第一个走出教堂大门，把提包抱在胸前，沿人行道疾步飞奔，可还没等她拐过街角，就听见艾勒在自己背后喊道：“玛吉？”

她放慢脚步走到路灯下，然后站定，不过没四下张望。他走到她身边。路灯下，他两条腿的影子像跨在人行道上的一把剪刀。

“我可以和你一起走吗？”他说。

“随你便。”她答得简短。他便在她身边并排往前走。

“近来怎么样？”他问。

“还行。”

“你已经离开学校了，是吗？”

她点点头。他们穿过街道。

“工作了？”他问。

“在银丝养老院工作。”

“哦，这样，不错。”

他嘴里开始吹他们排练的最后一首圣歌《愿更走近你》，两只手插在裤兜里，在她身边优哉地走着。他们经过一个汽车站，一对男女在那里亲嘴。玛吉清清嗓子，说道：“我真笨，把你和兰德家的男孩搞混了。”

“兰德？”

“蒙提·兰德，他在新兵训练营死了。我以为他们说的是你。”

她还是不看他，虽然他们靠得那么近，近到能闻见他新熨过的衬衫的气味。她心想不知道是谁熨的。哪个姐姐吧，大概。这又有什么关系？她握紧了提包，走得更快了，可是艾勒紧紧跟了上来。她能感受到胳膊肘边上那条钩状的黑影。

“那这下你是不是要给蒙提·兰德的老爸写信了？”他问她。

她壮起胆从眼角一瞥，看见他嘴角挂着打趣的弧度。

“笑吧。”

“我没笑。”

“笑吧！笑我出了丑。”

“你听见我笑了吗？”

他们走到她家的那条街。她看见了自己家的房子，连排住宅中的一栋，门廊在防虫灯的照射下泛出一片桔黄。她站定，直视着他的脸，而他也注视着她，不带一丝笑意，两只手依旧插在裤兜里。她没料到他的眼睛那么细长，几乎像是亚洲人，而不是印第安人。

“你父亲一定笑岔了气吧。”

“没有，他只是……只是问我什么意思。”

她回忆了一下信上的措辞。不同一般的人，她写的。哦，老天爷。还有更糟的：出色的人。她真想找个地洞钻进去。

“我记得你也在唱诗班。”艾勒说，“你是乔希的妹妹，对不对？不过我想我们并不怎么熟悉。”

“不，当然不熟悉，”她说，“我的天！我们完全就是陌生人。”她想让自己听上去沉着冷静，冷若冰霜。

他打量了她一会儿，接着说道：“那么你觉得我们现在可以熟悉熟悉？”

“哦，”她说，“我已经在和别人约会了。”

“是吗，谁？”

“鲍里斯·德拉姆。”她说。

“哦，这样。”

她望着自己家说：“我们大概会结婚。”

“这样。”他说。

“嗯，再见。”她对他说道。

他默默抬起一只手，想了想，然后转过身走了。

不过，那个礼拜天，他去教堂参加唱诗班的晨祷了。玛吉心里一块石头落了地，备感轻松，像重新活了过来；可等教堂礼拜一结束，他就消失在人群里，她的心又咚地沉了下去。但是星期四唱诗班排练，他又来了，结束后，他陪她一路走回家。他们聊了些鸡毛蒜皮的话题，比如布利特太太的破锣嗓子。玛吉觉得轻松自在。走到家门口，她见邻家的狗正冲着玛吉母亲的一丛玫瑰花撒尿，而邻居就站在旁边看。于是玛吉喊道：“嘿，女士！请你家的狗滚出我家院子，听见了吗？”她只是说着玩儿，是从哥哥们那里学来的流氓腔的幽默。但艾勒却不知情，好像吓了一跳。莱特太太接着大笑道：“过来试试，毛孩子？”艾勒这才安了心。不过玛吉觉得她又马虎了一回。她胡乱嘀咕了一声再见，就进了屋。

很快，这就成了一个习惯——星期四晚上，星期天上午。大家开始有所注意。母亲说：“玛吉，鲍里斯知不知道你交的这位新朋友？”而玛吉答得干脆：“当然知道。”——假话，或者充其量半真半假。（玛吉的母亲认为鲍里斯是上帝赠给女人的大礼。）不过塞琳娜说："不错啊，早该甩掉那位自命不凡先生了。"

"我还没甩掉他。"

"为什么不？"塞琳娜说，"比一比他跟艾勒。艾勒多么神秘。"

"哦，当然，他有印第安血统。"玛吉说。

"你得承认他吸引人。"

哦，杰西不是唯一一个因为朋友一句话，心思就活络起来的人。当然后来这件事上，塞琳娜所做的实在比"一句话"要多得多。

比如说，她居然要玛吉和艾勒在她的婚礼上唱二重唱。谁能料到（因为大家从不觉得艾勒嗓音特别出色）她一拍脑瓜，就决定让他们在新娘新郎宣誓前唱《爱情何其绚丽》。所以他们当然得排练，所以他当然得去她家。他们惺惺相惜，塞琳娜的音乐品位实在令人咋舌，不过他们却从来没想过拒绝她。玛吉的母亲抱着洗净叠好的衣服不断鬼鬼祟祟地进出，那些衣服和客厅毫无关系。"从前，"他们唱道，"在微风吹拂的高岗上。"玛吉哈哈大笑，但艾勒一脸严肃。那些日子，玛吉好像变了个人——轻飘飘、情绪多变，而且还毛手毛脚。她有时猜想是那封慰问信把她搞得头重脚轻。

那时她知道了是艾勒一手经营着父亲的相框店——艾勒高中毕业的那一天起，萨姆"衰弱的心脏"就开始发作。他和父亲，还有两个年纪大得多的姐姐一起过日子，一个姐姐有些迟钝，另外一个好像很害羞，或者想避开人群什么的。当然，要是能凑齐学费，他想上大学。他从小就希望做医生。他告诉她这些时，语气平平；生活最终变成这样，他倒并不显得沮丧。他又说，也许什么时候她可以跟他回家，见见姐姐们，她们平时没什么可以聊天的人。不过玛吉说："不！"接着又红起了脸，"哦，我想最好还是不去。"又装作没注意他逗趣的表情。她怕撞上他父亲。她心里纳闷，不知他的姐姐们知不知道那封信，但她不想问。

他的举止没有逾越一般好朋友的界限，从来没有，一次都没有。必要的时候，他会扶住她的手臂——只是牵着她穿过拥挤的大街，她裸露的肌肤感觉到他手掌的力气和温热，不过一穿过大街，他就放开了她。她吃不准他是怎么看她的。她也吃不准自己是怎么看他的。说到底，还要考虑鲍里斯。她给鲍里斯写信倒是更勤了，总之，比平时更勤。

塞琳娜婚礼的排演是在星期五晚上。是个非正式的排演。比如，麦克斯的家长就懒得参加；塞琳娜的母亲倒是来了，头上缠着无数只粉红卷发筒。什么都颠三倒四的，选好的音乐还没响，玛吉（替代新娘，为了好运气）就先走下了教堂过道，因为麦克斯半小时后要赶去迎接一火车的亲戚。领她走红毯的是阿妮塔，这是塞琳娜更为荒诞的创新。"还有谁能把我交给新郎？"塞琳娜问道，"我父亲肯定是不会干的。"可阿妮塔本人对这样的安排好像不太高兴。她穿着细高跟皮鞋，一摇三摆，为了防止自己跌倒，还将又尖又长的红指甲抠进玛吉的腰里。在布道台跟前，麦克斯伸出一只手臂搂住玛吉，说，哎呀，他干脆就娶她得啦。而塞琳娜坐在中间的长椅上，叫道："这样就可以了，麦克斯·吉尔！"麦克斯就是麦克斯，一个友好善良、脸上长着雀斑的大男孩。玛吉难以想象他要结婚了。

婚誓之后，麦克斯就去了宾夕法尼亚火车站，留下他们排练。大家的演唱都属于业余水平，玛吉觉得这不错，因为那天晚上她和艾勒也没能发挥出最佳水平。他们开唱时就没唱整齐，到了歌曲中段，玛吉又忘了他们该分唱。她跟着艾勒唱出开头的两行歌词，接着困惑地住了口，该轮到她唱，却咯咯笑一阵。一瞬间，笑容还没从脸上消失，她看见最前面的长椅上坐着鲍里斯·德拉姆。他困顿地蹙着眉，好像刚刚被叫醒。

哦，她知道他回家过夏天，不过没告诉她哪一天回来。她装作没认出他。她和艾勒唱完歌，又扮成塞琳娜。这回身边没了麦克斯，她一个人沿过道迈着大步走向教堂大门，让休格调整《为汝而生》的节奏。之后，塞琳娜拍着手嚷道："行啦，伙计们！"大家准备离场，一下子七嘴八舌起来。他们准备去吃意大利馅饼。大家都朝玛吉这边涌过来，因为她等在教堂门口，可鲍里斯还在老位置上一动不动地面朝前坐着。他大概是在等玛吉过去吧。玛吉仔细看着他的后脑勺，像块石头，纹丝不动。塞琳娜把提包递给她，说："有人在等你，我看见了。"艾勒就站在塞琳娜背后。他在玛吉面前停住脚，目光往下望着她。他说："你要不要去吃馅饼？"

玛吉说："我想我不去了。"

他点点头，面无表情地走了。不过他朝大家的反方向走了，好像他觉得玛吉不在，他们就不会欢迎他，这当然毫无道理。

玛吉沿着过道往前走，在鲍里斯身边坐下，还亲吻了他。她问："路上还好？"他说："和你一起唱歌的是谁？"两人同时开口。她装作没听见。"路上还好？"她又问。而他说："那不是艾勒·墨兰？"

"谁？唱歌的？"她问。

“是艾勒·墨兰！你告诉我他死了。”

“搞错了。”她说。

“我亲耳听你说的，玛吉。”

“我是说我误以为他死了。他只是，嗯，只是受了点儿伤。”

“啊。”鲍里斯说，心里琢磨了一阵。

“只是皮肉伤，就这样。”玛吉告诉他，“头皮擦伤。”她不知道这两种说法会不会相互矛盾。她飞快地想了一遍看过的相关的电影镜头。

“后来又怎么了？有一天他就这么出现了？”鲍里斯问，“我是说他就冒出来，像个鬼？这到底是怎么回事？”

“鲍里斯，”玛吉说，“我不明白你为何在这件无聊的事上纠缠不清？”

“哦。好吧，对不起。”鲍里斯说。

（她听上去真的那么像下命令吗？现在回想起来，她觉得难以想象。）

婚礼那天早晨，玛吉早早起来，走到塞琳娜家的公寓—— 一栋泥砖墙联排式住宅的二楼——帮她穿戴。塞琳娜处乱不惊，倒是她母亲慌得一团糟。阿妮塔一紧张，说话就飞快，而且没有停顿，就像拼命推销的广告。“为什么她不把头发像别人那样卷上去我上星期早就告诉她我说亲爱的没人再留长头发了你得去美容院叫他们帮你好好弄上去你才能透过面纱看出去……”她穿着一件脏乎乎的粉红缎面睡袍，在寒酸的没几件家具的厨房里跑进跑出，嘴边叼着一支香烟。她弄得到处咔咔乱响，却没做完一件事。塞琳娜套着麦克斯的大衬衫，满不在乎地说：“悠着点儿，妈妈，行不行？”她跟玛吉说：“妈说我们该将婚礼改个时间。”

“怎么改？”玛吉问。

“她一个伴娘都没有！”阿妮塔说，“她连主伴娘都没有更糟的是连一个壮实点儿的可以领她走红毯的人都没有！”

“她不愿意领我走。”塞琳娜告诉玛吉。

“哦，要是你舅舅梅纳德肯替我就好了！”阿妮塔抱怨道，“没准我们把婚礼推迟一星期再给他个机会因为你现在准备的一切都很古怪太古怪了我可以想象吉尔那一本正经的一家子会对我有所顾忌还要私下笑话我再说上次烫头发我烫焦了发梢没法走红毯。”

“来帮我穿衣裙。”塞琳娜对玛吉说，领着她往前走。

在塞琳娜的房间——其实只是阿妮塔的屋子隔出来的半间，当中扯了条垂地的蓝床单，她在梳妆台前坐定，说：“我想给她灌点威士忌，可又怕适得其反。”

玛吉说：“塞琳娜，你肯定非麦克斯不嫁？”

塞琳娜大声抱怨着转过脸对着她。她说：“玛吉·达雷，别叫我光火！我的婚礼蛋糕已经浇上了糖霜。”

“可你怎么知道？你怎么确定你的选择是对的？”

“我确定，因为我心思已定。”塞琳娜说着，朝镜子转回去，又恢复了原来的声音。她敷上一层粉底液，熟练地拍着下巴、前额和脸颊。“是结婚的时候了，就这么回事。”她说，“我厌倦了约会！厌倦了整天打扮得像模像样！我就想和普普通通的丈夫一起蜷在沙发里看电视，看它一千年。就好像脱掉一件紧身衣。我就是这么看的。”

“你是什么意思？”玛吉问。她几乎怕听到答案。“你是不是告诉我，你其实不怎么爱麦克斯？”

“我当然爱他。”塞琳娜说，她将涂上的粉在皮肤上抹开，“不过我也同样喜欢过别人。二年级时我喜欢泰瑞·汤普森。还记得他吗？可那时不是结婚的时候，所以我没嫁给泰瑞。”

玛吉不知道该怎么想。难道大家都这么觉得吗？难道成年人只是在散布童话？“我一见到埃莉诺，”大哥有一回跟她说，“我就说，‘这个姑娘有朝一日要做我妻子。’”玛吉根本没想过他只是到了该结婚的时候，正在留意最佳人选。

所以塞琳娜又一次使玛吉对事情的看法丰富了起来。“毕竟命运掌握不了我们，”她似乎是这个意思，“换句话说，如果真是那样，只要我们愿意，随时都可以挣脱。”

玛吉在床边坐下，看塞琳娜抹口红。她穿着麦克斯的衬衫，看上去随意而俏丽，就像男孩们心目中可爱可亲又可靠的邻家女孩。“婚礼结束后，”她告诉玛吉，“我就把婚纱染成紫色。说不定还可以用它做个什么。”

玛吉若有所思地盯着她。

婚礼定在十一点钟开始，可阿妮塔想早早去教堂，她说，怕万一碰上意外。玛吉跟她们一起坐阿妮塔的雪佛兰老爷车。塞琳娜开车，因为阿妮塔说她太紧张，又因为塞琳娜的婚纱裙摆像波浪一样铺满车座，阿妮塔和玛吉只能坐在后座上。阿妮塔一刻不停地说话，烟灰飘落在闪亮的“新娘母亲大人”桃色礼服裙的下摆上。“现在一想塞琳娜我真没法想象你怎么会把婚宴摆在天使仁爱会楼里实在远得一塌糊涂每次我都找不到四处乱转不得不在路上拉住陌生人问……”

她们到了诱惑内衣店，塞琳娜将车和别的车子并排停在店外，提起自己瀑布般的缎裙下了车，因为要给她的老板诺尔顿太太看看样子。在外面等她时，阿妮塔说："说真的既然可以租个男人来做酒保修马桶看看门怎么锁不上借他五分钟领你女儿走红毯也不会有什么大不了你觉得是不是？"

"是的，夫人。"玛吉说，心不在焉地抠着人造革车座上的一个洞眼，掏出了许多棉絮。

"我有时候觉得她就想让我出洋相。"阿妮塔说。

玛吉不知道该怎么回答。

塞琳娜终于回来了，带来了一包包好的礼物。"诺尔顿太太叫我到了新婚之夜再打开。"她说。玛吉的脸唰地羞红了，朝阿妮塔看了一眼。阿妮塔只是瞪着车窗外，鼻孔吹送出两道烟。

到了教堂，康诺阿牧师把塞琳娜母女领进一个侧间。玛吉则去等唱诗班的其他人。玛丽·简已经到了，不一会儿茜茜和她丈夫以及她的婆婆也到了。可是，还不见艾勒。哦，时间绰绰有余。玛吉从挂钩上取下自己的唱诗班白色长袍，往头上一套，就消失在一堆布褶子里了。当然她接着又顶着乱蓬蓬的头发钻了出来，于是又得梳理头发。等她转回来，还是没有看见艾勒。

第一批宾客到了。鲍里斯就坐在其中一张长椅上，离得那么近，叫人不自在。他正听一位戴网点面纱的女士说话，郑重其事地点着头，可玛吉觉得他的脖颈不知怎么僵直着。她望了望教堂大门。其他客人陆续来了，她父母和邻居莱特夫妇，还有塞琳娜以前的舞棒操教练。就是不见那个又黑又瘦的身影，艾勒·墨兰。

昨晚她让他一个人离开之后，他也许决定就此永远消失。

“请让一让。”她踉跄着从一排折叠椅中挤出去，飞快地跑过门廊。一只长袖管被敞着的门的把手猛地挂住，弄得她很尴尬，不过她趁没人注意，甩开了门把手。她在教堂门前的台阶上停了停。“嘿，喂！”一个老同学说。“哦……”玛吉咕哝一声，用手遮挡着阳光，从街的这头望到那头。她只看见越来越多的宾客，一时觉得他们让她心烦，这群无足轻重的人。他们带着一种只有在去教堂时才会表现出来的彬彬有礼，温文尔雅地微笑着彼此致意，女人们走路时过分讲究地先探出脚尖，白手套在阳光下划出一道道银光。

鲍里斯在门口说：“玛吉？”

她没回头，跑下台阶，长袍在她身后飘扬。台阶很宽，而且矮得过分，简直不适合正常人类的跨步，她只得用一种磕磕绊绊的不规则节奏。“玛吉！”鲍里斯还在喊，所以到了大街上她还得继续跑。她用肩膀在来宾当中顶开一条路，穿过他们，然后沿着大街一路飞奔，身上的白衣鼓起，就像一条风帆。

萨姆相框店和教堂只隔了两条街，可那是两条长街，而那天又是温热的六月早晨。到那儿时她已经大汗淋淋，气喘吁吁了。她拉开厚玻璃门，一脚踏进逼仄的、地上铺着破旧油毡的小店。一面泛黄的钉板上悬挂着L形的相框样本，柜台被漆成了深铁灰色。柜台后站着一个戴鸭舌帽的驼背老头，一撮白发从帽子下钻出来胡乱翘着——艾勒的父亲。

她没料到会在这里撞见他。她听说他早已不再踏进店里一步了。她一时迟疑，他开口道：“我能为你效劳吗，小姐？”

她一直以为艾勒的眼睛是她见过的最深邃最黑的，然而这个人的眼睛比他的还要黑。她甚至吃不准那双眼睛究竟看着什么地方，一个念头一闪而过，这人没准是瞎子。

“我找艾勒。”她告诉他。

“艾勒今天不上班。他有什么活动。”

“是的，一场婚礼。他要演唱。”她说，“可他还没露脸，所以我来找他。”

“哦？”萨姆答道。他的头往她这边凑了凑，鼻子先对准她，更让玛吉觉得他像个瞎子。“你是玛格丽特吧，是不是？”他问。

“是的，先生。”她说。

他想了想，发出一声短促的笑声。

“玛格丽特·M·达雷。”他说。

她站着不动，坚定地。

“所以你以为艾勒死了。”他说。

“他在吗？”她问。

“在楼上，穿衣服呢。”

“麻烦您叫他一声？”

“你为什么会以为他死了？”他问。

“我把他和另一个人搞混了。蒙提·兰德，”她含糊地说道，“是蒙提死在了新兵训练营。”

“新兵训练营！”

“请您替我喊一声艾勒，行不行？”

“艾勒绝对不会去新兵训练营。”萨姆跟她说，“艾勒要养家糊口，就像成了家那样。当然依照我们的情况，他不可能成家。这些年我的心脏一直跟我过不去，他有个姐姐脑子不太好。哦，就算他自愿，我也不相信军队会要他！他去了，我和姑娘们就要吃福利，不就成了政府的包袱了?！‘回去回去，’军队的人会对他说，‘回去吧，他们需要你。我们这儿用不上你。’”

玛吉听到什么地方传来一串下楼的脚步声，像被捂住的鼓点。柜台后的钉板墙上有一道门打开了，艾勒说:“爸——”

他停下脚步，望着她。他穿着一套不合身的深色西服，一件僵硬的白衬衣，领子上挂了一条还没系好的深蓝领带。

“婚礼，我们要迟到了。”她对他说。

他撩开袖口，看了看手表。

“赶快！”她说。她心里想着的不仅是婚礼。她觉得停留在艾勒父亲身边很危险。

果然，艾勒的父亲说:“我和你这位小朋友正在讨论你参军的事儿。”

“参军？”

“艾勒不能参军，我告诉她。他要养我们。”

艾勒说:“哦，反正，爸，就几小时，这事完了我就回来。”

“你真要去这么久？几乎整个早晨？”

萨姆转过脸对玛吉说:“星期六是店里最忙的日子。”

玛吉纳闷了，要真是这样，店里怎么是空的。她说:“是的，哦，我们该——”

“说起来，要是艾勒去参军，我们就得关掉铺子。”萨姆说，“把家当全部卖掉，到十月份这铺子就开了四十二个年头了。”

“你在说些什么？”艾勒问他，“我干吗要参军？”

“你这位小朋友认为你参了军，还送了命。”萨姆告诉艾勒。

“哦。”艾勒说道。好了，危险也落到他头上了，因为这回轮到他说：“我们得走了。”

“她认为你在新兵营里送了命。”萨姆对他说。他又发出一声短促的笑。玛吉心想，他的鼻子有点儿像鼹鼠，不停地嗅来嗅去。“忽然就写封信来吊丧，”他说，“哈！”他告诉玛吉：“吓我一大跳。我想了半分钟，等等。艾勒已经死了？如果真死了，我这才知道。我头一次听说有你这个人。这些年来我这才第一回听说有个姑娘，说实话。我是说他已经没什么朋友了。学校的伙伴都是些头脑好使的，都上大学去了，现在都不太和他联络了，和他打交道的没有一个是他这个年纪的。‘瞧！’我跟他说，‘终于来了个姑娘！’受了一场虚惊。‘趁你还有希望，赶快抓住她。’我告诉他。”

“我们走。”艾勒对玛吉说。

他抬起翻板，走出柜台，可萨姆还在继续说话。“麻烦的是，现在你明白了吧，没有你，她照样活得不错。”他说。

艾勒停下脚步，手里还抬着柜台翻板。

“她写一张小条子慰问慰问，就继续过她的日子，轻松得很。”萨姆对艾勒说。

“你指望她怎么做，跳进我的坟墓？”

“哎，你得承认她对付哀伤也很有本事。给我写一张漂亮小条子，往信封角上贴张邮票，回头就继续忙女伴的婚礼去了。”

“没错。”艾勒说，他放下翻板，朝玛吉走去。他真的这样琢磨不透？他目光平静，而他的手——他抓起玛吉手臂的手——绝对沉稳。

“你错了。”玛吉回答萨姆。

“呃？”

“没他我不好过！只不过还活着而已。”

“没必要这么激动。”萨姆说。

“告诉你，认为他出众的女孩子大有人在，不只我一个。而且说他不能结婚太荒唐。任何人想结婚就可以结，你没权利阻止。”

“他不敢！”萨姆对她说，“他还得想想我和他姐姐。你要我们都流落到救济院去？艾勒？艾勒，你不敢结婚！”

“为什么不？”艾勒说得很平淡。

“你还得想想我和你姐姐。”

“不管怎样，我就是要娶她。”艾勒说。

他拉开门，往后退了一步，让玛吉先出去。

他们在门廊上站定，他伸手环抱住她，将她拉近自己。她能感觉到他的胸骨硌着她的脸颊，还听见他的心脏在她的耳朵里咚咚跳。这一切，他父亲透过玻璃门应该看得一清二楚，不过这样还不够，艾勒低下头吻住她的嘴唇，一个长久而温柔的深深的吻，让她膝盖酥软。

然后他们朝着教堂出发，不过开始时稍微耽搁了一下，玛吉唱诗班大白袍的下摆扯住了她。艾勒得再次推开店门（根本没朝他父亲看一眼）将她放开。

可是看着塞琳娜的录像，你能猜到那些事情就发生在这一刻之前吗？他们看上去就是普通的一对儿，或许身高上有些不般配。他太高太瘦，而她太矮太胖。他们的表情相当严肃，但是绝对看不出刚碰上了惊天动地的大事。他们的嘴巴无声地张开，又无声地合上。观众替他们唱着，不伤和气地打趣他们，有些夸张地轻吟。“爱情是大自然的赠予，生活的缘由……”只有玛吉知道艾勒的手环着她的后腰。

接着巴利姐妹彼此依偎着唱起婚礼进行曲，她们仰起脸，就像两只小鸟。镜头转向一身洁白的塞琳娜。塞琳娜缓步走上过道，身边是紧拽着她的母亲。有趣的是，现在看来，她们两个看上去没什么与众不同。塞琳娜目视前方，神情坚定。阿妮塔妆化得有点过火，不过和任何人的母亲没什么两样，真的，她一副焦急的样子，穿着不入时的紧绷绷的衣裙。“瞧你！”有人笑着跟塞琳娜说。这时，观众唱道：“我不知道还要说什么……”

镜头一转，猛地拉近，出现了麦克斯，站在布道台前康诺阿牧师身边等待。唱歌的人一个个渐渐住了口。可爱的麦克斯看到塞琳娜向他走近，便噘起皴裂的嘴唇，眯起蓝眼睛，想让自己显出合乎时宜的庄重。有关他的一切都褪了色，除了他的雀斑，像小金属片似的闪亮，布满他的宽脸颊。

玛吉觉得泪水涌上了眼眶。有几个人擤起鼻子来。

那会儿，她想，谁都不会料到竟会有今天这种沉重。

不过大家的情绪随即又高昂起来，因为那首歌没完没了地唱，这对新人只能站在那里不动，而康诺阿牧师也只能一直注视着他们，大家都在等巴利姐妹唱完歌。到了新人交换婚誓，休格起身唱婚礼退场曲时，好多人都在相互捅着胳膊肘。谁会忘记接下来的事呢？

麦克斯陪伴塞琳娜走下过道，走得实在太慢，迈着缓慢而有节奏的、一摇三摆的步子。他一定觉得这种走法比较合乎时宜。休格的歌已经唱完，而他们还在走，还没退场。塞琳娜用力拖着麦克斯的胳膊，冲着他急切地说了什么，她的声音在他们身后传开，至少传了几英尺远。接着他们走出大家的视线，开始了一场大吵！耳语升级成嘘声，继而升级成吼叫！“要是见鬼的排演你一直在场，”塞琳娜叫道，“而不是救火一样赶去宾州火车站接那帮没完没了的亲戚，撇下我一个人排练，你就会知道该用什么速度领我走——”宾客们还坐在教堂里，不知视线该往哪儿搁，于是大家不好意思地低头朝自己的大腿咧开嘴，最后爆发出一阵哄笑。

“塞琳娜，亲爱的，”麦克斯说，“别说啦。看在上帝的分上，塞琳娜，大家都听见你了，塞琳娜，小甜饼……”

这些当然都没拍进录像，片子已经结束了，除了几个斑斑点点的数字还在闪动跳跃。屋子里，大家都说起这段往事来，那时的情景又鲜活起来。“她怒气冲冲地走了——”

“还摔教堂大门——”

“把教堂震得一抖，记得吗？”

“我们只是回头朝门廊望，纳闷怎么回事——”

有人打开了遮光帘，是塞琳娜自己。房间里顿时亮堂起来。塞琳娜微笑着，脸颊却是湿漉漉的。大家说：“那时候，塞琳娜……”“记不记得，塞琳娜？”她不住地点头，微笑，流泪。玛吉边上的老太太说：“哦，可怜的麦克斯维尔。”一边还叹了口气，或许根本没意识到周围人的欣悦。

玛吉站起身，提起自己的提包。她想念艾勒，艾勒不在，她觉得好像丢了什么。她四下张望，只看到无关痛痒的人。她穿过人群，走到餐厅角落，站在桌前挑拣小食的客人里也不见艾勒的影子。她沿走廊往里走，朝塞琳娜的卧室里看了看。

他果然在里面，在矮柜边上坐着。他拖过去一把椅子，挪开了琳达的毕业照，这样就能在矮柜光滑的台面上尽兴排开接龙牌阵。一只骨节突出的棕色瘦手落在一张 J 上，正准备提牌。玛吉走进屋子，关上房门。她放下提包，伸出双臂从背后抱住他。“你错过了一段精彩的片子。”她的嘴贴近他的头发说，“塞琳娜放了一段她的结婚录像。”

“她就是这种人。”艾勒说。他将那张 J 接到一张 Q 上。他的头发闻起来有股椰子的味道——天生的，无论他用什么洗发露，结果总是散发出这种气味。

“咱们俩唱那段二重唱。”她说。

“我猜你又哭着怀旧了。”

“没错，是的。”她告诉他。

“你就是这种人。”他说。

“没错，是的。”她朝他们面前的镜子微笑了一下。她觉得自己几乎是自豪的，那时她简直就是在发布宣言。如果说她是个易受人摆布的人，她心想，至少选择了由谁来摆布她。如果说她被禁锢在某种模式里，那至少是她自己选择了这种模式。她觉得自己自信又自在，胸有成竹。她看着艾勒顺起一串方块，从 A 到 10，将它们放在一张 J 上。“我们看上去就像孩子。”她告诉他，“小毛孩。想想吧，我们不比戴茜现在大多少。当时根本没考虑该找谁一起度过以后的六十年。”

“唔——”艾勒说。

玛吉将脸颊贴在他的头顶上，而他正对着一张 K 出神。她好像又一次坠入爱河。爱上了自己的丈夫！这种便利让她欣慰，就好像要照食谱烹制一道新菜，需要的食材橱柜里应有尽有，唾手可得。

“记不记得我们结婚的第一年？”她问他，“太可怕了。我们没有一分钟不吵架。”

“我这辈子最糟的一年。”他应和道，她转到他前面时，他稍稍往后挪了挪，让她坐在他腿上。她身下是他那两条细长而骨节突出的腿——两根木棍。“小心我的牌。”他对她说，不过她能感觉到他来了兴致。她依偎在他的肩头，伸出一根手指顺着他衬衫口袋的针脚一圈圈抚弄。

“那个星期天我们请麦克斯和塞琳娜吃晚饭，记不记得？我们第一次请客。他们来之前，我们至少挪了五次家具，”她说，“我去一下厨房，回来发现你把所有椅子都搬到角落里去了，我就说‘你这是干什么’，然后把所有的椅子又搬到别的地方。吉尔夫妇登门时，茶几倒扣在沙发上，你和我正扯着嗓门大吵。”

“我们太害怕了，就是这么回事。”艾勒说。他的手臂环抱住她，她感觉到他干涩愉悦的嗓音在他胸口震颤。“我们希望像成年人那样举手投足，可是不知道能不能做到。”

“还有我们的结婚周年纪念，”玛吉说，“简直惨不忍睹！母亲的礼仪手册上说一周年是纸婚或者钟婚，随我挑。所以我便想出这个妙招，用我从杂志上看来的东西给你做一件礼物：一只会走的纸钟。”

“我不记得。”

“因为我从来就没给你。”玛吉说。

“那钟怎么了？”

“哦，准是我装错了，”玛吉说，“我是说，我完全照说明书组装的，可它就没好好走过。它一会儿慢，一会儿停，一会儿又开始走；一条边翘起来，我涂了太多胶水，结果数字十二下面鼓了起来。那只是……权宜之计，业余作业。我感到非常难堪，把它扔进垃圾桶里了。”

“嘿，亲爱的。”他说。

“我怕它是某种象征，我是说我们婚姻的象征。我们只是凑合在一起，我怕的是这个。”

他说：“嘿，那时我们刚开始学习，还不懂该怎么相处。”

“现在我们懂了。”她低声呢喃，将嘴唇贴在最喜欢的一处：那个温柔的角落，他的下颌与脖颈相交的地方。

她的手指开始往下游走，摸到了他的皮带扣。

艾勒说：“玛吉？”不过他没动，没阻止她。她直起身解开他的皮带，拉下他的裤裆拉链。

“我们可以坐在这张椅子上。”她呢喃着，“谁都不会猜到。”

艾勒咕哝了一声，把她拉过去贴紧他。亲吻她时，他的嘴唇柔滑而有力。她觉得能听见血管里的血液在流动，哗哗地奔涌，像听一只海螺。

“玛吉·达雷！”塞琳娜喊。

艾勒猛地一惊。玛吉一下从他腿上跳起来。塞琳娜站在门口，一动不动，一只手还握在门把手上。她惊愕地看着艾勒，看着他敞开的拉链和耷拉在外的衬衫下摆。

哦，事情可能有两种不同的结果，玛吉暗想。碰上塞琳娜，你永远吃不准。塞琳娜可能一笑了之。但是，也许是葬礼已经让她受不了，也许是因为接下来的录像，也许只是因为刚守寡。总之，她开口道："我不敢相信。我简直不敢相信！"

玛吉说："塞琳娜——"

"在我家！我的卧室！"

"抱歉，哦，我们俩都非常抱歉……"玛吉说。艾勒匆匆整平衣衫，开口道："是的，我们真的不——"

"你永远不可救药。"塞琳娜对玛吉说，"我怀疑你是故意的。谁也不会因为一时兴起就做出这种蠢事。我还没忘记母亲在养老院碰上的事！现在又来这个！在葬礼上！在我和我丈夫的卧室里！"

"是意外，塞琳娜。我们从来不想——"

"意外！"塞琳娜说，"哦，走吧！"

"什么？"

"快离开。"她说着转身就走。

玛吉没看艾勒，一把抓起自己的提包。艾勒收起扑克牌。她在他前面先出房门，他们穿过走廊，进了客厅。大家往后退了退，让他们过去。她不知道他们听见了多少。说不定一字不漏，什么都听见了。他们一时没了声响，又都那么兴奋。她拉开大门，然后转过身说："哦，再见！"

"回见，"他们嘟囔，"再见，玛吉，再见，艾勒……"

屋外，阳光十分刺眼。她真希望从教堂出来时开了车过来。艾勒朝她伸出手，她握住，沿车道边的砂石路小心翼翼地走。玛吉盯着自己的鞋尖，皮鞋已经蒙上了一层细细的尘土。

"哦，"艾勒终于开口，"我们肯定活跃了那场小聚会。"

“我感觉很糟糕。”玛吉说。

“会过去的。”艾勒对她说，“你知道她是怎样的人。”他鼻子里哼了一声，接着又说，“往好的地方想。老同学聚会向来——”

“这不是老同学聚会，这是葬礼，”玛吉说，“是追思会。我跑去糟蹋了一场追思会！她说不定觉得我们在炫耀，故意气她，因为她现在守了寡。我感觉很糟糕。”

“她会原谅我们。”他对她说。

一辆汽车飞快地开过，他和她换了个位置，让她靠里走，避开车道。这下，他们之间不再靠得那么紧，手也分开了。他们又恢复了原本的样子。或者说几乎恢复，还没完全回到原来的样子。不知是因为阳光还是热浪，玛吉竟一时模糊了视线。他们路过一栋旧石头砌成的屋舍，房子荧荧煌煌地闪着光，在一片和煦明亮的薄雾里变得虚无缥缈，接着清晰起来，又渐渐变得实在。

Part 02

第二部

最近几个月来，艾勒开始认识到人类的浪费。他觉得人们是在浪费他们自己的生命。他们把精力浪费在微不足道的嫉恨、无用的野心或者刻骨的积怨上。不管他眼睛往哪儿看，都能看到这种迹象，好像有人要告诉他什么似的。当然并不是说他还需要别人来告诉。难道他还不明白自己就是整个儿被浪费掉了？

他五十岁，从未成就过任何大事。他曾经梦想去根治重症，而如今整天在替细针绣品敲打边框。

他的儿子五音不全，高中退学，想去当摇滚歌星。他的女儿整天浪费时间担心没必要的事，一到考试前就把指甲咬得只剩下一点，还闹头痛，考完了又被分数折磨，以至于医生不得不警告她小心弄出胃溃疡。

还有他妻子！他爱她，可是受不了她不肯认真对待自己的人生。她似乎相信这只是人生的排练，她可以胡来，她消受得起，因为还会有第二、第三次机会改正。她总是一拍脑袋就毫无目的地莽撞地冲出去——走走岔路，随便逛逛。

就像今天，比方说，菲奥娜这件事。菲奥娜早已和他们家没牵扯了，她不是他们的儿媳妇，就连熟人都算不上，艾勒是这么想的。但是，他们沿一号公路往家飞驰时，玛吉就这么坐着，一只手垂在车窗外。她又（就在他巴不得她忘掉时）心血来潮，琢磨着要去看菲奥娜。因为麦克斯·吉尔的葬礼——这本身就是条岔路，他们损失了一个星期六，已经够糟，现在她又要朝完全不同的方向冲过去，要绕到宾夕法尼亚的卡特威尔镇，就为了向菲奥娜表示蜜月期间她愿意帮忙看孩子。毫无意义的建议：菲奥娜自己有母亲，她母亲一直在照管勒罗伊，当然可以指望她再继续照管几天。艾勒便挑明了这一点。他说："那个人没时间吗？她叫什么来着，斯塔奇太太？"

"哦，斯塔奇太太。"玛吉说，好像这回答就足以说明一切。她抽回手，摇上车窗。一张好看的严肃的圆脸在阳光下泛着光。风吹乱了她的头发，弄得满头发卷朝外翻。掺着汽油味儿的热风，艾勒不吹也没什么损失。然而，这种不停把车窗摇上摇下的行为倒有点儿刺激他的神经。她一刻不停地摇上摇下，他想。她从来就不朝前看。一股火气蹿上太阳穴，突突乱跳。

就是这女人，有一回被一个打错的电话耗掉整个晚上。"喂？"她刚冲话筒嚷道，一个男人就说："拉维恩，待在家别动，家里安全。我刚跟丹尼斯通了话，他会过去接你。"电话就挂断了。玛吉叫喊起来："等等！"朝被挂断的电话说话，只有她才这样。不管是谁，艾勒告诉她，他活该。要是丹尼斯和拉维恩没碰上头，嘿，那是他们自己的事，不是玛吉的。但玛吉不停地念叨这件事。"安全，"她唉声叹气，"'家里安全。'他对我说。天知道可怜的拉维恩碰上了什么麻烦。"她花了一晚上的时间，重新排列自己家的电话号码，猛打一通，希望找到拉维恩。当然，永远不会找到。

宾夕法尼亚的卡特威尔镇很近，几乎触手可及，听听她说的。“就在州界旁的出口边上。我忘了那个出口的名字，”她这么说，“在你从加油站拿来的地图上怎么也找不到。”

怪不得她根本帮不上忙，她原来在搜寻卡特威尔镇。

星期六的车竟这么稀少，叫人意外。大多是卡车——装载原木、旧车胎的灰扑扑的小型卡车，不是九十五号州际公路上常见的那种锃亮的流线型怪物。他们这时正开过一片农田，每辆卡车开过，公路边干枯泛黄、无精打采的田地就又落上一层尘土。

“这样吧，”玛吉跟他说，“就去菲奥娜家停一下。很短很短的一下。连冰茶都不喝，把提议告诉她就走人。”

“这件事，你给她打个电话就行。”艾勒说。

“不，我不能！”

“如果你非要照顾孩子，我们一回巴尔的摩，就给她打电话。”

“孩子才七岁，”玛吉告诉他，“而且她肯定几乎不记得我们。我们不能硬是照管她一星期！我们先得和她熟悉。”

“你怎么知道是一星期？”艾勒问。

她伸手在提包里飞快地掏什么。“嗯？”

“你怎么知道蜜月要度一星期，玛吉？”

“唔，我不知道。说不定两星期，也说不定一个月，我不知道。”

他忽然疑心，说不定这场婚事是假的——是她为自己的古怪理由捏造出来的。他相信她会这么干。

“再说，”他说道，“我们也不可能在那里待这么久。我们得工作。”

“不住过去。就在巴尔的摩。我们把她接到巴尔的摩来。”

“她要上学。”他说。

“哦，没问题。可以送她去我们附近的学校。”玛吉说，“二年级只是二年级，说白了，哪儿都一样。”

艾勒有太多理由反对她这么做，多得一时竟说不出来。

她将提包底朝天一翻，把东西哗啦倒在腿上。“哦，我的老天。”她说，接着翻看皮夹、唇膏、梳子和一包纸巾。“要是带上家里的地图就好了。”

这又是一种浪费，艾勒心想，又开始在提包里乱翻，里面的东西她早记得一清二楚。提包里有些什么，就连艾勒都一清二楚。还有，一直为菲奥娜操心也是浪费，菲奥娜明摆着根本不在乎他们。她明确表示要过自己的日子。难道她没明说？“我只想过自己的日子”——这话听着耳熟。说不定就在她离开之前的那一幕中，她大声嚷过，也说不定在离婚后他们那几次叫人丧气的登门探访中说过。他们去探望时，勒罗伊总是扭捏怕生，而斯塔奇太太总是瞪着一双怨恨的眼睛，从客厅门缝怒视他们。艾勒皱皱眉头，浪费，浪费，还是浪费。纯属徒劳。开这么远的路过去，勉强说两句话，再开这么远的路回家，纯属徒劳，绝对。

把自己的职业生涯贡献在那些从他们的床头一转身就忘记你的人身上，也是浪费，艾勒经常指出这一点。但他又觉得这是一种值得钦佩的无私精神。他不知道玛吉怎么受得了这些说走就走、无法治愈的人——羸弱、健忘，把她当作他们早已谢世的、在一九二八年骂过他们的母亲或姐妹。

替孩子犯愁也属于浪费。（说到底，他们也早已不再是小孩——就连戴茜也不是小孩了。）想一想，比如，去年春天玛吉在戴茜的衣柜里发现了卷烟纸，是掸灰尘时捡到的。她立马跑去找艾勒。“我们怎么办？我们该怎么办啊？”她带着哭腔说，“我们的女儿吸大麻，这是吸毒的前兆，学校发的小册子里这么说的。”她把艾勒卷入其中，弄得他心烦意乱；他不想承认，但这种情况过于频繁了！到了半夜，他们两个还坐着讨论对策。“难道我们做错了什么吗？”玛吉哭诉着。而艾勒则拥住她，说：“听着，亲爱的。我保证这事会顺利过去的。”又是一场虚惊。结果，卷烟纸是用在戴茜的长笛上的。如果长笛的按键发黏，你就把卷烟纸衬在按键下。戴茜想也不想就解释说。她甚至都不为这事生气。

艾勒觉得荒唐。他觉得自己耗去了人生最实在、最珍稀的硬通货。

他又想起一次有个小偷怎么偷玛吉钱包的事。小偷闯进厨房时，玛吉正将买的食物放进柜子，小贼一把抓起放在台面上的钱包，够明目张胆的了。而她竟冲出去追。她这是去送命！（行之有效的做法应该是耸耸肩，认为没那钱包自己说不定活得更好——反正那个钱包她一直不喜欢，钱包里几张破烂的一块钱也不值得心疼。）那是二月，人行道上结着一层晶亮的冰，无法奔跑。艾勒下班回家，惊愕地望见一个年轻男孩以蜗牛般的速度扭动着朝他这边滑，玛吉的红色钱包在他肩上晃荡；后面跟着玛吉，看着脚下，一寸寸挪着，牙齿还咬住舌头。两人如同哑剧演员，似乎正迈动脚步往前跑，其实一点都没前进。现在一回想，这情形实在滑稽。他嘴唇一抽，笑起来。

“笑什么！”玛吉厉声说。

“你发疯一样去追偷钱包的小贼。”他对她说。

“说真的，艾勒，你这脑子是怎么转的？”

这恰恰是他想问她的问题。

“反正，我拿回了钱包。”她说。

“凑巧而已。要是他带凶器怎么办？或者个头更大？或者他看见我时并没有慌张？”

“嘿，说起那件事，我几天前的晚上还梦到那男孩。”玛吉说，“他坐在一间厨房里，又像我们家的厨房又不像我们家的，你明白我的意思吧……”

艾勒但愿她别老是不停讲她的梦，弄得他心烦。

要是他没结婚，或者至少没孩子……不过这代价太大，哪怕在最阴郁消沉的时候，他都明白这一点。哦，要是他把姐姐多莉送去那种机构——州政府管理经营的那种，不太昂贵；再跟他父亲说：“我不再赡养你。心脏衰弱也罢，不衰弱也罢，把你这见鬼的店铺收回去吧，我要继续自己原先的打算，但愿我还想得起来早先做了什么打算。”还有，要让他另一个姐姐进入社会找份活儿干。“你以为我们天不怕地不怕？”他就要这么问她，“但我们还是得走出去挣生活，你也一样。”

可她会怕得没命。

小时候，晚上躺在床上，他有时会装作正在看病。他屈起双膝当办公桌，从自己的办公桌望出去，和蔼可亲地问：“布朗太太，有什么地方不舒服吗？”他一度认为自己会去当骨科医生，因为正骨立竿见影、手到病除。就像修家具，他曾经这么觉得。他想象骨头咔嗒一响就回归原位，病人的疼痛也在咔嗒一瞬间消失。

“拘留所。”玛吉说。

“什么？”

她捧起自己的东西，倒回提包又将提包搁在脚边。“去卡特威尔镇的出口，”她问他，“是不是叫拘留所什么的？”

“我一点也不清楚。”

“大角牛。牛皮疙瘩。”

“反正我不去，管它叫什么。”艾勒跟她说。

“鸡皮疙瘩。”

“我想提醒你，”他说，“以前那些探访，记得结果怎么样？勒罗伊两岁生日，你事先约好，还打了电话，结果菲奥娜还是忘记你要去。她们去了赫尔希公园，我们就在门前台阶上傻等，最后还不是掉转车头回家。”

还提着给勒罗伊的礼物，可他没说：呵呵傻笑的蓬发安妮娃娃伤透了他的心。

“她三岁生日，你事先没说，就给她买了一只小猫，我还叫你先去问问菲奥娜。勒罗伊开始打喷嚏，菲奥娜说没法留下小猫。勒罗伊整个下午都在哭鼻子，记不记得？我们离开时，她还在哭。”

“她其实可以去打一针。”玛吉顽固地无视重点，“许多孩子打预防过敏的针，养一屋子宠物。”

“没错，不过菲奥娜不让。她不想让我们打扰，而且她一点也不希望我们去探望她，这就是我说我们别再去了的理由。”

玛吉疑惑地看了他一眼，暗想他是否知道另外几次探望，就是她独自去的那几次。她有心保守秘密，当然会一回家就把汽车油箱加满。

“我要说的是——”艾勒说。

“我知道你要说什么！”她嚷道，“你没必要老是揪着不放。”

他闷声不响地开了一阵。前面高速公路上有一排圆点伸向远方。几十只小鸟从一片小树林里呼啸着飞向空中，蓝天一时黑点斑驳。他望着鸟群，直到它们消失。

“从前，达雷奶奶的客厅里摆着一幅画，”玛吉开口道，“一小幅画，刻在什么泛黄的东西上，像象牙，更有可能是赛璐珞。上面是一对坐在壁炉前摇椅里的夫妻，画的标题就蚀刻在镜框下面：‘老夫妻居家图’。老太太在织衣物，老头儿读着一本奇大的书，一看就知道是《圣经》。你知道在别的什么地方准有他们已经成年的孩子，我的意思是画要说的就是这个，老夫妻守在家里，而孩子们已经各奔东西。当然他们很老了。脸像皱皮的苹果，身体像装土豆的麻袋。你一看就立刻知道他们属于哪类人，立刻失去了跟他们打交道的兴趣。我绝对无法想象自己会变成‘居家图’里的老太太。”

“你是在盘算把那孩子接过来和我们一起住吧。”艾勒说。即便她没把话挑明，也已经啪的一声把他打醒。“说来说去你的目的就是这个。现在你没了戴茜，就盘算着将勒罗伊接过来顶替她。”

“我没这么打算。”玛吉说——回得未免也太快了点，在他看来。

“别以为我看不透你。”他告诉她，“我一直怀疑照看孩子的事有猫腻。眼下她又有了新丈夫，你便指望着菲奥娜会同意。”

“哎呀，这只表明你什么都不知道，因为我完全没有把勒罗伊一直留在身边的心思。我只想今天下午顺道看看她们，提一下我的建议，说不定还有机会让菲奥娜重新考虑杰西。”

“杰西？”

“我们的儿子杰西，艾勒。”

“是的，玛吉。我知道杰西是我们的儿子，可我想不出你认为她有什么需要重新考虑的。他们已经没戏了。她离开了他。她的律师送给他那些文件叫他签名，他都签了，一张不漏，全寄了回去。”

“从此以后他们俩都变了，”玛吉说，“他，还有菲奥娜。不过，每次他主动想和解，她都刚巧不想跟他说话；而她主动要和解，他心里受了伤，关起门来，不知道她想和解。就像糟糕的舞蹈，踩着不同的舞步，每一步都是错的。”

“哦，所以？”艾勒说，“我想这该告诉你些什么了吧。”

“告诉我什么？”

“告诉你这两个人注定走不到一块儿去，玛吉。”

“哦，艾勒，你就是不相信世上有运气这回事。”玛吉说，“好运气，坏运气，任何一种。小心前面的车。”

她是指那辆红色雪佛兰——一辆型号过时的老爷车，大得跟驳船一般，车身油漆暗旧，就像一块暗红色的橡皮。艾勒已经注意那辆车了，他讨厌那车一直左晃右晃，还不停变换车速。

“摁喇叭。”玛吉发出指示。

艾勒说：“哦，我只要——”

他超过那伙计的车就行了，他正要这么说。这些没用的笨蛋，最好把他们甩在后面。他踩下油门，朝后视镜看了一眼，可就在这时，玛吉伸出手，猛地摁下喇叭。尖而急的长鸣让他一惊。他捉住玛吉的手，用力将它按回她腿上。他注意到开雪佛兰的家伙无疑也被吓到了，就在前方几英尺处骤然减速。玛吉一把抓住方向盘，艾勒没法子，往右一偏，车冲到路边。

尘土在他们周围飞扬，像一股烟。雪佛兰加快速度，一拐弯就不见了。

“上帝啊。”艾勒说。

他们的车不知怎的停了，可他不记得自己踩了刹车。实际上，是引擎熄了火。艾勒还抓着方向盘，车钥匙还挂在点火装置上，撞出叮叮轻响。

“你就是要插一手，对不对，玛吉？”他说。

“我？这事你也怪我？我怎么啦？”

“没怎么。只不过在我开车的时候摁一下喇叭而已。只不过吓了那家伙一跳，把他吓得丢了魂。你这辈子，玛吉，我劝你一回，跟你无关的事情能不能少管？”

“我不管，谁管？”她问他，“你怎么能说跟我无关，我可是正坐在被全天下人叫作死亡之座的位置上。再说，也不是因为我摁了喇叭，是那开车的疯子毫无道理地减速。”

“不管怎样，”艾勒说，“你没事吧？”

“我就想勒死他！”她说。

他想这大概表示她没事。

他重新发动引擎，引擎噗噗了几声，终于点上了火。他看了眼车流，一下子又驶上高速公路。和刚才的砂石地比起来，高速公路此时显得尤其平滑舒缓。他注意到自己的手在方向盘上微微颤抖。

“他是疯子。”玛吉说。

“幸好我们都系了安全带。”

“我们要举报他。”

“哦，嗯。只要没人伤着就好。”

“快，艾勒你开快点。”

他瞥了她一眼。

“我要记下他的车牌号。”她说。一头纠结的卷发让她看上去像个悍妇。

艾勒说：“嘿，玛吉。想想看，虽然他不对，我们也一样有错。”

“你怎么可以这么说？是他走走停停，到处乱晃，难道你忘了？”

她哪来这么大的劲头？真叫他想不明白。她怎么会有那么多精力可以消耗？他很热，左肩被安全带勒得生疼。他换了个姿势，减轻勒在胸前的安全带的压迫感。

“你不希望他引起交通事故，是不是？”玛吉问。

“不希望。”

“他说不定喝醉了。记得电视上的公益广告吗？举报他是我们的公民义务。加速，艾勒。”

他屈服了，因为他实在太累。

他们超过刚才超过他们的检修电路的面包车，爬到坡顶时，望见那辆雪佛兰就在前面，没事似的往前开。艾勒突然蹿起一股火。该死的蠢司机。谁说一定是个男的？多半是个女人，不动脑筋到处闯祸。他猛地踩下油门。玛吉说：“干得好。”一边摇下车窗。

“你干什么？”他问。

“快点。”

“你开窗做什么？”

“快开，艾勒！我们要追不上他了。”

“我们要是为此吃张罚单就好笑了。”

不过他看着时速表渐渐爬上六十五，六十八。他们贴近了雪佛兰的车屁股。车的后车窗灰蒙蒙的，艾勒看不清里面。他只看得出司机戴了顶帽子，坐得很低。车上没有其他人。汽车牌照也蒙着尘土——是宾夕法尼亚的牌照，深蓝和黄两色，黄色上有斑驳的灰点，像发了霉。

“Y28——”艾勒念道。

“好了，好了，我记住了。”玛吉说。（她可是那种至今还能把小时候的电话号码倒背如流的人。）“现在，我们超过他。”她对艾勒说。

“哦，呃……”

“你看到是个什么样的司机了。我想我们得超过去。”

哦，有道理。艾勒往左偏出去。

就在他们和雪佛兰平行时，玛吉从她那边的车窗探出去，伸出食指往下一指。“你的车轮胎！”她大声叫喊，“你的车轮胎！你前车轮胎要掉出来啦！”

“天哪。”艾勒说。

他朝后视镜看了看。果然，雪佛兰放慢了速度，往路肩方向开去。

“哦，他信了。”他说。

他不得不承认，这一招好歹叫人解气。

玛吉转身从后车窗往外看，随后她扭过脸望着艾勒，一脸慌了神的表情。他糊涂了。“啊，艾勒。”她说。

“又怎么啦。”

“是个老人，艾勒。”

艾勒说：“天晓得这些开车的老年公民……”

“不仅是老人，”她说，“还是黑人。”

“又怎么了？”

“我说完轮胎的话才看清。”她说，“他不是有意把我们挤出公路的！我打赌他根本不知道发生了什么。他的脸布满皱纹而有尊严，我跟他说那只轮胎时，他张大了嘴巴，不过竟然没忘记碰碰帽檐。他那顶帽子！那顶灰毡帽就像我爷爷戴过的！”

艾勒哼了一声。

玛吉说：“这下他认为我们在捉弄他。他认为我们是种族主义者什么的，为了示恨才骗他轮胎坏了。”

“他不会这么想。”艾勒说，“实际上他没法儿知道车轮胎是不是要掉出来。他怎么查看？他得在轮子转动时才看得出。”

“你是说他这会儿还在车里坐着？”

“不，不是。”艾勒马上说，“我的意思是他说不定已经上路了，不过为了保险起见放慢了速度。”

“我不会那么干。”玛吉说。

“哦，你不是他。”

“他也不会。他又老又糊涂又无依无靠，一定还坐在车里，一英寸都不敢开。”

“哦，老天。”艾勒说。

“我们得回去告诉他。”

他多少知道会落到这个下场。

“别告诉他我们故意骗他，”玛吉说，“跟他说我们吃不准叫他试开，我们在一边替他看着，然后我们就说：‘哎呀，搞错了。您的轮胎没事，一定是我们看错了。’”

“‘我们’从何谈起？”艾勒说，“我从来没说过他的轮胎要掉出来。”

“艾勒，我跪下求你，调转车头去救救那个人。”

“现在是下午一点半，”艾勒说，“运气好的话，我们可以三点到家。甚至两点半。我可以再开几小时店，也许挣不了多少，不过总比什么都没有好。”

“那可怜的老人眼下正坐在车里，直愣愣地瞪着前面，不知该怎么办。”玛吉说，“他还抓住方向盘不放，我看得一清二楚。”

艾勒也看得一清二楚。

开到一片看上去殷实繁荣的大农庄时，他减慢了速度。那里有一条长草的路伸向农庄的谷仓，他连转弯指示灯都没打，就拐上了那条道儿，就是要让这个急转弯措手不及，表明自己很生气。玛吉的墨镜一下子在仪表盘上滑出一段距离。艾勒转过车头，等突然拥挤起来的车流过去，随后又回到一号公路上，这次往北。

玛吉说：“我知道你不会那么狠心。”

“想一想，”艾勒跟她说，“开上和开下这条路的所有人中，其他的夫妻周末一起开车出游。他们从甲地到乙地。他们在高谈阔论——我也不知道——时事、裁军、种族隔离。”

“他没准以为我们是三 K 党。”玛吉说。她开始咬嘴唇，她一心烦就这样。

“中途不停，也不改道。”艾勒说，“要是开到半路停了车，那是因为他们去哪家精致的小客栈吃午餐。他们事先调查过这地方，甚至还预定了座位。”

这么一说，他真是饿了。在塞琳娜那里他什么都没吃。

“差不多就在这里。”玛吉说道，又来了劲头，“我记得那些筒仓。就在铁丝网筒仓的前面。他就在那儿。”

没错，他就在那儿，不过没在汽车里坐着，而是绕着车颤颤巍巍地转圈——一个驼背的人，皮肤是老式掀盖书桌的颜色，穿一套老掉牙的旧西装，看上去前长后短。他正在研究雪佛兰的几只轮胎，一副听天由命的模样。这辆雪佛兰说不定是一辆几年前废弃的车。艾勒打亮指示灯，掉了个头，刚好停在雪佛兰后面，两辆车的保险杠差一点就撞上了。他打开车门，一脚跨出。“要不要帮忙？”他喊道。

玛吉也下了车，不过这一次，她倒好像希望艾勒过去打交道。

“是我的轮胎。”老人说，“刚才路上有位女士告诉我轮胎就要掉出来了。”

“就是我们。”艾勒告诉他，“准确说是我太太。可你看，我相信她多半是说错了。我看轮胎好像没问题。”

老人直直望着他。他有一张刻满皱纹的脸，头像只骷髅，眼白黄得几乎是棕色的。“哦，哦，当然，好像没事儿。”他说，“车像现在这样一动不动当然没事儿。”

“我是说之前，”艾勒跟他说，“你还在路上开的时候。”

老人将信将疑。他用鞋尖戳戳轮胎。“不管怎样，”他说，“你们停下来真是非常好心。”

玛吉说：“哦，这算不得什么。”她往前跨了一步，“我叫玛吉·墨兰，”她说，“这是我丈夫艾勒。”

“我是丹尼尔·欧迪斯。”老人说，手碰了碰帽檐。

“欧迪斯先生，你看，我们刚才从你车边上开过时，我有一种，就像是，幻觉。”玛吉说，“我觉得看到你的轮胎在摇晃。可是过一会儿我马上就说：‘不对，我相信是自己的幻觉。’是不是，艾勒？你问艾勒。‘我想我无缘无故就让那位开车的先生停下来。’我告诉他。”

“行行好，解释给我听听，为啥你会看见它摇晃。”欧迪斯先生说。

“哦，当然！”玛吉叫道，“没准是热浪在路面上蒸腾。哦，不一定，我也搞不清楚——”

“没准还是一个兆头。”欧迪斯先生说。

“兆头？”

“说不定是主警告我。”

“警告你什么？”

“警告我左前方的轮胎要掉出来啦。”

玛吉说：“哦，不过——”

“欧迪斯先生，”艾勒说，“我想很可能是我太太搞错了。”

“这你就不好说了。”

“一个情有可原的错误，”艾勒说，“不管怎么说，还是个错误。所以我们该这么办，你上车，顺着路肩开几码。玛吉和我替你看着。要是你的轮抬没松动，就没事了，不用担心。要是真的松了，我们送你去修车行。”

“哦，哎哎，我太感激了。”欧迪斯先生说，“要是不太麻烦的话，可以去八福。”

“什么？”

“八福德士古车行。往前走一程就到，我侄子在那里干活儿。”

“当然，去哪里都行。”艾勒说，“不过我敢打赌——”

“说实在的，要是不麻烦，最好这就走，把我送过去。”欧迪斯先生说。

“现在？”

“我可不喜欢开一辆轮胎就要掉出来的车。”

“欧迪斯先生，”艾勒说，“我们来试试轮胎。我们跟你说的就是这个。”

“我来试车好了。”玛吉说。

“是的，让玛吉试开。玛吉？亲爱的，最好由我来试吧。”

“哎呀，不错，对女士来说太危险。”欧迪斯先生对玛吉说。

艾勒一直暗中嘀咕不知开这辆雪佛兰会不会送命，不过他说：“没错，你和欧迪斯先生到一边看着，我来开。”

“要不得，先生，我不能让你这么干。”欧迪斯先生说，“我相当感激，但不能这么干。太危险。请你们就把我送去德士古好啦，我侄子会开辆拖车来把它弄走。”

艾勒瞧瞧玛吉，玛吉也瞧瞧他，一筹莫展。路上的车从艾勒身边嗖嗖擦过，他想起那些惊悚片里，间谍们在现代废墟中、高速公路边或者轰鸣的工业建筑群中碰头的情景。

“听着，”艾勒说，“我这么想——”

“别麻烦送我啦，别啦。”欧迪斯先生喊道，“我已经给你们添了很多麻烦，我知道。”

“说实在的，我们觉得有责任。”艾勒对他说，“我们说你的轮胎要掉出来，与其说是个错误，还不如说简直就是，呃，瞎说。”

“对，我们无中生有。”玛吉说。

“啊呀，不不。”欧迪斯先生一边说，一边摇头，“你们就是想叫我别担心。”

“之前你好像，好像，这么说吧，在我们前面突然减速，”玛吉说，“把我们挤下公路。不是故意的，我明白，不过——”

“我怎么了？”

“不是故意的。”玛吉安慰他说。

“而且，”艾勒说，“你减速是因为我们不小心按了喇叭，所以这不是由于——”

“哦，天哪。弗洛伦丝，她是我侄女，她老是追着我叫我交出驾照，可我绝对没有料到——”

“反正，我干了一件相当欠考虑的事。”玛吉对他说，“我说你的轮胎要掉出来了，其实它没事儿。”

“哦，我说这才叫善举。”欧迪斯先生说，“是我把你们挤出了公路，而你们却对我这么心善。”

“不是，瞧，轮胎真的是——”

“大多数人就不管，让我开，送命去。”欧迪斯先生说。

“轮胎好好的，”玛吉告诉他说，“一点都没松动。”

欧迪斯先生歪过脑袋，仔细端详起玛吉。上眼皮耷拉着，让他看上去有些傲慢，他好像终于明白了她的意思。可他马上说：“不不，这不可能，是不是？不不。我跟你说吧，这会儿我想起来了，这车今天早晨一直开起来不对劲儿。我就知道，可又不知道究竟是怎么回事，你明白吗？我估摸你们看见它时也是这么感觉的。多半是你们不经意从眼角瞥见，就告诉了我，也说不清楚到底是怎么回事。”

这就好，艾勒开始付诸行动。“好吧，”他说，“就试试看。钥匙在车上？”他几步跨到雪佛兰跟前，拉开门坐了进去。

“哎呀，哦！”欧迪斯先生呼喊道，“别替我送了性命啊，先生！”

“他不要紧的。”玛吉说。

艾勒朝欧迪斯先生挥挥手，让他放心。

即便车窗开着，雪佛兰里还是滚烫。透明的塑料车座套似乎已经融化了，车里一股熏人的烂香蕉味儿。怪不得：吃剩的午餐袋搁在乘客座位上——一只团得皱巴巴的纸袋子，一堆香蕉皮，一卷玻璃纸。

艾勒将钥匙插入点火装置。等引擎轰轰响起来，他探出车窗，朝玛吉和欧迪斯先生说：“仔细看好。”

他们什么都没说。这两个毫无相似之处的人，脸上却奇妙地露出非常相似的表情，既紧张又警惕，好像在为最坏的情况做准备。

艾勒挂上挡，沿路肩开过去。他觉得自己在驾驶一个大而无当的玩意儿——比方说一张双人床。而且排气系统还咔咔乱响。

开了几码，他踩下刹车，脖子一转，脑袋伸出窗外。那两人还一动不动地站在原地，没挪过地方，只是朝着他的方向转了转脑袋。

“怎么样？”他叫道。

不见回答。接着欧迪斯先生开口道：“是的，先生，我好像的确看见有些晃动。”

“你看见了？”艾勒问。

他斜起眉头朝玛吉拧了一拧。

“可你没看见吧。”他说。

“哦，我吃不准。”玛吉对他说。

“你说什么？”

“说不定是我的错觉。”她说，“不过我想有点儿，就是那种，我也不知道……”

艾勒换了挡，颠簸着往后倒车。退到他们跟前时，他说：“这回，我要你们两个看得非常、非常仔细。”

这次他开得更远，十来码的样子。他们不得不跟着他走。他瞥了一眼后视镜，见玛吉双臂抱在胸前，跟着快走。他停下车，爬出来望着他们。

“那只轮胎真的松掉啦，真的。”欧迪斯先生一追上来就嚷道。

艾勒说道：“玛吉？”

“我觉得像只陀螺，停转之前那种摇晃着要倒下的样子。”玛吉说。

“听着，玛吉——”

“我知道！我知道！”她说，“但我也没办法，艾勒。我的确看见它在晃，而且看上去软塌塌的。”

“哦，这完全是两码事。”艾勒说，“轮胎可能气不足。不过那只轮胎牢得拔都拔不出来。我敢发誓。我能感觉到。我简直不能相信你这么干，玛吉。”

“嘿，抱歉，”她固执地说，“不过我不能睁着眼睛说瞎话。我只是觉得我们得送他去那个德士古。”

艾勒看了看欧迪斯先生。“你有没有六角扳手？”他问。

“什么……先生？”

“要是你有六角扳手，我可以把轮胎上紧。”

“哦，哎哎……六角扳手和普通扳手一样吗？”

“你后备厢里说不定就有。”艾勒说，“你的千斤顶搁在哪里？”

“哦，我把千斤顶搁在哪儿啦，我想想。”欧迪斯先生说。

“在后备厢里。”艾勒马上重复道。他从车里取下钥匙，递过去。他尽量不露声色，但内心却有每次去玛吉的养老院时的那种感觉——彻底地无望。他简直不能想象这位跌跌撞撞的欧迪斯大人是怎么一天天挨过来的。

“六角扳手，六角扳手。”欧迪斯先生嘟囔着打开后备厢锁，掀开盖子，“哦，让我先来……”

乍一看，后备厢里好像有一块实心布料制成的砖：夹被、衣服、枕头紧实地包在一起，都快结成一块了。“哦，我的天。”欧迪斯先生说，他抓住灰扑扑的夹被的一角拽了一把，可那包玩意儿纹丝不动。

“别管它了。”艾勒告诉他，“我去拿我的来。”

他走回道奇车。突然之间那车看上去像模像样的，只要你忽略玛吉对左前方挡泥板干的好事就行。他从点火装置上拔出钥匙，打开后备厢，掀开盖子。

什么都没有。

毯子下凹处曾经放着备用胎的地方，如今空空荡荡。而且装着工具的灰色塑料袋也不翼而飞了。

他喊道：“玛吉？”

她靠着雪佛兰，头朝他的方向懒洋洋地歪了歪。

“备用胎去哪里了？”他问。

“在车上。”

“在车上？”

她使劲儿点头。

“你是说安上了？”

“对。”

“原来那只轮胎呢？”

“在家那边的埃克森车行里修补。”

“哦，怎么……”

得，不管它，最好别岔开话题。“工具放哪里了？”他喊道。

“什么工具？”

他砰地关上后备厢盖，走回雪佛兰。嚷嚷也无济于事，他知道拿不到自己的六角扳手了。“你换轮胎用的工具。”他告诉她。

“哦，不是我换的。有个男的停下车帮我换的。”

“他用后备厢里的工具了？”

“我想是的，没错。”

“他放回去了吗？”

“他肯定放了回去。”玛吉说。她皱起眉头，显然在竭力回忆。

“工具不在那里，玛吉。”

“哦，要是你觉得他偷走了，我敢肯定没有。他是个相当善良的人，一分钱没要。他说自己也有妻子，而且——”

“我没说他偷，我只是问工具在哪里。”

玛吉说:“说不定在……”她又嘀咕了几句，他没弄清到底是什么。

“什么？”

“我是说，也许在查尔斯街和北方大道的拐角上。”她大声说。

艾勒转向欧迪斯先生。老先生正半耷拉着眼皮看着他，看上去好像站着打盹儿似的。

“我估计咱们只能卸下你后备厢里的东西了。”艾勒对欧迪斯先生说。

欧迪斯先生倒是点了好几下头，可就是不动。

“我们要不要把东西搬出来？”艾勒问道。

“哦，可以。”欧迪斯先生迟疑地说。

一时大家都没吱声。

“嗯？开始动手吧？”艾勒说。

“要是你想，可以动手。”欧迪斯先生对他说，“不过要是找到了轮胎扳手，我倒会大吃一惊。”

“谁都有轮胎扳手。六角扳手，”艾勒说，“买车时送的。”

“我从来没见过。”

“哦，艾勒，”玛吉说，“我们能不能就送他去德士古，让他侄子来修车？”

“你以为他会怎么做，玛吉？他还不是拿起一把扳手，把轮胎轮爪螺母拧拧紧，不是说轮爪螺母真的需要拧。”

这会儿，欧迪斯先生好不容易从后备厢里拖出了第一件宝贝：一条法兰绒睡裤。他举起睡裤，上下打量着。

也许是他脸上暧昧的神情，也许是因为睡裤本身——皱巴巴、松垮垮，还拖着一条破腰带，反正，艾勒突然让步了。“哦，算了吧，”他说，“我们就去德士古。”

“谢谢你，艾勒。”玛吉亲昵地对他说。

欧迪斯先生又说：“哎呀，不会麻烦你们吧。”

“没事没事……”他用手抚了一下前额，“我想咱们最好把雪佛兰锁上。”

玛吉问道：“什么雪佛兰？”

“那辆车的牌子，玛吉。”

“轮胎就要飞出去的车，实在没必要锁。”欧迪斯先生说。

一个念头瞬间闪过艾勒的大脑，他怀疑整件事或许是欧迪斯先生故意用消极的态度报复他们。

他转身向自己的车走去。他听见背后雪佛兰的后备厢盖咔嗒一声关上，还听见他们的脚在砂石地上踩出的声响，不过他并没有停下等他们跟上来。

眼下道奇车和雪佛兰一样滚烫，镀铬的换挡把手灼烧着手指。他坐着，引擎在空转，等着玛吉将欧迪斯先生安顿在后座上。她好像自然就知道他需要帮忙，要颇费周折地让他的腰弯起来。最后进汽车的是两只脚，他双手提起两只膝盖，脚便跟着进了车。然后他长出一口气，摘下自己的帽子。从后视镜里，艾勒见一颗颅骨突出的光秃秃的头，耳朵上方纠结着棉絮似的花白的毛发。

“我真是感激。”欧迪斯先生开口道。

“哦，不麻烦！”玛吉回答，风风火火地坐进副驾驶。

别把我扯进去，艾勒没好气地想。

他等着一群摩托飙车党过去（全都是男的，不戴头盔，排成长S形横冲直撞，鸟群般恣肆张狂），随后拐上高速公路。“我们往哪里走？”他问道。

“哦，哎哎，你只管往前开，过了那家奶牛场往右拐。”欧迪斯先生告诉他，“不远，不过三四英里。”

玛吉从座位上伸长脖子一扭头，说：“你一定住在这附近吧。”

“打这往后不远，死鸦路。”欧迪斯先生告诉玛吉，“这么说吧，以前一直住那儿，直到上星期。现在我住在妹妹洛伦那里。”

接着他就开始跟她叨叨起妹妹洛伦，关节炎不严重时，她就有一搭没一搭地在凯马特工作。说到这儿，自然就说起欧迪斯先生自己的关节炎来了，这病神不知鬼不觉地降临到他身上，起初他还以为是别的问题，后来终于想到去看医生。第一回去时，医生就惊讶万分，说他的关节炎太严重啦。

“哎哎，你要是见过我见识过的，”玛吉说，“我工作的养老院里，那些人都打成结啦，我怎么会不知道。”她每每跟别人聊天，总会被别人说话的腔调牵着走。闭上眼睛，你还以为她是黑人，艾勒想。

“是鬼祟歹毒的病，没得说。”欧迪斯先生说道，“就是这个奶牛场，先生。在下个出口右拐。”

艾勒放慢了车速。他们经过一小群正鼓着眼睛嘎巴嘎巴咀嚼的奶牛，接着拐上一条不足双车道宽的小路。路面高低不平，杂草丛生的路堤上斜着几块手写的标示：危险，此地放养家畜，还请慢行，小心猎狗和马。

这会儿，欧迪斯先生正在解释关节炎是怎样逼得他只好退休。他从前在北卡的家乡替人盖房顶，走房梁灵活得就像一只松鼠，可眼下却连梯子最低的一级都爬不了。

玛吉发出一声咯咯的笑声。

艾勒不明白为什么玛吉总喜欢把旁人扯进他们的生活。他怀疑也许她觉得一个丈夫还不够吧。“二”不是一个令她满意的数字。他想起这些年她招进门的外人——她哥哥在他们家的沙发上过了一整个冬天，因为她嫂子爱上了自己的牙医；还有塞琳娜，因为麦克斯去弗吉尼亚找工作；当然还有菲奥娜和她的孩子，以及堆成山的儿童用具，推车、护栏、手摇婴儿秋千架。以他现在的情绪，他觉得还应该把他们的孩子也算在外人里，难道杰西和戴茜不算外人——侵犯了他们最私密的时光，硬是挤在他们俩中间？（难以想象有些夫妻是为了孩子才保住婚姻的。）两个孩子没一个是计划好的，至少不是那么快就想要。就在杰西出生之前几天，艾勒还抱着回学校继续上学的希望。付清了姐姐的医药费和父亲新壁炉的钱，本该轮到他去上学这件事了。玛吉会继续全职工作。可就在这时，她发现自己怀孕了，得在家休假。之后，艾勒的姐姐又得了一种全新的病，需要住院治疗癫痫。圣诞节前夜又一辆搬家货车撞进他们家的相框店，把房子撞坏了。后来玛吉又怀上了戴茜，又是一个意外。（把节育任务交给一个一定会出乱子的人，是不是太失策？）不过那时杰西已经八岁了，而且艾勒也多少放弃了自己的打算。

有时候——就像今天这种日子，这么说吧，在这种漫长燥热的日子闷在灰扑扑的车里——他会感到极端疲惫、无聊。这种疲惫和无聊沉重地压在他头上，就像压下来的天花板似的。不过他想，也许大家都时不时地这么觉得。

玛吉正对欧迪斯先生讲他们此行的目的。“我最亲密的老朋友刚刚失去了丈夫，”她说，“我们得去参加葬礼。最令人伤心的场合。”

“哦，天哪。哦，我想表示我最真切的哀悼。”欧迪斯先生说。

艾勒跟在一辆车身圆滚滚、模样简陋的四十年代老爷车后面，他放慢了速度。开车的是个老太太，蜷缩在驾驶座里，方向盘上方几乎看不见她的头。一号公路，养老高速公路。他又想起已经不在一号公路上了，他们刚才拐上了岔道，正往回走也说不定。他有一种恍惚的感觉，就像换季时你一时间会搞不清是什么季节。是春？是秋？是夏初，还是夏末？

他们经过一栋现代风格的错层住宅，院子里摆着两具石膏塑像：一男一女两个荷兰小孩，小脑袋优美地凑在一起，嘴唇几乎就要亲上了。接着又看见一片活动房车停车场，看见各种路标，标明了去教堂、市政机构、阿尔草坪和露台家具店的方向。欧迪斯先生身体前倾，紧紧抓住车座靠背，发出咕嘟一声。“就在右前方，德士古，”他说，“看见了？”

艾勒看见了一座很小的长方形建筑，靠近路边。彩色气球在加油泵上空高高飘舞——每座加油泵上都飘着三只红色、银色和蓝色的气球，懒洋洋地拧缠着厮打着。

他开上水泥护道，小心避开横在地上的信号缆绳，踩下刹车，回头看了看欧迪斯先生。可欧迪斯先生坐着不动，倒是玛吉走下车。她打开后车门，老人直起身体时，她伸手从下面托住老人的胳膊肘。“好了，你侄子在哪里？”她问。

欧迪斯先生说：“附近什么地方。”

“你肯定吗？他会不会今天不上班？”

“哎哎，他一定得上班，是不是？”

哦，老天，他们准备这样没完没了地扯下去。艾勒熄了火，望着那两个人走过水泥护道。

在全套服务的加油泵边，有个梳着细马尾辫的白人小伙子。他听完他们的问题，然后摇摇头，说了句什么，手往东边挥了挥。艾勒叹了口气，在座位上埋得更低。

看见玛吉踢踏着走了过来，艾勒打起精神。可等她走到车边，却只是从副驾驶的窗户探进头来。“我们得等一等。”她说。

“等什么？”

“他侄子被叫出去办事了，不过马上就回来。”

“那我们为什么不能走？”艾勒问。

“我不能这么干！我放不下心，不知道结果怎么样。”

“你什么意思，结果怎么样？他的轮胎什么问题都没有，忘了？”

“在晃，艾勒。我看见它在晃。”

他叹了口气。

“再说万一他侄子不回来，”她说，“那欧迪斯先生就困在这里了。他说不定要花钱。我得确保他口袋里不是一分钱没有。”

“你看，玛吉——”

“你干吗不把油箱加满？我们可以加些油。”

“我们没有德士古的卡。”他告诉她。

"付现金。等加完油，我打赌拉蒙特就回加油站了。"

就已经"拉蒙特"了。接着她就要收个养子了。

他重新发动引擎，咕哝了一声，把车开到一座自助式加油泵边，爬出车来。他们这里还在使用一种巴尔的摩早已找不到的老式记数法——翻动的数码牌，而不是电子显示屏，开关用的还是上下扳动的把手。艾勒得习惯习惯，回忆一下几年前是怎么做的，才能开始加油。等油开始流入油箱，他看到玛吉把欧迪斯先生安顿在一堵晒白的矮墙头上坐稳，那堵墙的一侧是加油站，另一侧是一户人家的菜园子。这时帽子又戴回了欧迪斯先生的头上，他顶着帽子盘坐在那里，就像一只蹲在桌下的猫，若有所思地打量着外面，嘴里嚼着空气，老年人都这样！他老态龙钟，可年纪未必比艾勒大很多。这种想法让你倒吸一口气。艾勒听见咔嗒一声响动，油泵切断了注油，他走回自己的车。头顶上方，气球相互擦碰着，那声音让他想到雨衣。

他到加油站里付账时，看见了一台零食自动售货机，于是他朝那两人走去，打算问问他们要不要来点什么。他们正聊得起劲儿，欧迪斯先生在说一个名叫"德露丝"的人，一刻不停，没完没了。"玛吉，他们有薯片，"艾勒说，"你喜欢的那种。烧烤味儿。"

玛吉朝他挥了挥手。"我想绝对是你有理。"她对欧迪斯先生说。

"还有熏火腿皮！"艾勒说，"现在几乎找不到这东西了。"

她朝他翻了个白眼，说："你忘记我在节食了？"

"那你呢，欧迪斯先生？"

"哎哎，不不，谢谢你，先生。谢谢你的好意，先生。"欧迪斯先生说。他转向玛吉，又继续说下去："反正我问她：'德露丝，你这个女人，这怎么能怪我？’”

“欧迪斯先生的太太因为他在她梦里干的事，跟他生气。”玛吉告诉艾勒。

欧迪斯先生说：“你看，我像个孩子一样一无所知，我下楼走进厨房，问：‘早饭呢？’她说：‘自己弄去。’我说：‘啊？’”

“简直太冤枉了。”玛吉对他说。

艾勒说：“好吧，我想我得吃一点零食了。”说着，他把手插在兜里，走回加油站，觉得自己像个局外人。

还有节食，艾勒想，节食是玛吉浪费行为的又一个例证。清水节食、蛋白质节食，还有葡萄柚节食。每顿饭都不让自己吃，而在艾勒看来，她现在的身材刚好——就连大家说的丰腴都算不上；每一处的手感都相当好，比如柔滑的胸和丰润的臀。但她什么时候听过艾勒的话？他闷闷不乐地将硬币塞进售货机，摁了椒盐脆饼干下面的键。

他走回去时，玛吉正在说：“我是说，要是我们大家都这么干还成？！都把梦当真。看看我吧：一年里有两三次，差不多这个数字，我梦见邻居和我接吻。完全无关的邻居，西蒙斯先生，看上去像兜售什么东西的推销员，我说不清楚，保险、房地产还是别的什么。白天我根本想不到他，可是到夜里我梦到我们接吻，我想让他解我的衬衣扣。早晨在汽车站，我难为情地不敢正眼看他，可当我看着他时，他还是老样子，一张平淡的脸，穿着一套西装。”

“老天，玛吉。”艾勒说。他回忆着这位西蒙斯老弟的尊容，但实在想不出她说的是谁。

“我的意思是说，能怪我吗？”玛吉问，“三十岁的……小孩儿，我一丁点兴趣都没有！梦又不是我设计的。”

“不是，确实不是。”欧迪斯先生说，“不管怎样，这是德露丝的，是德露丝自己的梦。就连做梦的都不是我。她说我站在她的绣花垫子上，那只永远在绣、永远绣不完的绣花垫子，所以她命令我下去，可我下去时踩着她的钩针披肩和绣花内裙，鞋子把蕾丝、皱边儿和缎带都钩出来了。‘难道你不就是这样干的。’早晨她对我说。我说：‘我干什么了？拿来给我瞧瞧。把我踩坏的那些个鬼东西拿来给我瞧瞧。’她说：‘你就是这种破坏分子的料，丹尼尔·欧迪斯，要是早知道我得忍受你这么多年，嫁人时就会仔细想想该挑哪个。’所以我就说：‘好，要是你这么觉得，我就走。’她说：‘别落下你的东西。’我就走啦。”

“欧迪斯先生已经在车里住了几天了，在几位亲戚家里轮流住。”玛吉告诉艾勒。

“是吗？”艾勒说道。

“所以说轮胎不掉出来对我太重要啦。”欧迪斯先生加了一句。

艾勒叹了口气，在矮墙头上坐下，坐在玛吉身边。椒盐脆饼干味同嚼蜡，胶漆一般糊在他的牙齿上，可他实在太饿，照吃不误。

这时，扎着马尾辫的小伙子朝他们走来，踩着打过鞋掌的皮靴，脚步坚定，目标明确。艾勒又站起身，以为他们要谈什么正事。然而小伙子只是走过来盘起输气管。那软管一直在水泥地上嘶嘶喷气，只是他们没留意到。为了不显得尴尬，艾勒干脆迎着他走过去。“我说！”他说，“这位拉蒙特伙计是怎么回事？”

“他出去了。”小伙子说。

“麻烦你走一趟估计不行吧，我想。去高速公路上，我们的汽车那儿，帮我们瞧瞧欧迪斯先生的轮胎。”

“不行。”小伙子一边说，一边将软管在挂钩上挂好。

艾勒说：“明白了。”

他走回矮墙，小伙子走回加油站。

“我想大概叫麋鹿小道。”玛吉对欧迪斯先生说，“是叫这名字吗？去卡特威尔镇的公路出口？”

“瞧，我没听说过麋鹿小道。”欧迪斯先生说，“倒是听人提起过卡特威尔镇。就是一时半会儿说不出你该怎么去。瞧，这儿有这么多地方听上去像座镇子，自称是座镇子，实际上除了一家杂货铺和一座加油泵就没什么啦。”

“卡特威尔镇就是这样，没错。”玛吉说，“一条主街。没有红绿灯。菲奥娜住在一条很窄的路上，路边连人行道都没有。菲奥娜是我们的儿媳妇。以前是。我想应该这么说。她以前是我们儿子杰西的太太，现在他们离婚了。”

“对对，现在他们都这么干。”欧迪斯先生说，“拉蒙特也离了婚，还有我妹妹洛伦的闺女莎丽。我不明白他们干吗要结婚。”

就好像他自己的婚姻很美满似的。

“来一块饼干？”艾勒说。欧迪斯先生漫不经心地摇摇头，玛吉的手却伸进纸袋一掏，一把抓出六七块来。

“真的，全是误会。”她跟欧迪斯先生说，咬了一口饼干，“他们十分相配，看上去简直是天造地设的一对儿：杰西肤色黝黑，菲奥娜金发碧眼。只是杰西总是按音乐家的时间作息，而且他的生活有点儿，我说不清楚，漂泊不定。菲奥娜又太年轻，常常发火。哦，我那时真替他们难过。她离开时杰西心都碎了。她带着年幼的女儿，回娘家去了。菲奥娜也心碎了，我知道，但你觉得她会这么说吗？他们离婚离得一干二净，就像从来没结过婚一样。”

到此为止，都没错，艾勒想，不过他还隐瞒了很多。也许不是隐瞒，只是粉饰，有点儿这个意思，就比如他们儿子的形象——这位“音乐家”，忙自己的事业忙得没工夫理会“妻子”和“女儿”。艾勒从来不认为杰西是什么音乐家，充其量只把他看作一个需要找份正当稳定职业的高中辍学生。他也从来不认为菲奥娜是一位妻子，而只是杰西身边的一个小跟班——一头柔美亮丽的金发，身上是叫人看不惯的暴露T恤和紧身牛仔裤。可怜的小勒罗伊不过是他们的宠物，是狂欢节上赢来的毛茸玩具。

他清楚地记得被捕那天晚上杰西的模样。那时他十六岁，在公共场所与几个朋友酗酒被抓——仅此一次，这是后话，但当时艾勒希望保证这一点，因此想对他严厉些。他坚持要玛吉留在家里，自己一个人去交保释金。他坐在公共听候室的一条板凳上等着。杰西终于出来了，被架在两个警官之间，上半身快弯到地面了。显然他的手曾被手铐铐在背后，可他一定尝试过让双脚从臂弯里跨过去，这样就能把两只手解放到前面来。但他不是放弃了努力，就是努力到一半被制止了。这不，他像个玩杂耍的，两只手夹在两腿之间，歪着身体，脚步一瘸一拐。艾勒看在眼里，心头腾起一股有生以来最复杂难言的情绪：对自己儿子的愤怒，对警察将杰西的狼狈如此示众的愤怒，还有一种想大笑的冲动，一种痛，一种巨大的悔恨。杰西的夹克衫袖管还时髦地推了上去，露着两条手臂（艾勒那个年代，男孩们从不这么做），这使他看上去更不堪一击。他脸上的神情也是那样。除下手铐后，他站直了，居然还是满脸不屑，假装看不见艾勒。现在每当艾勒想到杰西，脑子里就出现杰西那晚的模样，以及同样的怨愤和悲哀。他不知道玛吉心里的杰西是什么样的。没准她还沉浸在更早的岁月里，没准她心里的杰西只有四岁或者六岁，一个漂亮的、不是一般惹人爱怜的小男孩，他身上的问题也就是小孩子的通病而已，没什么大不了。反正，她看到的肯定不是真实的杰西。

肯定不是，就连戴茜也不是，他想。在玛吉眼里，戴茜就像是她母亲的翻版——有才华，能干，玛吉在她身边时总坐立不安，无所适从。戴茜从小就把自己的屋子收拾得格外有条理，作业本都用不同颜色做标识。从那时起，玛吉在她身边就觉得坐立不安。不过戴茜也有自己的悲哀。艾勒也看得很清楚，尽管感情上他和她更亲近。她似乎在虚掷青春——据艾勒所知，她至今还没交过男朋友。小时候，每次杰西调皮捣蛋，戴茜总是沉着脸表示不喜欢，但艾勒心里更希望她也一起跟着捣蛋。难道不该这样？别人家里，那些快活吵闹的家庭，那些艾勒小时候看得眼热的家庭不就是这样？现在她要收拾行囊去上大学——行李整理了几个星期，除了要扔掉的衣服，什么都带走。她穿着柔软磨损的衬衫和暗淡褪色的裙子在家里走来走去，像个修女一样落寞忧郁、了无生气。不过，玛吉认为她叫人佩服。“我在她的年纪，都还没开始考虑自己要干什么呢。”她说。戴茜想当一名量子物理学家。“我简直佩服她。”玛吉说，直到艾勒问她：“玛吉，什么是量子物理学家？”他是真心想知道。“你有没有哪怕最模糊的概念？”他问。这下玛吉以为他是在小觑她，于是说：“哦，我承认我没学问！我从来就没说过我有学问！我只不过是一个老弱病人的护工，我承认！”于是艾勒就说：“我只是说——上帝！我只是说——”这时戴茜的脑袋从门里伸进来，说：“请你们别再吵了，好吗？我在看书。”

“吵？”玛吉叫道，“我只是发表一下最平常的评论——”

而艾勒则对戴茜说：“听着，小姐，要是你这么容易受干扰，可以去图书馆看书。”

于是戴茜不作声了，脸又是一沉，玛吉则把脸埋在两只手里。

《同一首老歌和舞蹈》[①]，杰西这样形容婚姻。那天早晨，菲奥娜哭着离开餐桌，艾勒问杰西怎么回事。“怎么回事，你又不是不明白。”杰西回答说，“《同一首老歌和舞蹈》，还是老一套。”艾勒（他这么问绝非想打探究竟，只是想提醒儿子这很重要，要多关心她）倒想弄明白这个“明白”意味着什么。难道杰西是指艾勒的婚姻和杰西自己的如出一辙？如果真是这意思，那他未免太过分了。他们的婚姻截然不同。艾勒的婚姻牢固得像一棵大树，他甚至说不出大树的根扎得多深多远。

但是，杰西的话却在他的脑海中盘桓不去：《同一首老歌和舞蹈》。同样的争吵，同样的指责。同样的玩笑，同样的情话，没错。忠于婚姻，没有第二个人能通过一个手势一个眼神就心照不宣地传达支持和安慰。然而同样的怨恨年复一年地被翻出来，没有一件能够真的忘记：那次听到玛吉怀孕，艾勒表现出开心的样子；那次玛吉没在自己母亲面前捍卫艾勒；那次艾勒拒绝去医院探望玛吉；还有那次玛吉忘记邀

①空中铁匠乐队的歌曲。

请艾勒的家人吃圣诞晚餐。

一成不变——哦，老天，谁能责怪杰西满腹牢骚？说不定这孩子童年时一直冷眼旁观着父母，发誓绝不忍受这种日子：得过且过，一天天打发日子，每天早晨艾勒去相框店，玛吉去养老院。来店里帮忙的那些下午说不定给杰西结结实实上了一课，把他吓得退避三舍——艾勒成天坐在高脚凳上，不是量相框内衬尺寸，就是在轴锯箱边锯相框，一边还跟着轻音乐电台吹口哨。女人们走进店里让他装裱她们的十字绣家训、业余水平的海景画、结婚照（两个正儿八经的人侧着脸大眼瞪小眼）。她们还把杂志上撕下的画也拿来——一窝狗崽，或一筐丑小鸭。就像裁缝替衣服脱了一半的客人量体裁衣那样，艾勒也一样谨慎地装作视而不见。对一张缠在毛线团里愁眉苦脸的小猫照片，他似乎并不想发表意见。“他要个浅粉色的内衬，你不这么想吗？”她们会这么问。（她们经常用人称代词来指照片，好像照片是活物似的。）

“好的，太太。”艾勒说。

“也许用粉蓝色，可以衬托出他那丝带的蓝色。”

“好的，没问题。”

从杰西眼中，艾勒能看出自己正是被称作小业主的人：一个无趣乏味、点头哈腰、年龄模糊的男人。

店铺上方，他常常可以听见父亲的摇椅叽嘎叽嘎，停顿，叽嘎叽嘎，还有某个姐姐走过起居室时踩在地板上的犹疑不定的脚步。他们讲话的声音当然是听不见的，所以艾勒养成了一个习惯，想象他的家人在白天从不开口说话——他们定格在那里，直到他来才动起来。他是他们生活的支柱，他明白。他们全靠他。

小时候，他是家里的外人——是很久以后才来的，比姐姐们年轻了半代。他在家里一直是个小孩，把家里所有人一概叫成“宝贝儿”。因为他们这些大人和准大人全都这么叫他，他就认为这是个老少咸宜的叫法。“帮我系鞋带，宝贝儿。”他就这么跟父亲说。但他没享受过小孩子通常享受的特权，从来不是家人捧在掌心里的那一个。要是说家里有谁占据这个位置，那就是他姐姐多莉——智力低下，虚弱，愚笨，龅牙，动作怪异。就算是多莉也经常被丢在一边，她常常一个人靠墙根坐着。身患重病的母亲在艾勒十四岁时因为病情加重去世了，之后他面对疾病就变得紧张而惧怕。不过话说回来，她从未显示出做母亲的天赋。相反，她把自己奉献给了宗教，奉献给了电台里传道者的福音布道和挨家挨户传教的传教士留在门口的励志小册子。她做的饭就是咸味苏打饼干加上茶，全家一视同仁。她从来不会像个正常人那样感到饥饿，也不会意识到别人可能会饿肚子，她靠时钟提醒自己什么时候该进食。要是他们想吃像样的食物，全得靠父亲，因为事情一复杂，多莉就搞不清。而琼妮遭受着某种恐惧症，一年年每况愈下，最后连出门买一夸脱牛奶都拒绝。他们的父亲得等下面店铺打了烊，再来管上面的杂事。他拖着沉重的脚步上楼，取了购物单子，再拖着沉重的脚步出门，提回来一些食品罐头，然后和女儿们一起在厨房里闲晃。哪怕艾勒年纪已经足够大，他们还是不叫他帮忙。他是这个家里碍手碍脚的人，是泼溅到一幅泛黄的老照片上的不和谐的色彩。他的家人对他温和但不亲密，跟他保持距离。“宝贝儿，你作业做完了吗？”他们这样问他，就连暑假，就连圣诞节，他们都这么问他。

后来艾勒中学毕业，他怀抱着上医学院的梦向马里兰大学缴纳了押金。这时他父亲突然要让位。他突然就……崩溃了，艾勒就是这么看的。他声称心脏衰竭，撑不下去了，坐进那张底座固定的摇椅里，一坐不起。艾勒接手了生意。开始并不容易，因为直到那时，店里的买卖他根本没碰过。突然间，全家都指望他了。他们靠他挣钱，靠他买食品杂物，靠他出主意，靠他开车去看医生，靠他转播外面的消息。就像这样："宝贝儿，这件连衣裙是不是太过时？"还有，"宝贝儿，我们有钱买新地毯吗？"从某种角度来说，他还挺得意，尤其是刚开始，一切似乎都只是暂时的，就好像过暑假。他不再是外人，成了家里的轴心。他把多莉的抽屉翻个遍，为的是找到另一只她喜欢的红袜子；他替琼妮修剪变灰的头发；他将当月的收据一股脑儿塞到父亲胸前，他心里明白，他是他们唯一的指望。

可是夏天延续到秋天。一开始，大学同意他推迟一个学期入学，接着又推迟一个学年，再后来这个话题再未被提起。

哈，面对现实吧，比整天在漆了金粉的镂花板条上锯四十五度角更糟的职业有的是。再说他最终还是拥有了玛吉——像个从天而降的大礼掉进他怀里。他还有两个正常健康的孩子。他的人生也许不像十八岁时憧憬的那样，但有谁的人生是那样呢？结果就是这样，总是这样。

尽管他知道杰西并不这么看。

对杰西·墨兰来说，不能妥协。不，先生。不能改变，不能降低眼光。"我就是不相信我会默默无闻地死掉。"他曾经对艾勒说过，而艾勒本该宽容地一笑了之，却觉得脸上像挨了一巴掌。

默默无闻。

玛吉说："艾勒，你在加油站里看到卖汽水的自动售货机了吗？"

他朝她看了一眼。

"艾勒？"

他打起精神，说："哦，是的，我想有。"

"有无糖汽水？"

"呃……"

"我去看看，"玛吉说，"饼干吃得我嘴巴干。欧迪斯先生，要不要喝点什么？"

"哦，不啦，我没事儿。"欧迪斯先生对她说。

她朝加油站里面走，裙裾摆动。两个男人望着她的背影。

"一位相当、相当优雅的女士。"欧迪斯先生说。

艾勒闭了闭眼睛，又揉了揉胀痛的脑门。

"真是一位善良的天使。"欧迪斯先生说。

有时在商店里，玛吉会拿着她挑好的货物走到某个店员面前，说："我估计你老兄指望我付钱呢。"用那种她哥哥们闹着玩时假装凶巴巴的口气。艾勒总担心她玩得太出格，但店员却哈哈一笑，有时还会说："的确这样想。"瞧，这世界并不像艾勒所想的那样，倒是和玛吉想的相差无几。玛吉才在这个世界上过得更顺利，她搜罗流浪汉，那些人像绒线衫上粘着的线头一样粘着她，她还和陌生人说贴心话。比如这位欧迪斯先生，脸上闪着殷切的光，眼皮眯成可丽饼边的样子。"她让我想起那位家里有烟囱的太太。"他告诉艾勒，"我知道有个人，就是一时想不起来。"

“烟囱？”

“一位白人太太，我以前不认识。”欧迪斯先生说，“她说她的烟囱漏了，叫我去估个价。可我在她家屋顶上走着走着一脚踩空，从上面跌下来。摔得气都没啦，老天爷，有一会儿我都以为自己没救了，躺在地上喘不过气来。这位太太一定要开车送我去医院。半路上我缓过来了，所以就说：‘太太，咱们别去了，他们会把我积攒的血汗钱统统拿走，也不过就是跟我说我好好的，没事儿。’她说那好吧，不过一定要去麦当劳买一杯咖啡和几块薯饼给我。麦当劳边上刚巧有一家玩具反斗城，她就问我是否介意吃完后顺便进玩具城替她侄子买辆小红拖车，因为他明天过生日。我说不介意，结果她买了两辆，一辆给我侄女的儿子阿尔伯特。边上还有一家园艺铺——”

“哦，玛吉就是这样，没错。”艾勒说。

“不是直线条的人。”

“当然不是。”艾勒说。

这下他们似乎把该说的都说完了。两人都不再出声，只是盯着玛吉，她正往回走，伸出手臂将罐子举得远远。“这东西喷了我一身。”她开心地嚷嚷，“艾勒，来一口？”

“不了，谢谢。”

“欧迪斯先生？”

“哦，哎哎，不不，我想我不啦，不过谢谢。”

她在他们中间坐稳，然后仰起脖子响亮地喝了一大口。

艾勒真想玩一把接龙，无所事事让他心烦。不过，从气球撞来撞去的样子判断，纸牌多半会被吹走，所以他将两只手夹在胳肢窝里，身体又往下滑了一点儿，懒洋洋地坐在墙上。

在港口广场或广场旁边，也有人兜售这种气球。阴着脸的商贩独自站在街角，头上飘着一束束的聚酯薄膜气球。他记得琼妮第一次看见这些气球时简直欣喜若狂。可怜的琼妮，从某种角度来说，她的残障比多莉的更严重——更受限制，被囚禁得更牢。他们不能理解她的恐惧，也不知该怎么办，因为外面的世界从未给她带来什么不幸或灾难，至少据他们所知。开始他们还想跟她挑明，说了些废话，诸如“还会糟糕到哪里去”，再如“我跟你一起去”。后来，他们渐渐不再废话了。他们失去了信心，听之任之了。

确切地说，除了玛吉。玛吉太过固执，就是不肯放弃。经过几年徒劳无功的尝试，一天她突发奇想，让琼妮穿上戏装，说不定能劝她走出门去。她给琼妮买了一顶鲜红的假发，一条印着罂粟印花的紧身连衣裙，一双脚腕系带的漆皮细高跟鞋。她给琼妮化上厚厚的妆。令所有人惊讶的是，这一招居然管用。琼妮咯咯地笑着，笑声叫人觉得反常，瘆人。她竟然让玛吉和艾勒陪她走到门口台阶上，第二天走得更远，最后居然走到了街尾。当然不能没有艾勒。只有玛吉一人陪她是不行的，玛吉又不是血亲。（实际上，艾勒的父亲从不用玛吉的名字称呼她，而是用“女士”。“女士是不是也一起来，艾勒？”——这称呼恰恰表示他从一开始就对她抱有怀疑、挖苦和嘲笑。）

“你明白这为什么会管用吧。”玛吉这么说起琼妮，“穿上戏装，出门的就不是她本人，是别人。她真实的自己还好好在家待着呢。”

毫无疑问，她是正确的。琼妮两只手扒住艾勒的手臂，挂在他身上，走进药房，索取了一本《肥皂剧文摘》。她走进杂货店，傲慢跋扈、肆无忌惮地要了一份鸡肝，好像完全换了一个人——一个张扬的、甚至有些轻浮放浪的女人，一个不在乎别人看法的女人。之后她又开始咯咯地笑，还问艾勒她做得怎么样。当然，艾勒为她的进步而欣慰，这当然不用说。但过了一段时间，情况变得越来越烦人了。她要去这里走走那里看看，而且总是小题大做——事前一大堆准备，衣裙，化妆，他还得非说好话不可。皮鞋奇高的跟妨碍着她，弄得她像走在刚拖过的地面上一样。说实在的，她还不如干脆待在家，他想。但他很快又为自己竟冒出这种想法而惭愧。

接着，她突然心心念念要去港口广场。港口广场刚开张时，她在电视上看见了，不知怎的居然得出那地方是一处人间奇境这样的结论。很自然，在恢复了一些自信后，她非得亲眼看看不可。只是艾勒不想带她去。说得委婉些，他对港口广场不感兴趣。他觉得那地方并不“巴尔的摩”——说实在的，只不过是美化过的购物商场而已。再说停车费肯定要狠狠宰他一刀。难道她不能找个别的地方将就一下？不行，她不能将就，她说。那能不能让玛吉带她去？不行，她需要艾勒。他知道她需要他，怎么还能向她提这种建议？后来父亲也要去，多莉也要去，她已经兴奋得为此行打点好了“行李箱”（赫兹勒百货装大衣的盒子）。艾勒没办法，只好咬牙同意了。

他们安排在一个星期天——一个星期里艾勒唯一的休息日。不巧的是，那是个雾蒙蒙的早晨。天气预报说下午有雨。艾勒建议推迟一下，但没人响应，就连玛吉都不同意，她和其他人一样，也生起气来。他载着这伙人往市中心开去，居然幸运地在马路边找到一个停车位。他们下了车，开始步行。那天雾重，几码之外的楼房都看不见。他们走到普拉特街和莱特街的街角，望着街对面的港口广场，什么都看不见，只看见些深灰的暗影。变绿的红绿灯只不过有一点儿色彩。他们走到广场时，除了一个卖气球的，没看见任何人，那人站在角落里，显得十分怪异。

气球一下子抓住了琼妮的注意。它们看上去像用液体金属做的，银色的，一碰就碎，边缘像沙发靠垫一样皱起。琼妮大呼："啊！"她一步跨上人行道，张着嘴巴叫道，"那是什么？"

"气球，还用说。"艾勒说。他企图拉着她往前走，可她却伸长脖子，扭头盯住气球不放。挂在他另一条胳膊上的多莉也一样。

他明白问题出在哪里。电视让琼妮了解天下大事，却不包括琐事，比如聚酯薄膜气球之类的，所以这些小事让她驻足。这完全可以理解。不过那时，艾勒可不打算满足她，他本来就没兴趣去那儿，于是催着他们去第一栋楼转一圈。琼妮的手像利爪那样抓住他的手臂。上次发作后左腿半瘫了的多莉贴在他另一条手臂上，难看地一瘸一拐，每走一步，赫兹勒百货的衣盒就敲一下她的屁股。玛吉跟在他们后面，低声给艾勒的父亲鼓劲儿，老头子气越喘越响，越喘越费力。

"可这不是我以前见过的气球！"琼妮说，"用什么做的？叫什么？"

这时他们正走到水边的漫步长廊，艾勒没回答她，只是紧盯着眼前的景致。"这不正是你死活要看的？"他提醒她。

可前面除了一层白雾，只有隐约浮现在雾中的星座号。整个港口广场像是一团浩渺无声而浓密的蒸汽。

那次出游当然是以灾难告终。琼妮说一切都没有电视上看到的那么好，而艾勒的父亲说他的心脏在胸口乱跳，多莉不知怎的受了委屈，竟哭了起来，他们还没走进一栋楼，就得先把她送回家。如今艾勒记不得她受了什么委屈，但清晰地记得——回忆如此生动，一下子使眼前这座阳光灿烂的德士古也变得阴郁起来——他站在那儿，被两个姐姐夹在中间，心头突然涌起的那种感觉。他觉得自己几乎窒息。雾气留给他们的空间非常窄小，像一间不透气的蒸汽屋，或是一些住宅里的室内游泳池。除了家人在耳边响起的沉重而熟悉的声音之外，一切声音都被捂住了。雾气裹着他们，把他们捆在一起。两个姐姐的手拽着他，就像溺水的人拽着一根救命稻草。艾勒想，啊，上帝，我这辈子被这些人困住了，永远不会有出头之日。他忽然明白了，从他接手父亲买卖的那一天，他活得有多么失败。

难怪他对浪费那么敏感！他放弃了一辈子唯一一个真切的梦想。你还能比这更浪费吗？

“拉蒙特！”玛吉叫起来。

她正看着加油泵旁边一盏旋转的黄灯，是一辆拖车，但什么车都没拖。它发出一声尖刺的声音，刹住车，熄了引擎。驾驶室里跳出一个穿牛仔夹克的黑人。

“是他，好啦。”欧迪斯先生说着，从他坐的地方慢慢站起来。

拉蒙特走到拖车背后，检查什么东西。他踢踢轮胎，又走回驾驶室。他不像艾勒想的那么年轻——不是年轻人，而是个鼓着眼睛、皮肤紫黑的壮汉，走起路来脚步很重。

“啊呀，你好啊。”欧迪斯先生叫道。

拉蒙特站住了，朝他这边看过来。“丹尼尔舅舅？”他说。

“你好吗，孩子？”

“你来这里干吗？”拉蒙特一边问，一边走过来。

他走到矮墙边，玛吉和艾勒都站了起来，但拉蒙特并没有看他们。“你还没回德露丝舅妈那儿？”他问欧迪斯先生。

“拉蒙特，我要用用你的拖车。”欧迪斯先生说。

“干吗？”

“我想我的左前轮胎松了。”

“什么？车在哪儿？”

“一号公路上。这两位好心人捎我过来的。”

拉蒙特飞快地看了一眼艾勒。

“我们刚巧开车路过。”艾勒告诉他。

“嗯。”拉蒙特不友善地哼了一声，又转过头去对他舅舅说，“咱们来说说你的事儿。你的车在高速公路上……”

“是这位女士眼尖发现的。”欧迪斯先生说着朝玛吉做了个手势，而她正笑盈盈满心信任地望着拉蒙特。她的上嘴唇还留着一点汽水沫子，这让艾勒觉得放心。

“我没法儿和你握手。”她对拉蒙特说，“这罐百事可乐溅了我一身。”

拉蒙特只是嘴角一耷拉，不屑地打量了她一眼。

“她从车窗探出头，叫：‘轮胎！’”欧迪斯先生说，“‘你的前轮胎要掉出来啦！’”

“真的是编出来的，”玛吉对拉蒙特说，“是我胡说的。”

哦，老天！

拉蒙特说：“什么？”

“我撒了个小谎。”玛吉笑嘻嘻地说，“我们已经向你舅舅承认，但我也不知道，就是没法儿说服他。”

“你说你骗他？”拉蒙特问。

“对。”

欧迪斯先生低头看着自己的鞋，扭捏地笑着。

“哦，实际上——”艾勒开口了。

“因为在这之前，他突然在我们前面停车，”玛吉说，“弄得我们不得不冲到路边，我气得要命，于是追上他说他的轮胎松了。可我不知道他上了年纪！不知道他无依无靠！”

“无依无靠？”欧迪斯先生问，他的笑容变得不那么确定。

“再说，后来发现他的轮胎确实不对劲。”玛吉告诉拉蒙特，“于是我们带他到德士古来了。”

拉蒙特的面色看上去并不比之前更吓人，艾勒悬着的心落了地。其实，拉蒙特已经不再搭理他们俩了。他转向舅舅。“听见没有？”他问道，“看到没有？现在你跑去把人家挤下公路了。”

“拉蒙特，说实话，”欧迪斯先生说，“我相信车轮胎有些日子不对劲了。”

“难道我没说过你得放弃开车？我们大家不都这么说吗？难道洛伦没求过你交出驾照？下一次你也许就不会这么好运。也许哪个白人疯子一枪把你的头打飞。”

欧迪斯先生一下子缩起来，站在那里不吭气，帽檐遮住了他的脸。

“要是你好好待在家里，和德露丝舅妈在一起，就不会惹出这些事。”拉蒙特朝他说，“上州际公路晃晃！这儿睡睡那儿睡睡，像个嬉皮士，啊！”

“哦，我以为我开车已经很谨慎小心了。”欧迪斯先生说。

艾勒清了清嗓门。“那轮胎的事儿——”他说。

“你这就回家和舅妈和解，”拉蒙特对欧迪斯先生说，“别提这些事，向德露丝舅妈道歉，别开着这堆废铜烂铁在路上挡大家的道。”

“我不能道歉！我没干啥，道什么歉。”欧迪斯先生说。

“有什么关系，老兄？去赔个罪就是了。”

“你看，我什么都没干，是在她梦里。德露丝自个儿做了个梦，你看——”

“你和那女人做了五十多年夫妻，”拉蒙特说，“有一半时间在为什么事争吵。不是她不理你，就是你不理她，再不就是你离家出走她离家出走。哎呀，老兄，有一回你们两个一起离家出走，留下空房子。多少人梦寐以求的小房子，可你做了什么？让家空着，你开着雪佛兰到处乱窜，德露丝舅妈在洛伦的沙发上过夜，打搅他们一家的生活？”

一说起旧事，欧迪斯先生脸上浮现出一层笑意。“真的，”他说，“那次，我以为我甩了她，她以为她甩了我。”

“你们两个就像喜欢斗嘴的毛孩子。”拉蒙特对他说。

“至少我老婆还在身边，有目共睹！”欧迪斯先生说，“至少我老婆还在身边，不像某些人，要我指名道姓吗？”

艾勒说：“得，反正——”

“连毛孩子都不如。”拉蒙特好像没听见，只管自己继续说，“小孩子至少有的是时间耗，可你们两个年纪一大把，没剩几天了。不用多久你们俩中就有人死去，剩下的那个就会说：‘我干吗态度这么恶劣？他就是这样的人，我就是和这样的人结婚的，我们恨来恨去浪费了一辈子。’你就会这么说了。”

“哎哎，先死掉的大概是我。”欧迪斯先生说，“所以我也不用担心这事儿。”

“我是认真的，舅舅。”

“我也是认真的。说不定你这辈子丢掉的东西才是重要的，说不定那些才是重中之重。难道没有这种可能？说啊！都倒出来吧，我跟你说。何必藏着。说到底，看看我们在一起的日子。说不定到头来我还是这么想。‘天啊，我们折腾来折腾去，就是两个不打不相识的冤家呀。’我说。到时候住进养老院，可以好好回味。”

拉蒙特抬起眼睛朝天空骨碌一转。

艾勒说：“呃，我并不是想转移话题，但轮胎的问题是不是有办法了？”

两个男人一齐朝他看过去。“哦，”欧迪斯先生终于说，“我想你们两位该打算上路了吧。”

“除非你确定你没事了。”玛吉对他说。

“他不会有事的。”拉蒙特说，“走吧，上路吧。”

“是的，别再惦着我啦。”欧迪斯先生说，“让我送你们上车。”他夹在二人中间，转身走开。拉蒙特站在背后，一脸不悦。

“那孩子就是脾气不好。”欧迪斯先生对艾勒说，“真搞不明白他跟谁学的。”

“你觉得他愿意帮你吗？”

“哦，当然。他只是要先嚷几声，骂几句。”

他们走到道奇车边，欧迪斯先生坚持要替玛吉打开车门。如果她自己来，肯定更快；他得站对了位置，运足力气。同时，他还在对艾勒说："他又有什么权利说三道四。一个离了婚的男人！还像个专家那样对别人指手画脚！"

他在玛吉身后推上车门，门发出一声没关严实的虚响，玛吉不得不重新打开，再用力砰地关上。"大男人，碰上一点小挫折就分手。"他告诉艾勒，"一个人过得没滋没味，无精打采，像日渐干瘪的葡萄干。一个人坐在电视前，整晚整晚地看电视，也不去找新女人，怕有人再像他老婆那样坑他。"

"啧啧。"玛吉说，从她这边车窗朝他望去，"看着真叫人难过。"

"可你以为他看得见吗？"欧迪斯先生问，"看不见。"他跟着艾勒走到驾驶座那侧。"他认为这样的日子很正常。"他告诉艾勒。

"哦，我说。"艾勒一边坐进方向盘后面的驾驶座，一边说，"要是拖车要花钱，就告诉我一声，明白吧？"他砰地关上车门，从车窗探出身去说，"我最好把我们的地址留给你。"

"不会花钱的。"欧迪斯先生说，"不过多谢你的好意。"他稍稍后退，掀了掀帽子，在脑门上抓挠了一下。"你知道，我曾经有一只狗，"他说，"我养过的最机灵的狗。贝茜。她最喜欢追皮球了。我扔，她追。每回球落到厨房的扶手椅上，贝茜就会把鼻子拱进椅背的木档中间，呜呜地叫啊叫，从来不会动脑筋想想她可以绕到椅子前面去。"

艾勒说："哦……"

"让我想到拉蒙特。"欧迪斯先生说。

"拉蒙特。"

"一根筋。"

“哦！是的，拉蒙特！”艾勒说。他很高兴能明白两者之间的联系。

“哦，我不想浪费你们的时间。”欧迪斯先生对艾勒说，朝伸出一只手。那只手脆弱得一捏就碎，好像一副鸟骨头。“你们开车小心，听见了？”他弯腰往前，对玛吉说，“保重！”

“你也保重。”她告诉他，“希望你和德露丝和解。”

“哦，会的，会的。迟早会的。”他呵呵一笑，往后退了一步，因为艾勒发动了引擎。他站在那里目送他们，就像主人送走客人那样，直到他们开上马路，他才从艾勒的后视镜里消失。

“呃！”玛吉说着在座位上挪了一下，让自己坐得更舒服，“反正……”

就好像整个插曲只不过是她讲长故事时，讲着讲着打了一个嗝。

艾勒打开收音机，调来调去却只能收到当地新闻台——农作物价格，哥伦布骑士会所着了火。他关上收音机。玛吉正翻着提包。“啊呀，哪儿去了？”她说。

“你在找什么？”

“墨镜。”

“仪表盘上。”

“哦，对。”

她伸手拿过墨镜，架在鼻尖上，然后转着脸四处张望，好像在试墨镜是否管用。“阳光没刺痛你的眼睛？”最后她问他。

“没，我挺好。”

“也许最好我来开车。”

“不用，不……”

“一整天，我一次都没轮到过。”她说。

“没关系。不过谢谢你，亲爱的。”

“好吧，要是你改了主意，告诉我一声就是。”她对他说着，然后陷进车座里，望着窗外的景色。

艾勒将胳膊支在窗沿上，开始吹起一支调子。

玛吉紧张起来，朝他望去。

“你就是认为我是个开车横冲直撞的女人。”

“嗯？”他说。

“你就在想，你怎么会傻到让我碰方向盘。”

莫名其妙。他还以为这话题早结束了。“老天，玛吉，”他说，“你干吗总觉得别人跟你过不去？”

“因为我就是这么觉得。”她告诉他，不过说得无精打采，似乎对自己的话也没什么兴致，接着她又去看窗外的风景。

一拐上一号公路，艾勒就加快了车速。车流拥挤起来，不过都开得飞快。农庄之间挤进了一片片商业用地——码成山的光面轮胎，垒成峭壁的煤渣砖，一大片带窗户的可以将卡车拖车变成房车的装置。艾勒吃不准那种东西叫什么。这让他心烦，他喜欢知道事物的名字，一个特定而精准地概括某种事物的词。

“云杉树胶。”玛吉说。

“什么？”

她从车座上转过身，望着身后。“云杉树胶！那就是去菲奥娜家的出口！我们刚刚错过。”

“哦，对，云杉树胶。”他说。听起来的确耳熟。

“艾勒。”玛吉说。

“嗯？”

“还没开出去太远。”

他瞥了她一眼。她双手合十，脸向着他，噘起了嘴，似乎期待他说些什么（就像她以前教杰西背乘法口诀表时，期待他说出正确答案那样）。

“不太远，是不是？”她说。

“不。”他说。

她误会了他。她深吸一口气，准备跟他争辩。可这时，他说：“不，我想不太远。”

“啊，你是说会带我去？”

他“呃”了一声，然后说：“哦，呃，反正这一天已经被我们打发得差不多了，是不是？”说着，他顺手一拨转向灯，并且留意着哪里可以调头。

“谢谢你，艾勒。”她说着探出身子，身上的安全带跟着她的动作拉到了头，她在他耳根上亲了亲。

艾勒“哦”了一声，不过听上去比他实际感觉的更勉强。

他在一家木料场调头，回到一号公路，朝左拐上云杉树胶路。他们这会儿正迎着太阳开。阳光照在灰蒙蒙的挡风玻璃上。玛吉将墨镜往鼻梁上推了推，艾勒翻下了遮阳板。

或许是挡风玻璃上的尘土让他又想起那次港口广场的出游。反正不知何故，他忽然想起那天多莉为什么哭了。

她站在水边，裹在雾中，兴奋地打开她的“行李箱”，亮出里面的东西给他看。她带出来的基本上是老一套。也就是两三本旧漫画书，他想了起来，一包小甜点——她喜欢吃甜食，大概是压扁的女主人牌小蛋糕，糖霜都粘在玻璃纸上。当然，还有曾经属于母亲的一串人造钻石帽檐饰带。最后亮出的是她的至宝：一份歌迷杂志，封面是猫王，标题位置写着“摇滚之王”。多莉崇拜猫王。艾勒一般都顺着她，甚至看到猫王的海报，他还特地买给她，但是那天早晨他特别压抑，就是没了耐心。“埃尔维斯。”多莉兴高采烈地说。艾勒说：“老天！多莉，你不知道这人早死了，埋了？”

笑容僵在她的脸上，她的眼里涌起泪水。艾勒感到一阵刺痛。一时间，她的一切都让他悲哀——剪得稀稀拉拉的头发，开裂的嘴唇，那张瘦脸朴实而甜蜜，如果人们能看得见。他伸出一只手臂搂住她，紧紧拥抱她瘦骨嶙峋的身体，他的目光越过她的头顶凝视着在雾中若隐若现的星座号。桅杆顶端消失在雾中，缆绳和铁链也已模糊不清，老战船一时显出它深远的过去，缭绕的白雾竟使你一时感到时间的模糊。琼妮紧贴着他的另一侧，玛吉和萨姆一动不动地望着他，等他发话下一步怎么办。就在那时，他明白了什么是真正的浪费。上帝啊，是的，不是他必须赡养这些人，而是他竟然没有察觉自己是多么爱他们。他甚至那么爱身心疲惫的落魄的父亲，甚至那么爱自己对可怜的母亲的回忆。她那么美，但从来没意识到自己的美，因为每回一走近镜子，她的嘴角就会羞怯得往上一歪。

可是那种感觉转瞬即逝（说不定在琼妮开口求他离开的那一刻，就消失了），他也忘记了当时的感悟。而且毫无疑问，他会再一次忘记，就像他们到家时，多莉早已忘记猫王已经不再是摇滚之王。

Part 03

第三部

1

玛吉有一支爱唱的歌，每回他们俩出门，她就喜欢和艾勒一起唱。歌名是《又上了路》——不是威廉·尼尔森那首老歌，而是杰西那几张罐装燃料乐队专辑中的一首蓝调，节奏感强，劲道十足。艾勒打节拍："嘭—嗒—嗒—嘭—嗒—嗒—嘭—嗒—嗒—嘭！嘭！"玛吉哼着调子。"请明白我的意思，妈妈！请你不要再哭泣。"她唱道。电线杆也似乎合着拍子一根根往后闪。玛吉觉得海阔天高，直想飞。她仰头靠着椅背，晃着脚控制节奏。

从前，她独自开上这条路时，乡下对她似乎不友善，似乎是敌人的领地。在这些林子和无情的牧场之间，她唯一的孙女被当作人质扣押着，而玛吉（藏在围巾里，或是裹在一件不知哪里来的风衣里，或是用琼妮的红假发遮住半张脸）逃窜似的开着车。她觉得自己鬼鬼祟祟，躲躲闪闪。她一心想着那孩子，将那张小脸蛋牢牢固定在自己眼前：一张活泼的婴儿脸蛋，圆得像一枚分币。玛吉一走进屋子，那双眼睛就急切地睁大；一看见玛吉，带着窝的小拳头就舞起来。我来啦，勒罗伊！别忘了我！可是那些探望一次比一次令人失望，直到最糟糕的那一次。那次勒罗伊在童车里扭动，呼叫“妈妈，妈妈”，寻找另一个祖母，次等祖母，冒牌祖母，玛吉终于死了心，从此只和艾勒一起去正式探访。可没多久，正式探访也停止了。勒罗伊也渐渐褪色消逝，直到有一天她小得就像把望远镜反过来看时里面的人——依然清晰，不过很远，遥不可及。

玛吉想到去年夏天，她的老猫南瓜死了。失去它让她倍受打击，失落感像幽灵一样缠着她——她打开冰箱，不再有那一团毛茸茸在她脚边蹭来蹭去；她半夜醒来，听不见它趴在床上发出的汽艇般的呼噜声。真傻，这竟让她想起菲奥娜和勒罗伊离开的时候，当然啦，这是两件不相干的事。不过更傻的是，一个多月后，天气渐渐转凉，玛吉关掉了地下室的除湿器。年年她都这么做，可去年连这种失去也变成了打击。轻轻震动着地板的忠心耿耿、持续不断的呼呼声消失了，玛吉发自内心地感到哀伤。天哪，她这是怎么回事？她弄不明白。她是不是打算用余生来哀悼每一次失去，不管是大是小——一个儿媳妇，一个孙女，一只猫，一台抽干空气的机器？

这是不是渐渐老去的感觉？

而眼下，田野竟呈现出金灿灿的色彩，像挂历上的画儿一样漂亮。它们本没有什么特别的含意。也许是因为艾勒在身边，有个同盟。也许是因为哪怕再尖锐的痛苦，迟早都会被磨平。

“那条荒无人烟的路我不是一个人在走。”她继续唱下去。艾勒打起拍子：“嘭—嗒—嗒，嘭—嗒—嗒。”

要是菲奥娜再嫁，她很可能会有个新婆婆。玛吉之前没想到这一点。她不知道菲奥娜和这个女人会不会合得来。她们俩会不会一有空就凑在一起，像两个闺中密友？

“想想看，如果她再要个孩子！”玛吉说。

艾勒停下他的“嘭—嗒—嗒”，问：“嗯？”

“是我帮她度过那整整九个月的！没了我她该怎么办？”

“你在说谁？”

“菲奥娜，还用说。你以为我说谁？”

“哦，我敢肯定她能对付过去。”艾勒说。

玛吉说：“也许会也许不会，谁说得准。”她扭过头不再看他，又望向窗外的田野。它们看上去毫无纹理，十分不自然。“是我开车带她去听分娩课程，”她说，“是我帮助她练习。我是她正式指定的分娩教练。”

“所以现在关于生孩子的事，她都知道了。”艾勒说。

“但每次怀孕都得重来一次，”玛吉说，“你要坚持做。”

玛吉想到那时自己怎样督促菲奥娜。怀孕使她变得无精打采、心不在焉，倘若不是玛吉，她会躺在电视前的沙发上度过最后三个月。玛吉会响亮地拍着巴掌——“好啦！”——啪地关掉重播的《爱之舟》，猛地拉开窗帘。阳光被她放进来，洒满幽暗的客厅，照亮扔了一地的摇滚杂志和清水牌苏打饮料瓶。“该练练盆腔深蹲了！”她这么喊，而菲奥娜则缩成一团，抬起一只手臂遮住刺眼的阳光。

“盆腔深蹲，天哪，”菲奥娜说，“腹部隆起。真难听。”不过她还是会叹着气，吃力地站起来。尽管怀着身孕，但她的身体还是十几岁孩子的模样——修长柔韧，让玛吉想起在海滩上瞥见过的几乎没穿衣服的女孩子，她们和玛吉好像属于两种完全不同的物种。隆在腹部的婴儿是一个可分离的单独的重负，就像抱在前面的包裹。“呼吸课——说真的。”她砰的一声坐到地上，“他们是不是认为我活到现在，还不知道怎么呼吸？”

“哦，亲爱的，你很幸运，他们教你这些。”玛吉对她说，“我第一次怀孕时，根本找不到任何课程，而我又怕得要命。有课程可以学习，那真是天大的好事！我记得生完杰西后抱着他离开医院，心想，‘嘿，他们就这样让我抱着婴儿走了？我对小孩的事情一无所知。我又没有照顾婴儿的执照，艾勒和我都是外行。’我是说为那些不重要的东西，你要上那么多课程——钢琴课，打字课。你上了一年又一年的课学习平衡方程，天知道这些东西平常是永远用不到的。但是说到怎么为人父母，现在想想，还有婚姻。在开车之前，你得上州政府批准的驾驶指导课，可是，比起日复一日与丈夫一起过日子，养大一个人，开车根本不算什么，根本不算。”

这番话显然不太能给人安慰，因为菲奥娜说：“天啊。”她把脸埋进双手。

“不过我肯定你会干得不错。”玛吉急忙说，“当然，你还有我呢，我来帮你。”

“哦，天啊。”菲奥娜说。

艾勒拐上一条名叫榆树巷的小岔道，两边是粗劣的单层房舍，许多屋舍前的车道上都停着房车，有些屋舍的背后还斜着马口铁拖车厢。玛吉问他：“现在谁会在半夜叫醒她，把婴儿抱去让她喂奶？”

“她丈夫，一般来说。”艾勒说，“没准这回她会把婴儿放在自己的屋里，上次你就该叫她这么做。”说着，他轻轻耸了一下肩，好像卸下什么重担似的，又说，“说什么婴儿？菲奥娜又没生孩子，她只不过要嫁人，就像你说的。我们先专心对付眼前的事。”

可那时，眼前的事并不是头等大事。菲奥娜和杰西结婚时，就已经有了两个月的身孕。并不是说玛吉提醒艾勒。再说，这时她的念头也已经转到其他事情上了。她蓦地想起半夜两点把小婴儿勒罗伊抱给菲奥娜喂奶——那个毛茸茸的柔软的小脑袋在玛吉肩头摇晃，鸟儿般的小嘴伸进她浴袍领内的脖颈处到处找，然后是杰西和菲奥娜卧室里不畅通的温热空气散发出的气味。她下意识地“哦”了一声，接着又是一声。因为在斯塔奇太太的院子（土地又干又硬，实在算不上一个院子）里，站着一个细瘦的小姑娘，一头发白的金色头发剪得和下巴齐平。她刚扔出一只黄色飞盘，那东西正摇摇晃晃地冲他们的车飞过来，就在艾勒拐上斯塔奇太太家车道上的时候，那东西恰好哐的一声落在他们的车顶上。

“那不是——”玛吉说，“那是——”

“就是勒罗伊。”艾勒告诉她。

“不是！”

当然，肯定就是。玛吉被迫在两秒钟里跳过好几年——从靠在她肩头的小娃娃到这个笨手笨脚的小孩。对她来说，这有些困难。那孩子垂着手，瞪着他们。她拧起眉头，前额起了皱。小姑娘穿着一件粉红背心，胸前滴了几滴红色的污渍，是莓子汁或者凉冰冰汽水吧，下面穿着一条松垮垮花哨扎眼的夏威夷风格印花布短裤。她的小脸瘦成了三角形，像猫的脸，手臂和腿像是细白的小树枝。

“没准是邻居家的小姑娘。”玛吉对艾勒说——最后一次努力。

他懒得回答。

他一熄掉引擎，玛吉立即打开车门，一脚跨出去。她唤道："勒罗伊？"

"什么事。"

"你是勒罗伊？"

小孩子认真想了想，好像不能肯定，然后点点头。

"哦。"玛吉说。"哎，你好啊！"她喊道。

勒罗伊继续盯着她，看上去丝毫没有减少戒心。

事实上，玛吉心想（她已经适应了新形势），这正是最有意思的年纪。七岁半——可以和大人交谈，但还没有褪去对大人的敬仰，当然得靠这个大人出对牌。玛吉小心翼翼地绕过汽车，朝小姑娘走去，两只手紧紧抓住提包。这样一来，她的手就不至于急不可耐地伸出去拥抱孩子了。"我想你一定不记得我。"她说着，走到离那孩子有相当一段距离的地方就停下了脚步。

勒罗伊摇摇头。

"哎呀，小宝贝儿，我是你奶奶！"

"是吗？"勒罗伊说。她让玛吉想到一个撩起面纱偷看的人。

"你另一个奶奶。你墨兰奶奶。"

跟亲骨肉介绍自己，这简直荒唐。更荒唐的是，玛吉想，到时候杰西也得这么做。他从——从什么时候？他和菲奥娜分手的时候——女儿还不到一岁起，就没再看过她一眼。他们都过着何等伤心孤苦的日子啊。

"我是你爸爸这边的。"玛吉对勒罗伊说。勒罗伊"哦"了一声。

至少她知道自己有个爸爸。

“这是你爷爷。”玛吉说。

勒罗伊将目光转向艾勒。玛吉看着她的侧影，她的鼻子小小的，非常尖。光是她的鼻子，玛吉就喜欢得不得了。

这时艾勒也走下了车，不过他没马上向勒罗伊走去，而是伸手去抓落在车顶上的飞盘。然后他穿过院子，朝她们走来，一边走一边把玩那只飞盘，将它拿在手中翻来翻去地瞧，好像一辈子都没见过这玩意儿似的。（他这人难道不是一直这样？让玛吉冲在前面，自己则在她身后犹犹豫豫。不过你也留意到了，他好歹还跟在后面，来分享她取得的胜利果实。）等走到勒罗伊跟前，他将飞盘向她轻轻抛过去。她举起双手，就像一只长脚蜘蛛，一把抓住了它。

“谢谢。”她说。

玛吉真希望自己刚才也想到这只飞盘。

“我们好像不大熟悉，是不是？”她问勒罗伊。

勒罗伊摇摇头。

“哎呀！你出生的时候，我就守在旁边。我跟你说，我就在医院等着，等你出来。开始的八九个月，你是和我们一起住的。”

“是吗？”

“你不记得和我们在一起住过？”

“她怎么会记得，玛吉？”艾勒问。

“哦，说不定呢。”玛吉说，因为她就清楚地记得当自己还是个婴儿的时候，那件领口毛扎扎的、她不喜欢被塞进去的小裙子。再说了，你难道以为那些悉心照顾不会留下一点痕迹？她说：“哦，菲奥娜说不定跟她说过。”

“她说我在巴尔的摩住过。”

“就是我们。”玛吉说，“你爸爸妈妈和我们一起住，就住在你爸爸小时候长大的屋子里。”

“哦。”

“后来你和你妈妈搬走了。”

勒罗伊用脚背蹭了蹭腿肚子。她站得笔挺，像个士兵，好像她站在这儿只是出于责任感。

“你过生日时我们来看望你，记不记得？”

“不记得。”

“她还只是个小不点儿，玛吉。”艾勒说。

“你头三个生日我们都来看过你。”玛吉固执地继续说下去，（有时候你能凭空勾起别人的记忆，只要下对钩子。）“可你两岁生日时去了赫尔希公园，所以我们没见到你。”

“我去过六次赫尔希公园，”勒罗伊说，“明迪·布兰特只去过两次。”

“你三岁生日那年，我们给你买了只小猫咪。”

勒罗伊歪着头。她的头发滑到一边，像玉米的穗丝，比风还轻盈。“一只虎斑猫。”她说。

“对呀。”

“浑身条纹，肚皮上也有。”

“还记得？”

“那只猫咪是你们给我买的？”

“就是我们。”玛吉说。

勒罗伊来回打量着他俩。她的皮肤上散布着细小的雀斑，就像撒在蛋糕上的小糖粒。这一定遗传自斯塔奇家。玛吉家的人从不长雀斑，艾勒那边有印第安血统，当然更不会。“后来呢？”勒罗伊问。

“什么后来？”

“猫咪后来怎么了？你非要带它回去。”

“哦，不是的，宝贝儿，我们没带回去。这么说吧，我们带回去实在是因为你过敏。你开始打喷嚏，还流眼泪。”

“后来呢，怎么样了？”勒罗伊问。

“哦，我还想再来看你。”玛吉说，“可你爷爷说我们不该再来了。我真的很想来，可你爷爷说——”

“我是说猫咪后来怎么样了。”勒罗伊说。

“哦，那只猫。哦，我们送给了你爷爷的两位姐姐，我想她们应该是你的姑奶奶。天哪。”

“她们还养着吗？”

“没有，猫咪被车撞了。”玛吉说。

“啊。”

“它不会过马路。有人忘了关门，它就溜出去了。”

勒罗伊一眨不眨地瞪着眼睛。玛吉希望自己没让她伤心。她说：“跟我说说，你妈妈在家吗？”

“我妈妈？在家。”

“我们去看看她，行不行啊？”

艾勒说：“说不定她正忙。”

“不，她不忙。”勒罗伊转身就往家走。玛吉一时不知该不该跟着她。她看着艾勒。他懒散地站着，双手插在裤兜里，她从他那里得到了暗示，就原地站着没动。

“妈！”勒罗伊一边喊，一边爬上门前两级台阶。她的嗓音有点像蚊子叫，和她的小脸倒是般配。“妈？在里面吗？”她拉开纱门，“嘿，妈！”

这时，菲奥娜一下子从门口探出头来，伸出手臂撑住纱门，不让它关上。她穿着一刀剪的牛仔短裤和印了些字的T恤。“不要哇哇乱叫。”她说。就在这时，她看见了玛吉和艾勒，便挺了挺身子站直。

玛吉抓住提包朝前走。“你好吗，菲奥娜？”

“哦……挺好。”菲奥娜说。

随后，她的目光越过他们。哦，玛吉是不会看错的。她的眼睛偷偷朝院子里扫了一眼，在他们的汽车上停留了一瞬。她在看杰西来没来。她还惦记着他。

她的目光又回到玛吉身上。

“希望我们没打搅你。”玛吉说。

“哦，嗯，没……”

“我们路过，就顺便来打个招呼。”

菲奥娜抬起另一只闲着的手，用手背拂开额前的头发——这动作刚巧让她露出手臂内侧丝缎般柔白的肌肤，显得她好像有些心烦意乱，有些恍惚。她还留着长发，不过收拾过了，头发向外卷起，不像原来那样直直垂下。她稍微胖了些。颧骨两边的脸蛋更加圆润了，锁骨没以前那么突出，皮肤的颜色和以前一样白得近乎晶莹。不过她肯定开始化妆了，因为玛吉发现她眼皮上各有一弯半月形的粉彩——玫瑰色眼影最近好像特别流行，弄得女人们个个看上去都像得了重感冒。

玛吉爬上台阶，在勒罗伊身旁站定，继续以同样的姿势抓着提包，以此暗示她也没指望能握手。她现在看清了菲奥娜T恤上的词儿：绿蜘蛛[1]。上面这么写——管它什么意思呢。“今天早晨我听见你上电台了。”她说。

“电台？”菲奥娜仍然显得心烦意乱。

“巴尔的摩电台。”

“巴尔的摩。”菲奥娜说。

这时，勒罗伊躲到母亲的手臂下，转过身和菲奥娜一起仰起脸。两双天使般清澈明净的浅绿色眼睛一起看着玛吉。这孩子的外表中竟找不到一点杰西的影子。你本以为至少他的肤色应该占上风。

“我告诉艾勒：‘干吗不顺道停一停，看看她们呢。’”玛吉说，“反正我们已经开上这条路了，去参加麦克斯·吉尔的葬礼。还记不记得麦克斯·吉尔，我朋友塞琳娜的丈夫？他得癌症去世了。所以我就说：‘干吗不顺道停一停，看看菲奥娜呢。不待太久，就一分钟。’”

“见到你们挺有趣的。”菲奥娜说。

“有趣？”

“我的意思是……进屋吧，你们为什么不进来？”

“哦，我知道你一定很忙。”玛吉说。

“不，不忙。进来吧。”

菲奥娜转身，先走进了屋里。勒罗伊跟着她，玛吉在后面紧紧跟

①澳大利亚朋克摇滚乐队。

上，艾勒有些拖拉。玛吉回头看时，见他正蹲在院子里系鞋带，一缕头发落在前额。“哦，快点，艾勒。”她说。

他没吱声，站起身朝她走来。她的不满随即软下来。有时候艾勒会显出一副笨头笨脑、手足无措的模样，玛吉想，就像个会在大庭广众之下害羞的年轻人。

一进前门就是客厅，阳光透过百叶窗，一条条洒在绿色粗毛地毯上。沙发被印有热带花样的印花布包裹着，色彩已经黯淡，上面塞满钩针编织的靠枕。茶几上歪歪斜斜地摞着杂志和漫画书，还有一只船形的绿色陶瓷烟灰缸。玛吉记得前几次来时就见过这只烟灰缸。她记得尴尬冷场时自己就盯着它看，还揣摩着这船能不能浮起来，要是可以，倒是能放在澡盆里给勒罗伊当玩具。现在这些记忆又回来了，显然它们深藏在她头脑的某个橱柜里。

“坐吧。”菲奥娜说着拍松一只靠垫。她朝正低头走进门来的艾勒问：“你好吗？”

“啊，还行。”他回答道。

玛吉挑了沙发坐下，她满心希望勒罗伊也会坐过来。可勒罗伊扑通一下就坐在了地毯上，将两条细瘦的腿直直地伸到她跟前。菲奥娜在一张扶手椅上坐下。艾勒还是站着，在屋子里转悠了一圈后，在一幅画前停下脚步。画上的两只矮脚小狗依偎在一只帽盒里。他用指尖滑过镜框边缘的镀金铸花雕饰。

“你们要不要来些茶点？”菲奥娜问。

玛吉说：“不用，谢谢你。”

“还是来些汽水。”

"我们不渴，真的。"

勒罗伊说："我可以来一杯汽水。"

"我没问你。"菲奥娜对她说。

玛吉想要是带个礼物给勒罗伊就好了。她们几乎没时间来培养感情。她觉得既紧迫又急切。"勒罗伊，"她的语气欢快得过了头，"你是不是对飞盘很感兴趣？"

"不怎么感兴趣。"勒罗伊冲着她光着的脚丫说。

"哦。"

"我还在练习，"勒罗伊说，"我还不能想让它飞到哪儿它就飞到哪儿。"

"哦，难就难在这里，是吧。"玛吉说。

不幸的是，她对飞盘一窍不通。她朝艾勒投去期待的目光，可他却扭头去看放在角落里的咖啡色电器——箱形电扇，也许是加热器。她收回目光望着勒罗伊。"它会在黑暗里发光吗？"她停顿片刻后问。

勒罗伊说："啥？"

"抱歉。"菲奥娜提醒她。

"抱歉？"

"你的飞盘会不会在黑暗中发光？我想有的会。"

"这只不会。"勒罗伊说。

"哎呀！"玛吉叫了一声，"那我们该给你买一个会发光的。"

勒罗伊想了想。然后她问："我为什么要在黑暗中玩飞盘啊？"

"问得好。"玛吉说。

她往后靠，有些筋疲力尽，心想接下来该怎么办。她又朝艾勒望去。他这会儿整个人都凑到那台电器上去了，正一门心思地检查它的开关。

好吧，逃避是没有意义的。玛吉对自己笑了笑。她偏过头，显出大度的样子，说："菲奥娜，听到你的结婚计划，我们都很吃惊。"

"我的什么？"

"结婚计划。"

"你不是开玩笑吧？"

"玩笑？"玛吉问。她结巴了一下："你不是要结婚了？"

"我自己倒不知道。"

"可我在电台上听见的！"

菲奥娜说："什么电台？我不明白你在说什么。"

"哦，WNTK 电台的热线节目，你打电话进去，说——"

"我听的是 WXLR 超级摇滚电台。"菲奥娜告诉她。

"不，这是——"

"二十四小时精彩摇滚。布莱兹顿的电台。"

"是 WNTK 电台。"玛吉说。

"他们宣布我要嫁人了？"

"是你自己宣布的。你打电话进去，宣布你的婚礼安排在下星期六。"

"不是我。"菲奥娜说。

屋子里的气氛似乎有所改变。

玛吉心里一阵轻松，紧接着是一阵巨大的尴尬。她怎么能够信之凿凿？她究竟是怎么想的，甚至没想过她听见的声音可能不是菲奥娜的？更何况又是静电噪声这么大的收音机。这只收音机有多糟糕，她完全明白，还有那几个小扬声器，离高保真差了十万八千里。

她等待着艾勒说“我早就跟你说过”。不过他好像仍然醉心于那件电器，多谢他的美意。

“我想我弄错了。”她终于说。

“我想也是。”菲奥娜说。

可勒罗伊说：“结婚！”小嘴巴俏皮地呲呲着，还晃了晃脚趾。玛吉看见她每根脚趾上只留着一点点红指甲油，几乎快掉完了。

“谁那么幸运？”菲奥娜问。

“你没说。”玛吉告诉她。

“啊哈，我就这么跳上电台，宣布自己的婚约？”

“是打电话进去的访谈秀。”玛吉说。她说话很慢，正在重新整理思路。菲奥娜突然不结婚了。那么，还有一线希望，事情还有可能挽回！但玛吉还是毫无道理地认为婚礼已经在筹备了，只是女孩子心口不一。“别人打电话进去，和主持人聊聊他们的婚姻。”她说。

菲奥娜拧起浅淡的眉毛，似乎在想她本人有没有可能是他们当中的一个。

她那么漂亮，而勒罗伊瘦得那么楚楚可怜，那么不同寻常。玛吉感到自己目光饥渴，简直要吃掉她们。就像早年她和自己的孩子在一起的时候，他们小脖子上每一条肉嘟嘟的褶儿，骨节上每一个小肉坑都让她痴迷不已。瞧瞧，菲奥娜的头发柔亮得像丝带，就像包扎礼物的丝带！瞧瞧勒罗伊耳垂上讨人喜欢的小金饰！

艾勒开始对着电器的隔板说话。他说：“这东西真的管用？”他的声音单薄地反射到她们这边。

“据我所知，目前为止还算凑合。”菲奥娜说。

“能耗还行？”

她举起双手，手心朝上。“这我就不知道了。”

“BTU[①]是多少？”

“这东西是妈妈冬天开了暖脚用的。”菲奥娜说，“我一直没怎么留心过，说实在的。”

艾勒弯下腰朝电器靠得更近，去读它背面的标签。

玛吉马上抓住机会换了话题。她问：“你妈妈还好吗，菲奥娜？”

“哦，她不错。这会儿她去杂货店了。”

“太好了。”玛吉说。她不错，这真是太好了，这是玛吉想说的。但她不在，也太好了。玛吉又说：“你看上去也不错。你的头发也多些了，是不是？”

“卷起来的缘故，”菲奥娜说，“我用了特别的烫发梳，就这种。你知道，头发多人显得瘦。”

“显瘦！你不需要显瘦。”

“我太需要了。我今年夏天重了七磅。”

“哦，那你也不需要。你不可能。哎呀你只是——”

只是一根树枝，她想说，或者只是一根棍儿。可结果她说混了，把两个词搅和了起来。“你只是一根枝棍！”

菲奥娜飞快瞟了她一眼，怪不得，这听上去有点冒犯。“皮包骨头，我是说。”玛吉说道，强忍住一声嗤笑。她想到现在她们之间的

---

①英制热量单位。

关系多么脆弱，而菲奥娜听上去多么紧张，充满抵触。她握住自己的双手，双脚在绿色粗毛地毯上刻意并拢。

所以，菲奥娜终究没嫁人。

“戴茜怎么样？”菲奥娜问。

“她还不错。”

勒罗伊说：“哪个戴茜啊？”

“戴茜·墨兰。”菲奥娜说，没再进一步解释。她转过来面朝玛吉。“都长大了，我猜。”

“戴茜是你姑姑。你爸爸的妹妹。”玛吉对勒罗伊说。

“是啊，明天她就要去上大学了。”她告诉菲奥娜。

“大学！好啊，她向来聪明。”

“呃，也不是……不过她倒真拿到了全额奖学金。”

“小不点儿戴茜。”菲奥娜说道，“真想不到。”

艾勒对电器的调查终于结束。他朝茶几走来。飞盘搁在一堆漫画书上，他拿起来，又开始研究。玛吉偷偷瞥了他一眼。他到现在还没说“我早就跟你说过”，她倒是觉察到了他的脊梁骨中隐藏着某种高贵和宽容。

“知道吗，我也在上学，可以这么说。”菲奥娜说。

“哦，什么样的学校？”

“我在学习电蚀除毛。”

“哎呀，这太好了，菲奥娜。”玛吉说。

她希望自己的口气没这么夸张和恭维。听上去完全是另一个人——一个上了年纪的老太太，婆婆妈妈的，对什么都大惊小怪、没完没了地称赞。

“我做洗头工的美容院替我付的学费。”菲奥娜说，“他们想要自己的持证操作员。他们说我肯定能挣很多钱。”

“这多好啊！”玛吉说，“说不定以后你可以搬出去，找个地方自己住。”

甩掉冒牌祖母，这正是她心里想的。不过菲奥娜白了她一眼。

勒罗伊说：“妈，给他们瞧瞧你的操作工具。”

“对对，给我们瞧瞧。”玛吉说。

“哦，你们不会想看的。”菲奥娜说。

“想看，我们想看。是不是，艾勒？”

艾勒说：“嗯？哦，当然。”他像端茶托那样平举着飞盘，琢磨着，将它转了一圈。

“好吧，请稍等一下。”菲奥娜说着，站起来出了屋子。她的拖鞋在走廊的木地板上发出轻曼的踢踏声。

“他们要在美容院的窗户上挂一块牌子。”勒罗伊告诉玛吉，“正经写上妈的名字。”

“真是很了不起！”

“是真正的科学，妈说的。必须由受过训练的专家教你怎么做。”

勒罗伊露出骄傲而得意的表情。玛吉强忍住了，没有弯下腰抱抱她灵巧的小膝盖骨。

菲奥娜回来了，拿了一块厨用黄色海绵和一根圆珠笔大小的金属棒。“一开始我们用替代物练习。”她说着，在玛吉身边的沙发上坐下，“我们要练习对准角度，分毫不差。”

她将海绵放在腿上，用两根手指捏住金属棒。玛吉看见金属棒一端是一根针。不知为什么，她一直觉得电蚀除毛是，呃，不怎么能上台面的事。不过菲奥娜倒是泰然自若，而且技术高超，对准海绵上一个小孔，将针尖以特定的角度伸进去。玛吉禁不住由衷佩服。这是一项高科技领域的活儿，她认为——也许就像清洁牙齿。菲奥娜说："我们要进入毛囊，看，这样，这样……"接着，她"哎呀"一声，将手掌抬起一两英寸，"要是真人的话，那我就按在她的眼珠上了。""对不起，女士，"她对海绵说，"我不是故意压到你的。"海绵的表面印着黑色的字：史泰博黑啤，山泉水制成。

艾勒站在她们旁边，指尖上还挑着那只飞盘。他开口问："学校还提供海绵？"

"对啊。算在学费里的。"菲奥娜说。

"他们一定没花钱。"他想了想说，"史泰博提供的。有趣得很。"

"史泰博？反正我们先在替身上练习，然后才上真人。学生之间相互做眉毛、胡子之类的。和我搭伴的女孩希拉里，要我替她做比基尼线。"

艾勒想了想，匆忙走开了。

"你知道现在那种很露的泳装，把什么都露在外面。"菲奥娜对玛吉说。

"哦，真是越来越不像话了！"玛吉抱怨说，"我现在就将就穿以前的泳衣，等着这阵风过去。"

艾勒清了清嗓门，说："勒罗伊，来玩一局飞盘怎么样？"

勒罗伊抬头望着他。

“我可以教你怎么叫它飞哪里它就飞哪里。”他告诉她。

她花了很长时间考虑要不要玩，连玛吉都替艾勒捏着一把汗。不过最后，她说：“嗯，好吧。”然后从地毯上站起身。“告诉他们正经写名字的牌子了。”她对菲奥娜说。说完，她就跟着艾勒走出屋子。纱门呀了一下，像口琴吹出的和声，然后砰地关上。

好了。

自那个可怕的早晨之后，这是玛吉和菲奥娜两个人第一次单独相处。她们终于摆脱了艾勒的影响，多疑且带着敌意的斯塔奇太太也不在。玛吉在沙发上慢慢往前蹭了蹭。她紧紧握住自己的手，将两只膝盖亲昵地对准了菲奥娜。

“牌子上会写菲奥娜·墨兰，”菲奥娜这时说道，“有证电蚀师。无痛除毛。”

“我真想赶快看到。”

她想着那个姓：墨兰。要是菲奥娜真的那么恨杰西，她为什么还一直保留着他的姓呢？

“哦，在电台上，”她说，“你告诉主持人结婚是为了生活保障。”

“玛吉，我向你保证，电台我只听——”

“WXLR 超级摇滚。”玛吉说，“对，我知道。可我心里就觉得那是你，所以我……”

她看着菲奥娜将海绵和金属针放在船型烟灰缸里。

“反正，”她说，“不管谁打的电话，她说她第一次结婚是为爱，结果不成功。因此这次，她纯粹是为了生活保障。”

“哦，这太傻了。”菲奥娜说，“她爱那个人时，婚姻都让她无法忍受，那没有爱情的婚姻又会好到哪儿去？”

“正是。”玛吉说，“哦，菲奥娜，我真高兴那不是你。”

“哎呀，我连一个固定的男朋友都还没有呢。”菲奥娜说。

“你没有？”

不过玛吉觉得这说法有点叫人担心。她说：“是不是……你有不固定的？”

“我几乎没怎么跟人约会。”菲奥娜说。

“哦，多可惜。”玛吉说。她显出一副惋惜的样子。

“有这么个人，马克·德比。我和他约会了三个月，后来吵了一架。我借了他的车，撞坏了，就为这个。但真的不是我的错。我正要左转，几个十几岁的男孩从后面过来，从左边超我的车，我当然就撞到了他们。他们脸皮还真厚，居然说是我的错，说我亮的是右转灯，不是左转灯。”

“哦，你当然不想跟为这种事情生气的人约会。”玛吉告诉她。

“我说：‘我当然亮了左转灯。你以为我连左右都不分？’”

“你当然是分的。”玛吉安慰她。她抬起左手，打开假想中的转弯信号灯，试了试。“是的，左往下，右往……哦，也说不定车的型号不同，设置也不同。”

“都一模一样。”菲奥娜对她说，“至少，我想是一样。”

“说不定是雨刷器。”玛吉说，“我这么做过，很多次，想打开信号灯，结果打开了雨刷器。”

菲奥娜想了想，然后说：“不是，因为确实有东西亮了。不然他们不会说我亮了右转灯。”

“有一回我开小差，本来想打转向灯，结果拉了变速器。”玛吉说。她笑起来。“六十英里的车速，突然倒挡。哦，我的老天。”想到这个，她嘴角往下一撇。“唉，”她对菲奥娜说，“我说，没有那男的，你过得更好。”

“什么男的？哦，马克。”菲奥娜说，“对呀，不是说谁爱上了谁。我跟他出去只是因为他请我出去。再说我妈妈和他妈妈是朋友。他妈妈好得不得了，真的是慈眉善目，有点小结巴。我总觉得结巴更能表现真实感情，你不觉得？”

玛吉说：“哎呀，当、当、当然我也觉得。”

过了一会儿，菲奥娜明白过来，大笑起来：“嘿，你真是个怪人。”她说着，还拍了拍玛吉的手腕，“我都忘了你有多古怪。”

“所以这就完了？”玛吉问。

“什么完了？”

“就是……和马克·德比。我是说他后来又请你出去了吗？”

“不可能。”菲奥娜说，“他和他的宝贝斯巴鲁，我才不会再和他出去。”

“你这么做很明智。”玛吉告诉她。

“唉，我准是个笨蛋。”

“他才是笨蛋，不珍惜你。”玛吉说。

菲奥娜说：“嘿，来杯啤酒怎么样？”

“哦，我喜欢啤酒！”

菲奥娜跳起来，往下拉拉短裤裤脚，就出了屋子。玛吉陷进沙发，听着窗外传来的声音——一辆汽车嗖地开过去，勒罗伊咯咯地低声笑着。倘若这栋宅子属于她的话，她盘算着，她会把乱七八糟的东西统统拆掉。你简直看不见茶几的台面，沙发靠垫一层又一层地戳着她的后腰，很不舒服。

“我只有淡百威——行吗？”菲奥娜走回屋子时问。她手里拿着两罐啤酒和一包薯片。

“正合我意，我在节食。”玛吉说。

她接过一只易拉罐打开，菲奥娜在她身边的沙发上坐下。“我也应该节食。”菲奥娜说。她哗啦一下撕开装薯片的玻璃纸袋子。“我就败在零食上。”

“哦，我也是。”玛吉说。她啜了一口啤酒，味道清凉微苦，就像某种特别的香水，带来了一阵记忆。从最后一次喝啤酒到现在过了多久了？那时候勒罗伊大概还是小婴儿吧。那时候（就在摆手表示拒绝薯片时，她想了起来），她有时一天喝两三罐啤酒，陪菲奥娜喝，因为她们听说啤酒可以发奶。现在大家对这种做法一定会皱眉头，可那时她们感到责任重大，喝着米勒奢华人生啤酒，昏昏欲睡地照顾小婴儿。菲奥娜说她觉得啤酒直接流进了乳房。她们经常在玛吉下班回家后就开始喝——下午三点左右，就她们俩。她们喝着喝着就兴奋起来，掏心掏肺、无话不谈。等到玛吉开始准备晚饭时，她会觉得，哦，不是醉酒，而是十分乐观；之后她在餐桌上可能也比平时更健谈。不过没有人留意到这一点，大概除了戴茜。“真是的，妈妈。天哪！”戴茜会说。可这是她总挂在嘴边的话。

现在回想起来，还有玛吉的母亲。“天哪，玛吉。”一天傍晚她顺便来看看，逮到玛吉正懒洋洋地躺在沙发里，啤酒罐稳稳地立在肚皮上，而菲奥娜坐在边上哼《风中之尘》给小婴儿听。“你怎么能让一切变得一团糟？”达雷太太开口问道。玛吉朝四围瞧了瞧，也突然纳闷起来。揉成一团的劣质杂志扔得到处都是，一团团湿尿布，住在家中的儿媳妇——看上去的确一团糟。怎么会这样？

“我想知道克劳狄恩和彼得后来有没有结婚。”玛吉说着又喝了一口啤酒。

“克劳狄恩？彼得？”菲奥娜问。

“哦，就是我们以前一起看的那部肥皂剧，记得吗？他姐姐娜塔莎就想拆散他们俩。”

“哦，天哪。娜塔莎。那个坏心眼的女人。”菲奥娜说。她的手伸进薯片袋子里一掏。

“你离开的时候他们俩刚订婚。”玛吉说，“他们想举行一个大派对，后来被娜塔莎发现了——记不记得？”

“她长得有点像我上小学时一直讨厌的女生。”菲奥娜说。

“后来你就离开我们了。”玛吉说。

菲奥娜说：“你既然提起来——事实上，她当时不必故意拆散他们，因为几年后他们的孩子被一个发神经的空姐绑架啦。”

“开始我不相信你一去不回，”玛吉说，“整整一个月，我一回家就打开电视，看看克劳狄恩和彼得之间又怎么了，因为等你回来，我可以帮你补上剧情。”

“哎呀。”菲奥娜说着，将啤酒放在茶几上。

“我真蠢，是不是？不管你去哪里，肯定会有电视机。又不是说你过原始生活去了。可我也不知道，说不定只是我自己想跟上剧情，这样等你回来，我们可以像以前那样接着看。我觉得你肯定会回来。”

“哦，哎呀。过去的已经过去了。”菲奥娜说。

“不，没有！大家都这么说，可是过去的永远不会过去，不会彻底过去。”玛吉告诉她，“菲奥娜，我们说的是一桩婚姻。你们俩都投入了许多，全心全意地投入其中。有一天你们为了不值一提的小事吵了起来，也不比以前吵得更凶，可你就走了。一走了之！耸耸肩，走开了。怎么能这么做呢？”

“哦，就那样，怎么啦？”菲奥娜说，“哎哟！我们别总翻旧账行不行？”说着她伸手抓起啤酒罐，仰起脖子喝了一口。玛吉看到她每一根手指上都戴着戒指——有些就是简单的银戒指，有些镶了绿松石。以前不是这样的。不过她的指甲依然涂着珠光粉的指甲油，是她向来喜欢的特别的颜色，玛吉只要看到这种颜色的指甲油，就立即会想到菲奥娜。

玛吉小心地转动着自己的啤酒罐，一边从眼角偷瞥菲奥娜。

“不知道勒罗伊在哪里。”菲奥娜说。

又回避我。她明摆着就在窗外。“这次，再转得厉害些。”是艾勒在说话。接着勒罗伊叫喊：“留神，厉害的来啦！”

“你在电台上说第一次结婚是为爱情。”玛吉对菲奥娜说。

“嘿，说了多少次——”

“是的是的，”玛吉忙说，“那不是你，我知道。可是，电台上那女孩子说的……我的意思是她说的不只是自己，好像她说的是所有人都在经历的事儿。‘下星期六，我要嫁人，为了生活保障。’她说。我突然有种感觉，好像整个世界都干涸了，枯死了，变得狭隘起来。就在那一瞬间，我感到那么——我也搞不清楚——那么无望。菲奥娜，也许我不该提起这事儿，不过去年春天，杰西带了他遇到的年轻女人去吃饭。哦，反正不是什么要紧的人！不是什么大不了的人！我在心里对自己说，哎呀，她什么都好，挺好，我觉得，可惜这段关系不是认真的。我的意思是她只不过是暂时替代，只是将就着而已。哦，为什么大家都得过且过，退而求其次？我就是这么想的。对了，那个人叫什么来着，马克·德比，我也这么觉得。何必非要去和别人约会，就因为他请了你？而你和杰西明明那么相爱。”

“他一句话不说就签了文件寄回来，没表示过一丁点反对或是争取，你说这也叫爱？”菲奥娜问，“他有时两三个月，甚至四个月迟交抚养费支票，补寄时也没一封信没一张便条，甚至信封上都不屑写我的全名，只写菲·墨兰，这也叫爱？”

“哦，纯粹出于自尊心，菲奥娜。你们两个都太——”

“他女儿五岁生日以后，他来看过她一眼吗？试着给孩子解释一下：‘哦，他自尊心太强，勒罗伊，宝贝儿——’”

“五岁生日？”玛吉说。

“她一直纳闷为什么别的孩子都有爸爸，哪怕父母离了婚——至少他们在周末可以看见爸爸。”

“她五岁生日时，他来看她了？”玛吉说。

“瞧啊！他都懒得告诉你。”

“怎么，他就这么来了？还是怎么样？”

“谁也没料到，他突然就开着车闯来了，装了满满一车叫人哭笑不得的礼物。”菲奥娜说，“动物玩偶，布娃娃，一只大泰迪熊，大得像个真人那样绑在前车座上，因为后车门进不去。这么巨大的东西，小孩根本没法抱，何况勒罗伊不想抱它。她不是喜欢娃娃的孩子。她喜欢运动。他应该给她买运动器械，应该给她买——”

“可是，菲奥娜，他怎么会知道呢？”玛吉问。她心头一痛，她替自己儿子心痛，满满一车错误的礼物，一定花光了他最后一分钱。老天作证，他钱不多。她说：“他尽力了。他只是没想到。”

“他当然没想到！他什么都不知道，上一次他来探望时，她还是个小婴儿。所以这次他带来了一喝水就尿尿就哭喊‘妈妈’的娃娃，他看见穿背带工装裤的勒罗伊，一下子就愣住了，你看得出来他不高兴。他说，‘她是谁？’他说，‘可她怎么那么——’我还是急忙从邻居家把她接回来的，一边在巷子里走一边捋顺她的头发。在巷子里，我跟她说：‘把你的衬衣掖进去，宝贝儿。过来，我把我的发夹给你别上。’勒罗伊就站着一动不动地让我梳理，她平时都不肯这样，相信我。用发夹别好了她的头发，我说：‘站远一些，让我看看你。’她就后退几步，舔舔嘴唇，问：‘我还行吗？还是不怎么好看。’我说，‘哦，宝贝儿，你真漂亮。’她这才走进家门，而杰西却说：‘可她怎么那么——’”

“他只是惊讶她怎么那么大了。”玛吉说。

“我都要为她哭了。”菲奥娜说。

“是啊。”玛吉轻声说。她明白这种滋味。

菲奥娜说：“‘她怎么什么呀，杰西？’我问他，‘她怎么什么？你上一次寄支票给我们还是十二月份，你怎么敢闯进来告诉我，她怎么那么什么？当你把钱浪费在这堆破玩意儿，这堆垃圾，’我告诉他，

‘这只一脸痴呆的娃娃上时，她只有大兵娃娃可以玩。’”

“哦，菲奥娜。”玛吉说。

“哼，他指望什么？”

“哦，你们两个为什么总是这样？他爱你，菲奥娜。他爱你们俩。他只是不知道怎么表达。要是你明白他走这么一趟要花多少钱就好了。我没法儿告诉你我问过他多少回，我说：‘你就准备让女儿和你疏远下去？这样下去她肯定会疏远你，杰西，我提醒你。’他说：‘不是，可是我不想……可是我不知道该怎么……我不能容忍自己也变成那种虚伪的父亲，匆匆忙忙去动物园，在麦当劳吃吃汉堡说说话。’于是我说：‘唉，比什么都不做强，对不对？’他说：‘不是，不比什么都不做强。完全不是。再说，你又懂什么？’——他又摆出那副模样，你见过他那副模样。他装作十分愤怒，可要是你看着他的眼睛，就会注意到他眼睛下面突然出现一圈儿黑，他小时候想哭又憋着不哭出来时，眼睛下面就会出现这么一圈儿黑。”

菲奥娜低下头去，手指沿着啤酒罐的边儿来回转。

“勒罗伊一周岁生日，”玛吉说，“他都准备好和我们一起来看她了，我跟你说过。我说：‘杰西，真的，我觉得你要是去，菲奥娜会很欣慰。’所以他说：‘好吧，那我说不定会去。我去。’他说，‘我会去的，我想。’而且他至少问了我五十遍一岁小孩喜欢什么样的礼物。之后他花了一整个星期六挑礼物，买回来一只分辨形状的玩具盒。等到星期一下班回来，他把它换了，换成一只羊毛做的小羊羔。因为他说，不想让人觉得好像要逼她学习似的。‘我不希望像达雷奶奶那样，拿出来的总是智力玩具。’到了星期二——那年她的生日在星期五，记不记得？——他问我你的邀请到底是怎么措辞的。'我是说，' 他说，'你听她的口气，是不是希望我在那里过周末？要是那样，我得借戴夫的面包车自己开车去，不跟你和爸一起走。' 我就说：'好啊，杰西，当然可以。是的，这主意太妙了，你何不自己开车去。' 他说：'可她是怎么说的？我问的是这个。' 所以我说：'哦，我忘了。' 他便说：'想想看。' '嘿，事实上……' 我说，'呃，实际上，她没说什么，杰西，没明说。' 于是杰西就说：'等等，我以为她告诉你，要是我去她会很欣慰。' 我说：'不是，这话是我说的，不过我知道这千真万确。我知道她会相当欣慰。' 他说：'怎么回事？你明明告诉我这话是菲奥娜说的。' 我说：'这我可从来没说过。这么说吧，至少我觉得我没说过，除非我无意之中——' 他说：'你是说，她没说让我去？' '嘿，我知道她会说的。' 我告诉他，'要是你们俩自尊心都不这么强就好了。我知道她想的，杰西——' 可他已经走了。一摔门就走了，影子都看不见，星期四整晚都没回家。星期五我们只好不管他自己走了。我实在很失望。"

"你很失望！" 菲奥娜说，"你答应会带他一起来。我等着，我特地打扮好，还在美容院做了脸。然后你们开车上路，可他没和你们一起来。"

"嘿，回家后我告诉他了。" 玛吉说，"我告诉他：'我们已经尽力了，杰西，不过，菲奥娜打扮好可不是为我们，这一点很确定。是为你。她没看到你从车里走出来时的脸色，你要是看一下就好了。'"

菲奥娜用手掌猛地一拍沙发靠垫。她说："我就知道你会这么干。"

"干什么？"

“哦，在杰西面前把我说得令人可怜。”

“我没说你可怜！我只是说——”

“所以他才给我打电话。我就知道他肯定是因为这个才打电话。他说：‘菲奥娜？宝贝儿？’从他的声音里我就能听出来，他觉得对不起我。我就知道你一定对他说了什么。我说：‘你想怎么样？你打电话有什么事？’他说：‘没，嗯，没事……’我说：‘哦，那么，你就是浪费钱，是不是？’我就挂断了电话。”

“菲奥娜，看在老天的分上。”玛吉说，“你就没想过他打电话，说不定只是想你了？”

菲奥娜说：“哈！”又喝了一大口啤酒。

“真希望你是我，能看到他那副模样。”玛吉说，“我的意思是，自从你走了以后，他一团糟，最舍不得的东西就是你的玳瑁香皂盒。”

“我的什么？”

“你不记得你的香皂盒了？那只有玳瑁盖子的？”

“哦，是的。”

“他时常会打开，凑上去闻一闻。”玛吉说，“我看见了！我发誓！你离开的那天，那天晚上。我看见杰西在他的卧室里，鼻子整个儿都伸在你的香皂盒里，闭着眼睛。”

“啊，什么？”菲奥娜说。

“我相信他一定遗传了我的灵敏嗅觉。”玛吉对她说。

“你说的就是那只塑料小盒子。我以前放洗脸香皂的那只。”

“他一看见我，马上就把盒子藏到背后。”玛吉说，“他觉得被我撞见很难为情。他向来喜欢装出一副毫不在乎的样子，你知道他那副德行。过了几天，你姐姐来拿东西，我找不到那只香皂盒了。她正收拾着你的化妆包，所以我想了起来，就说：‘等等，这里还……’可那只香皂盒不知去向。我也没法问杰西，因为你姐姐一进门，他就走了。所以我便拉开他的衣柜抽屉，发现了那只香皂盒，就在他的宝物抽屉里，里面放着他绝对不扔的宝贝——他的棒球卡片、乐队剪报。我没把它交给你姐姐，只是又关上抽屉。说实话，我相信他至今还保留着这只香皂盒，菲奥娜，你不能说他是觉得对不起你才留着它的吧。他想记着你。他是狗鼻子，我就是这样的，气味最能勾起他的回忆。”

菲奥娜垂下目光盯着啤酒罐。那道眼影竟异样地迷人，玛吉想。桃色。让她的眼皮泛出桃子般的粉色。

“他还是老样子？”菲奥娜终于开口问。

“老样子？”

“他看上去还是原来的模样吗？”

“哦，是啊。”

菲奥娜重重叹了口气。

一时沉默，这时他们听见勒罗伊说：“笨！没接住。”一辆汽车开过，带来了断断续续的乡村歌曲。“我有过落魄的时候，我挺过忧伤的日子……”

“知道吗，”菲奥娜说，“有时候我夜里醒来，心想，事情怎么会弄得这么复杂？一开始的时候再简单不过。他就是这么一个男孩子，我喜欢他喜欢得要命，他的乐队唱到哪里，我就跟到哪里，什么事情都简简单单。开始他没注意我，我就给他发了一份电报，他有没有提过这个？菲奥娜·斯塔奇想和你同去深溪湖，电报上就这么写的，因为我知道他正准备和同伴一起开车去。所以他带我一起走了，一切就这么开始了。就这么简单，是不是？可后来，我搞不懂，一件事情接着一件事情，变得复杂起来，我自己都不知道怎么会变成这样。有时候我想，嘿，说不定我得再发个电报。杰西，我就说，我依旧爱你，而且看来会永远爱下去。他甚至不用回答，我只是想让他知道。还有，我去巴尔的摩的姐姐那里时，我就想，为什么不顺道看看他？突然闯去？看看会怎么样？”

“哦，你就该这么做。”玛吉说。

“可他会说：‘你来干什么？’反正是这一类话。我的意思是，这么做肯定会出问题，肯定，毫无疑问。整件事就像个不断循环的圈子。”

“哦，菲奥娜，是不是到了有人冲破这圈子的时候了？”玛吉问，“假如他真这么说了——倒不是说我认为他会这么说——那这一次你能不能打定主意，说：‘我来这里，因为我想看看你，杰西。’不提你怎么样我怎么样，不提这些伤感情的事儿和误解。就说：‘我来这里，因为我想你。就是这样！’”

“嗯，没准我该这么做。”菲奥娜慢吞吞地说。

“当然应该。”

“也许我该跟着你们的车一块儿回去。”

“跟我们？”

“哦，也许不。”

“你是说……今天下午？”

“不不，也许不，我在说什么呀？哦，天哪！我就知道白天不该喝酒。一喝脑袋就晕——”

“可这是个好主意！”玛吉说。

“嗯，如果勒罗伊和我一起去，要是我们只是随便拜访一下。我是说看望你们俩，不是看杰西。毕竟你们是勒罗伊的爷爷奶奶，对不对？再自然不过了，是不是？然后去我姐姐那里过夜——”

“不不，不用去你姐姐那里。为什么去那里？我们家有的是地方。”

外面传来轮胎压过砂石路面的嘎吱声，是一辆车开上车道的声音。玛吉紧张起来，可菲奥娜好像没听见似的。“然后明天吃过午饭，我们可以搭灰狗长途汽车。”她说，“哦，让我想想，最迟下午三点左右。星期一要上班，而且勒罗伊要上学，当然——”

车门砰的一声关上。一个尖厉的怨气冲冲的声音大喊：“勒罗伊？”

菲奥娜挺直了身子。“妈。”她说，显得有些不安。

那声音说：“你在和什么人玩？勒罗伊？”接着，“啊呀，墨兰先生。”

艾勒回答了什么，玛吉不知道。所有声音经百叶窗的过滤，听上去都断续而低沉。

“哎呀呀，哎呀呀。”斯塔奇太太说，“这不是……”等等等等。

“是妈。”菲奥娜告诉玛吉。

“哦，太好了。我们最终还是见到她了。”玛吉悻悻地说。

“她会发火的。”

“发火？”

“她会宰了我，要是我去看你们。”

玛吉不太喜欢那些含糊的动词发音组合。

纱门被拉开，斯塔奇太太重手重脚地走了进来——一个灰发蓬乱的女人，穿了一件镶荷叶边的背心裙，费力地拖着两只米色塑料杂货袋，开裂的没血色的嘴唇中间叼着一支香烟。哎，玛吉永远想不通这样的女人怎么会生出菲奥娜——纤细精致的菲奥娜。斯塔奇太太将杂货袋放在绿粗毛地毯的正中间。哪怕放下袋子，她也不抬眼。“我就讨厌，”她一边说，一边取下香烟，“这种新式塑料杂货袋的带子，能把你的手指切成两截儿。”

“你好吗，斯塔奇太太？”玛吉寒暄道。

“而且放在后备厢一碰就倒，什么都会滚出来。”斯塔奇太太说，“我想过得还不错。”

“我们顺道过来看看。”玛吉说，“我们去盐碱镇参加葬礼。”

“哦。”斯塔奇太太说。她吸了一口烟，夹烟的姿势像个生手，用拇指和食指捏着。要是她花点心思，就不会挑这件最难看的裙子。裙子把她整条斑斑点点的松垮的臂膀暴露无遗。

玛吉在等菲奥娜提出去巴尔的摩的事，可菲奥娜却拨弄着最大的一枚绿松石戒指。她将戒指转上第一个指关节，转了转，又将戒指摁下去。所以该玛吉出头了。她说：“我在跟菲奥娜说呢，想叫她跟我们一起回家看看。”

“不太可能。”斯塔奇太太说。

玛吉朝菲奥娜望过去。菲奥娜继续拨弄戒指。

“哦，她想她也许会去。”玛吉终于这么说。

斯塔奇太太从嘴边拿下香烟，盯着烟头上一长段烟灰，然后将烟灰弹进那只小船里。烟险些烧到黄海绵。一缕烟朝玛吉这边袅袅飘来。

“也许我和勒罗伊就去过个周末。”菲奥娜没底气地说。

“去干什么？”

“过周末。”

斯塔奇太太弯腰提起杂货袋，吃力地走过屋子。她膝盖微微弯曲，所以手臂看上去长得和身体不成比例。走到门口，她说：“我宁可见你进棺材。”

“但是，妈！”

菲奥娜站起来，跟着她走进过道。她说：“妈，反正周末已经过了一半。我们就只待一个晚上！在勒罗伊的爷爷奶奶家里过一个晚上。”

“我猜杰西·墨兰不在吧。”斯塔奇太太在不远处说。里面传来啪嚓一声碰撞声，想必是杂货袋砸在台子上了。

“哦，杰西可能在，也可能……可是——”

“是，是。”斯塔奇太太的话跟着呼吸一起压出来。

“再说，他在又怎么样？你不觉得勒罗伊该了解一下她爹吗？”

斯塔奇太太只是低声嘀咕了一句，不过玛吉听得一清二楚。“谁让杰西·墨兰是她爹，最好别去了解。”

哦！玛吉觉得脸发烫。她真想大步跨进厨房，狠狠数落斯塔奇太太一番。“听着，”她要说，“你以为我从来没在心里咒骂过你女儿？她可把我儿子害惨了。有时我真想掐断她的脖子，可你听见过我骂她吗？”

事实上，她已经猛地站起身，弄得沙发弹簧嘎吱作响，不过马上就停了下来。她将前面的裙摆抚平。这个动作同时也抚平了她突发的念头。她没去厨房，而是提起提包，去找洗手间。她抿紧嘴巴。老天爷，拜托，希望洗手间不在厨房的另一端。哦，瞧，在那里——走廊尽头开着门的地方。她瞥见了水绿色的浴帘。

上完厕所，她转身站在洗手池的水龙头前，往脸上拍了些凉水。她弯腰凑近镜子。是啊，果然看上去魂不守舍。她得让自己镇定下来。尽管没喝完那罐啤酒，不过她想也许是啤酒的作用。现在最重要的是出对牌。

比如，说到杰西。尽管她没对菲奥娜提起，杰西现在住在上城区的一间公寓，所以他们也不知道菲奥娜去探访时他会不会来。他是不请就不来的人。玛吉希望他没别的安排。星期六，这可能意味着会有麻烦。她看了看自己的手表。星期六晚上，他很可能和乐队一起演出，或者和朋友出去。有时候，他甚至会出去约会——不是什么重要的人，可还是……

她冲了一下马桶，借着哗哗的冲水声轻手轻脚地溜出洗手间，推开旁边一扇门。这间一定是勒罗伊的屋子。脏衣服和漫画书扔得到处都是。她关上这扇门，又推开对面的门。哦，是大人的屋子。一床像模像样的白色灯芯绒床罩，床头柜上还摆了一台电话。

“别忘了，你好不容易让自己自由了，结果还想回那小子身边，像以前一样死缠烂打？”斯塔奇太太说着，弄得瓶瓶罐罐哐哐响。

“谁说我去死缠烂打？我只是周末去看看。”

“他会弄得你绕着他团团转，就像以前那样。”

“妈，我已经二十五岁了，不是以前的小屁孩了。”

玛吉在身后无声地掩上门，走过去拿起话筒。哦，天哪，没有按键。她每拨一个号码，拨盘发出一串声响才转回原点，她就皱一下眉头。好在厨房里的说话声还在继续。她放宽了心，将话筒贴近耳朵。

铃响了一遍，两遍。

幸亏杰西今天上班。最近几个星期，他公寓的电话不太对劲。他可以整晚给别人打电话，可是有人打电话找他时铃就不响。“你干吗不修一修？要不买新的？现在电话便宜得一塌糊涂。”玛吉说。可他说：“哦，我不知道，瞧瞧多逗。每次我经过电话，随意拿起听筒，说，‘喂？’有两次我发现那头真的有人。”现在一想到这个，玛吉便忍不住发笑。说到杰西，他真是……哦，真是幸运。真幸运，有趣，随遇而安。

“奇克摩托车行。”一个男孩说。

“请问杰西在吗？”

另一头的听筒磕在坚硬的表面上，发出粗重的咔嗒声。“杰斯！”男孩走远了，喊了一声。没有声音，只听见电话的嗞嗞声。

这当然是偷窃，要是你非要挑刺的话——用别人的电话打州际长途。她也许该在床头柜上留下一些硬币。可这么做会不会被看成侮辱？反正和斯塔奇太太打交道，怎么做都不对。

杰西说：“喂。”

“杰西？”

“妈？”

他的声音就是艾勒的声音，不过年轻很多。

“杰西，我不能多讲。”她悄声说。

“什么？大声点，我听不清。”

“我不能大声。”她说。

“什么？”

她弯起空出来的手挡住话筒。“我在想，”她说，“你觉得今晚你能回家吃个饭吗？”

“今晚？唔，我打算——”

“很重要。”她说。

“怎么？”

“哦，就是很重要。”她说，为争取时间而拖延。

眼下她要做一个决定。她可以假装说是为了戴茜，因为戴茜要走了。（这么说很安全。尽管小时候会斗嘴争吵，他还是喜欢戴茜。就在上星期，他还问她离家后会不会忘了他。）她也可以告诉他实情，这种情形下，很可能又惹出荒唐事来。

可是，她刚才不是还说要直截了当吗？

她深吸了一口气，说：“我请菲奥娜和勒罗伊来家里吃晚饭。”

“你什么？”

“别挂断！别说不！这是你唯一的女儿！”她急忙喊道。

之后，她又焦急地瞟了一眼房门，生怕自己声音太响。

“喂，妈，慢慢说。”杰西说。

“是这样，我们在宾夕法尼亚。”她放低了声音，“刚好要参加葬礼。麦克斯·吉尔死了——我不知道戴茜有没有告诉你。我想既然就在附近……而且菲奥娜明确告诉我，她非常想看见你。”

“哦，妈，又要像前几回那样，是不是？”

“什么前几回？”

“就像你说她打过电话来，我信了你，就打回去——”

“她真的打了过来！我发誓！”

“是有人打来电话，可你不知道是谁。陌生人的电话。你就没告诉我这一点，是不是？”

玛吉说：“电话铃响，我接起来。我说：‘喂？’没人回答。她才离开几个月，不是她还会是谁？我说：‘菲奥娜？’对方就挂断了。如果不是菲奥娜，她干吗要挂断？”

“最后你告诉我的就是：‘杰西，菲奥娜今天打电话来了。’我好不容易拿起电话打过去，结果让自己当了一回傻瓜。我说：‘菲奥娜？你想怎么样？’她说：‘请问是哪位？’我说：‘见鬼，菲奥娜，你当然知道我是杰西。’可她说：‘你竟敢用这种口气跟我说话，杰西·墨兰。’所以我就说：‘哈，看看。不是我打电话给你，我提醒你。’她说：‘就是你，杰西，因为现在是你在线上，难道不是吗？’我就说：‘见鬼，这——’”

“杰西，”玛吉说，“菲奥娜说，她还想过要再给你发一封电报。”

“电报？”

“就像第一封。你可记得第一封电报？”

“当然，”杰西说，“我记得。”

“你从来没告诉过我。不管怎样，”她急急忙忙地说，“电报会这样写，杰西，我依旧爱你，而且看来会永远爱下去。”

一瞬间的沉默。

然后他说：“你就是不肯罢休，是不是？”

“你以为是我编出来的？”

“要是她真想发电报，谁拦着她了？”他问，“为什么我没收到过？嗯？”

“我连第一封电报都不知道，怎么编，杰西？回答我！我照搬她的原话，这次我终于可以告诉你她的原话了。我记得句中的韵律。你知道有时候你不想押韵，可韵就出来了。真好笑，你有时想押韵，反而要挖空心思想很多天，还得到专门的词典里去找……”

她把脑子里一时能想到的全部告诉杰西，就为了给杰西时间思考。世上还有谁那么害怕丢脸吗？当然，除了菲奥娜。

接着，她仿佛听见他的沉默变了调子——从根本不信渐渐变成将信将疑。她放轻自己说话的声音，等待着。

“要是我碰巧过来，”他终于说，“你什么时候开饭？”

“你会吗？你来吗？哦，杰西，我太高兴了！六点半吧。”她告诉他，“再见！”趁他还没继续往下说，进入抗拒阶段，她就挂断了电话。

她在床边站了片刻。院子里，艾勒在喊：“哈，那边！”

她抓过提包，走出屋子。

菲奥娜正跪在走道里，从壁橱底下往外掏东西。她掏出一双雨靴，扔到一边，又将手伸进去，拉出一只大帆布袋。

“哦，我跟杰西说过了。”玛吉告诉她。

菲奥娜一下僵住了。大帆布袋就停在半空。

“你能去，他很高兴。”玛吉说。

“他说了吗？”

“他当然说了。”

“明确说了？”

玛吉咽了一口气。“没有。”她说。如果要冲破圈子的话，她自己也该参与其中。她明白。“他告诉我会回来吃晚饭。不过谁都听得出他有多么高兴。”

菲奥娜疑惑地打量着她。

“他说：‘我会到！’”玛吉告诉她。

还是沉默。

“‘我一下班就到，妈！算数！’”玛吉说，“‘见鬼！我无论如何都不会错过。’”

“好吧。”菲奥娜终于说。说完，她拉开帆布袋的拉链。

“要是我一个人去，一把牙刷就能凑合。”她对玛吉说，“可一旦有个小孩跟着，你知道是怎么回事。睡衣、漫画、故事书、可以在路上涂色的绘本……她还一定要带上棒球手套，那只永不离手的棒球手套。没准你会碰上一场比赛，谁知道呢，她总这么说。”

“对，没错，谁知道呢。”玛吉开心得哈哈大笑。

2

碰上真正令他惊愕的事，艾勒的脸就会僵在一个表情上。玛吉开始还怕他发火，可是没有，他只是后退一步，朝她瞪眼，接着他的脸就僵住了，没有任何表情，就像一块木雕。

他说：“菲奥娜怎么了？”

“她要去家里看看。”玛吉说，“是不是很棒？”

没有反应。

“菲奥娜和勒罗伊，她们俩。”玛吉告诉他。

还是没有反应。要是他发火，说不定更好。

她不再理会他，仍然笑嘻嘻的。“勒罗伊，宝贝儿，你妈妈叫你。”她喊道，“她要你帮她收拾行李。”

看来勒罗伊不像艾勒那样动不动就大惊小怪。她说：“哦，好的。”说着像老手那样将飞盘朝艾勒的方向扔过去，就蹦蹦跳跳地往屋子里去了。飞盘撞到艾勒的左膝，掉在泥地上。他低下头出神地瞪着它。

“我们该清理一下汽车。”玛吉对他说，“早知道今天要坐这么多人……”

她走向道奇车，道奇被一辆红翼虎挡住了路，准是斯塔奇太太的车。道奇车最近开过长途，你能看得出来，有些灰头土脸。她打开后车门，咂起嘴来。一厚摞从图书馆借来的书凌乱地倒在后座上，一件钩针编织的毛衣，她找了好几天都找不到，皱巴巴地团在后座上，毫无疑问被欧迪斯先生坐过。车上扔满了汽水瓶盖。她伸手去收拾书——陀思妥耶夫斯基和托马斯·曼的大部头小说。夏季刚开始时，她突然头脑发热，想要高雅一番，于是借了这些书。结果书早已过期，却一页未读，得还回图书馆。“打开后备厢盖，行吗？”她问艾勒。

他慢吞吞地走近后备厢，打开，表情还是没有变化。她将书一股脑儿扔进去，又回去拿毛衣。

“怎么会这样？”艾勒问她。

“哦，我们说起她的香皂盒，明白吗，然后——”

“她的什么？我是说这太突然。说来就来。我让你一个人待了一场飞盘游戏的工夫，接着你就跑出来，嘴里一股酒气，还要带一帮从天而降的人回家住。”

“哎呀，艾勒，我以为你会高兴。”她说着叠起毛衣，平放进后备厢。

“就好像门在我背后一关上，你们俩就开始鬼鬼祟祟地商量。”他说，“你是怎么做到的？”

玛吉开始捡拾瓶盖。“你可以把后备厢盖上了。”

她手里捧了一大把盖子，绕到房子后边，将它们扔进一只歪七扭八的垃圾桶。垃圾桶上扣着装样子的盖子，她将那块破铁皮圆片歪歪斜斜地重新盖上。房子外墙上都是斑驳的霉点，固定在窗下的燃油箱渗出一道道锈渍。

“她们住多久？”她回来时，艾勒问。

“就到明天。”

“明天我们要送戴茜去上学，你忘了？”

“没，我没忘。”

“啊哈，”他说，“你真是诡计多端：把杰西和菲奥娜放在一起，让他们独自相处。我就知道，玛吉·墨兰。”

“你未必了解我。”她对他说。

要是今晚他们像她希望的那样发展，就不需要她盘算任何诡计。

她打开她这边的前车门，坐进座位。车里闷得让人透不过气来。她撩起裙角轻轻擦了擦上嘴唇。

“我们怎么把礼物送出去。”艾勒问，“大惊喜，大惊喜！小伙子杰西，有个大惊喜给你！这位是你久别的女儿，这位是你前妻。甭管几年前你们已经离婚，眼下我们决定要让你们破镜重圆。”

“哎，告诉你吧。”她说，“我已经跟他说过她们要去，他会回家吃晚饭。”

艾勒弯下腰，往车里看着她。“你告诉他了？”

“对。”

“怎么说的？”他问。

“打电话，当然。”

“你给他打了电话？你是说刚才？”

“对。”

“他说回来吃晚饭？”

“对。”

他站直，靠在汽车上。“我搞不懂。”终于，他说。

“不懂什么？”

“好像太简单了。”

她只能看见他的腰——看上去瘪塌塌的白衬衣扎在皮带里。难道他觉得还不够烫？这块金属准像熨斗那样散发着热气。当然，现在空气的确凉了下来，太阳也不再直晒，它开始落向远处灌木丛的背后。

“我担心那辆红翼虎。”她冲着艾勒的皮带扣说。

“嗯？”

“斯塔奇太太的红翼虎。我实在不想叫她来挪车，但不知道有没有足够的空间绕开它。”

这果然将了他一军，正如她所料—— 一个具体的操作问题。他突然走开了，她觉得汽车摇晃了一下。他去查看红翼虎的位置，玛吉仰头靠在座椅靠背上，闭上了眼睛。

为什么艾勒总是贬低杰西？为什么一说到杰西，他就阴阳怪气的？哦，杰西并不十全十美——天哪，当然不是——可他身上有所有讨人喜欢的品德。他慷慨大方，重感情。虽说他动不动就发火，哎，但马上就平息了怒火，也从来不记仇。一说到这些，艾勒就不说话了。

是不是因为嫉妒—— 一个上有老下有小、束手束脚的男人嫉妒一个天生无忧无虑的后辈？

杰西还是小孩的时候，艾勒总是说：“别一哭就抱他，别一饿就喂他，你会宠坏他的。”

“宠他？”玛吉问，“他饿了喂他，这叫宠他？满嘴胡言。”

不过她虽然嘴硬，可还是有点心虚。她难道真的在宠他？这是她有生以来头一次和小孩打交道。在自己家里，她是最小的，也不经常接触朋友们的孩子。而杰西又是一个叫人伤脑筋的小孩——一出生就疝气痛，根本想不到他后来会变成一个快乐又可爱的小男孩。他半夜三更会无缘无故涨起一张小红脸大发脾气。玛吉只得抱着他没完没了地走啊走，走得餐桌四周的地毯都磨掉了一圈。有没有可能，她那时想，孩子就是不喜欢她？难道什么地方写着小孩子和父母一定合得来？想到这个，你会觉得有趣，因为那么多像他们这样的家庭都过下来了。他们只能靠手气——就像投骰子，手气好就碰上合得来的基因。就杰西来说，手气大概不太好。她觉得他总是在跟外公外婆发脾气。他们太狭隘，太一本正经，太保守落伍。

有一次，玛吉抱着哇哇尖叫的杰西坐市区公交车，她沿着过道往后走，惊讶地发现臂弯里的杰西突然不闹了。他安静下来，她看着他的小脸。他正朝座位上坐着的一位身着盛装的金发妇人望去。他开始朝她笑，伸出两条小手臂。哦，碰上他合得来的人了，终于！不幸的是，金发妇人在读一份杂志，看都没看他一眼。

一旦他发现还有其他孩子——所有孩子立刻就会喜欢上他——哎，他就满街跑，家里再也见不到他的影子。可连这个，艾勒也要数落，到了门禁时间杰西还没回家，晚饭时不知去向，回家也不做作业，就为了在巷子里打篮球。过一天算一天先生，艾勒那时这么叫他。玛吉不得不承认这个称呼不无道理。是不是有人生来就没法把今天和明天联系起来？如果有这种人的话，那杰西就是其中之一：他是个不相信因果的人。他难以琢磨，别人竟然对他以前——哎呀，几个小时以前！几天以前！甚至几个星期以前——做过的事耿耿于怀。他真的不能理解竟然有人为他早已忘得一干二净的事生气。

有一次——他那时只有十一二岁，和玛吉在厨房里玩闹。他戴着棒球手套一边捶打，一边给做饭的玛吉捣乱。电话铃响了，他接起来说：“喂？本奇先生？”本奇先生是他的六年级老师，玛吉认为电话是找杰西的，便转身去忙自己的事。“啊？”杰西说，“等等！这事不能怪我！”他啪地挂上电话，玛吉瞥了他一眼，看见他眼睛下面那两道泄密的黑眼圈。“杰西，宝贝儿，怎么回事？”她问。“没什么。”他粗暴地答道，走开了。那只棒球手套被他忘在饭桌上，用得很旧了，凹陷得厉害，然而却出奇地充满活力。厨房也因此熠熠生辉。

可不到十分钟，她就注意到他和海比·奥尔布赖特在屋前的院子里一起玩耍，放声大笑着从黄杨树篱当中冲过去，跟他说过一百遍别去碰那树篱。

不错，她一想到他，就想到他放声大笑的模样——他的眼睛亮晶晶的，一闪一闪，牙齿非常白。他扬起头，显露出线条分明的棕色脖颈。（为什么玛吉记得的是他哈哈大笑，而艾勒记得的却是他发脾气？）在一个几乎是离群索居的清冷家庭里，杰西却和朋友处得相当好，甚至可以说是打得火热，整天泡在朋友堆里。每天下午一放学，他就带班上同学回家，到了周末，有时候会有七八个孩子在他家过夜。他房间的地板上铺满他们的睡袋，走廊上到处是他们乱扔的衣服、变形金刚和模型飞机的零件。到了早晨，玛吉叫醒他们吃薄煎饼，男孩们麝香般的强烈气味像帘子一样挡在门前，她眨眨眼睛后退几步，又回到厨房里的安全地带。厨房里，小戴茜从头到脚套着玛吉的围裙，站在椅子上，认真搅和着做煎饼的面糊。

有一年春天他开始跑步，跑得像个疯子，就像他对别的事突然着迷那样，一头扎了进去，尽管没持续多久。那时他十五岁，还没有驾照，所以有时叫玛吉开车送他到喜欢的跑步场地，巴尔的摩县罗尔斯顿学校那条铺香柏木屑的椭圆形跑道。玛吉坐在车里等，一边读着从图书馆借来的书，一边时不时抬头看看他跑得怎样。她总是一眼就能看见他在哪里，哪怕跑道上挤满穿着运动服的中年妇女和穿带号码的制服的罗尔斯顿男生。杰西穿着带窟窿的牛仔裤和一件撕去袖子的黑T恤，当然，一眼就认出他并不仅仅是因为他的衣着，而是他特立独行的跑步风格。他跨着大步飞跑，就好像根本不用省着点力气对付下一圈。他的腿飞也似的摆动，手臂向前伸出老长，把前面的空气一把把抓过来。每次玛吉的目光捕捉到他，心就会因为爱而一阵揪紧。随后他就消失在隐入树林的跑道上，她又继续读她的书。

但是，有一天，他没从林子里跑出来。她等啊等，可他就是不出现。其他跑步的人都出来了，甚至跑得最慢的人都出来了，甚至推着助步车、像母鸡张着翅膀那样支棱着胳膊的傻瓜都出来了。她最后钻出汽车，用手挡住太阳，向跑道走去。看不见杰西。她顺着跑道的弧线走进林子，橡胶底的工作鞋埋进香柏木屑，让她觉得小腿肌肉无比沉重。人们咚咚地从她身边跑过，朝她飞快瞥上一眼。他们已经跑远，但她觉得他们的脸还在眼前晃。在左边的林子里，她注意到一点白亮的东西一闪。是一个穿白衣白短裤的女孩，仰面躺在树叶上，她身上压着杰西。他的衣服都还穿着，但是，没错，他正压在她身上，女孩的两条白手臂缠住他的脖子。“杰西，我得马上回家。”玛吉喊道。说完，她便转身朝汽车走去，觉得茫然而尴尬。一会儿工夫，香柏木屑在她背后咔嚓咔嚓响起来，杰西跑到她前面，超过了她，大得出奇的运动鞋轻快地点着地面，啪嗒，啪嗒，肌肉发达的褐色手臂一下一下地抓着空气。

接着便是女孩，女孩，女孩—— 一群你推我搡、争先恐后的女孩，个个都美丽、修长、可爱，柔嫩的脸蛋还没发育成形，衣着打扮明快。她们打电话给他，给他寄带着香水味儿的信，有时甚至自己跑上门来。她们对玛吉毕恭毕敬，弄得她觉得自己已经上了年纪。她们竭力恭维她——“墨兰太太，我太喜欢那件衬衫了！”—— 一边说，一边把目光绕到她身后搜寻杰西。玛吉就得独自抵挡，把女孩们的念头挡在门外。还有谁比她更清楚这些女孩的小动作小伎俩？哦，男孩简直招架不住。不过杰西会晃晃悠悠地走出来，看见她们，脸上都懒得换个表情，一副满不在乎的样子，T 恤发出一股清新的汗酸气，头发垂在眼睛上。这时女孩们便会使劲挺胸收腹，玛吉明白招架不住的原来是她们。她觉得既惆怅又骄傲。她为自己的骄傲而羞愧，为了弥补自己的骄傲，她对每个登门的女孩都十分殷勤。殷勤到有时杰西已经几个月不跟她们来往，可她们还继续来找玛吉。她们坐在厨房里，向她倾吐秘密，不光说杰西，还有别的事，和她们父母的问题等等。玛吉很喜欢这样。戴茜通常也会坐在一边，脑袋埋在家庭作业里，玛吉总觉得这是一个温馨的女儿国，一个她小时候同哥哥们一起长大而错过的小团体。

音乐是不是从那时候开始的？很响很吵，夹杂着敲榔头的节奏。有一天，这种声音突然灌满整栋屋子，就仿佛杰西一走进青春期，便敞开大门将架子鼓、电吉他一下子全搬了进来。要是他溜进厨房弄个三明治，收音机马上就会哇哇大唱《撒谎的眼睛》。要是他冲进自己的房间拿棒球手套，他的立体音响就会突然爆响《午后销魂》。当然，他只知道打开，不知道关上，所以他离开家很久以后，音乐还继续在震响。说不定他是故意的。这就是他的签名，是他在他们生活中踩出的脚印。“现在我要出门去闯荡了，不过别忘了我。”他这么说。而他们就坐在那里，两个吃饱饭没事干的无聊成年人，外加一个循规蹈矩、一本正经的小姑娘，他留下的空间被叮当乱响的《何时会爱我》填满。

接着他不再喜欢同学们喜欢的曲子，声称“榜上四十名”是牙医诊所的音乐，电梯音乐。（“哦。”玛吉十分伤心，因为那些曲子她挺喜欢的——这么说吧，至少其中有一些她挺喜欢。）宅子里震天响的音乐变得像鬼哭狼嚎般捉摸不定，或者暴躁得简直像吃了炸药。唱这些歌的是一群肮脏的披头士，一身破衣烂衫，还有军装什么的。（与此同时，过时的唱片逐渐被淘汰到楼下客厅，摆在高保真音响背后的架子上，杰西每踏进一个新阶段，玛吉收集的废旧物资中就添进一批新鲜血液，一个人在家的时候，她会偷偷放来听。）

接着他开始自己写歌，歌名都是稀奇古怪的时髦名字，诸如《微波炉四重唱》和《双卡录音机蓝调》。艾勒不在时，他给玛吉唱过其中几首。他歌唱的风格，确切地说更像说话，是板起脸用鼻子哼哼。玛吉觉得他唱得非常专业，就跟你在电台里听到的差不多，当然，她只不过是他的妈妈。但是玛吉知道他的朋友们也都佩服他。他的朋友唐·伯纳姆就这么说，杰西太棒了，可以自己组个乐队出去演唱了。

唐·伯纳姆有一位远房表兄，差一点就被雷蒙斯乐队[1]雇去当巡回乐队的跟班打杂。

唐·伯纳姆真是好得没话说，是个教养极好的男孩。他在杰西上十一年级时转到杰西的学校。杰西第一次把他带回家时，唐就和玛吉交谈了一番（对那个年龄的男孩，你不会认为这是理所当然的事情吧），还礼貌地坐着，看戴茜展示她收集的州政府所在地明信片。“下次来，”他冷不丁地对玛吉说，“我要把自己的懵懂客卡通剪贴簿带来。”玛吉说：“哦，哎呀，我很乐意看看。”可下次，他却抱来了一只木吉他，杰西为他唱了一首自己写的歌，而唐就伴着他的歌声轻轻拨弄着吉他。看来这世界正在快进……唐跟杰西说他该出去挂牌演唱，也就从这时开始（或者说，现在回头看是这样），杰西一去不回头。

他组了一个叫旋转猫的乐队——他和一帮年龄更大的孩子，大部分都是高中肄业生。玛吉不知道他是怎么找到这帮人的。他的打扮开始变得粗重，像是上战场。他穿黑牛仔布衬衫、黑牛仔裤和起皱的摩托皮靴。他只要一出现，就一股酒味和烟味，谁知道，说不定比烟草更糟。他又发展出一帮崇拜和追随他的女孩子，她们的风格与以前的女孩们迥然不同，她们更爽快、更招摇，她们懒得奉承巴结玛吉，也懒得坐在她的厨房里。那年春季，他开始旷课，没能从十一年级升上十二年级。

才十七岁半，他就毁了自己的未来，艾勒说，就因为那个朋友。且不提唐·伯纳姆并没有参加杰西的乐队，自己稳稳升上了十二年级。

---

①成立于 1974 年，被认为是朋克音乐的先行者，也是美国第一支朋克乐队。

按照艾勒的说法，唐那个馊主意砰的一下砸中了他！杰西从此不再是以前的他了。唐有点像个巫师，像个催命鬼，按照艾勒的说法。

要么振作起来，要么搬出去，艾勒对杰西说。要么通过夏季课程补上缺了的学分，要么就找一份工作，找个公寓自己出去住。杰西说他已经上够了学，他愿意找一份工作，巴不得赶快住出去，在自己的公寓里想来就来想走就走，没人盯在他屁股后面啰唆。艾勒说："谢天谢地。"二话不说就径直上了楼。杰西走出家门，摩托皮靴把走廊踩得哐哐响。玛吉开始抹泪。

艾勒怎么想象得到杰西的生活？艾勒是天生能干的人。什么事情到他手上就变得轻而易举。他完全意识不到每天早晨杰西上学的这一路走得多艰难——他硬撑着被压垮的肩膀，夹克衫领子歪歪扭扭地竖着，两只手完全插在裤兜里。替杰西设身处地想一想吧！有一个乖巧规矩的妹妹，还有一个总是有理、挑不出毛病的父亲！他唯一的救命稻草就是母亲，他那冒失马虎的母亲，玛吉对自己说。她在心里自嘲，不过就是这个意思，真的。而且她希望他从她这儿再多拿点儿过去。比方说，她坏中见好、腐朽中见神奇的本事；她的容忍和应变的窍门。

可是没有。他以前那种无忧无虑、没心没肺不见了。他眯起眼睛，谨慎小心地在城里四处游走寻找工作。他希望能在唱片店找一份活儿干。他口袋里连零花钱都没有（直至那时，他的乐队还在义务演出——是为了"曝光率"，他们是这么说的），不得不找玛吉借公交车票钱。他每天回家，一天比一天郁闷，每到晚上就和艾勒吵架。

"要是面试时你穿得像个普通人——"艾勒告诉他。

"要是一个地方那么看重外表，我也不愿意去。"杰西说。

“行，那你最好学学挖地沟，因为这是绝无仅有的不看重外表的活儿。”

杰西又一摔门跑出家。他一走，家里显得多么无趣，多么肤浅，毫无生气，无精打采！玛吉和艾勒一个在客厅这头，一个在那头，阴郁地大眼瞪小眼。玛吉怪艾勒，怪他太严厉；艾勒怪玛吉，怪她太心软。

有时候，在内心深处，玛吉也责怪自己。作为家长，她明白自己做出的决定都只围绕着一个主题：她的孩子还是小孩子，这么多年来她一直觉得他们弱小无力、不谙世事、束手束脚。她心里对他们充满怜惜，在他们的生活里增加任何困难，都是她无法想象的。她可以包容他们的一切，原谅他们的任何事情。倘若她不那么清晰地记得做小孩是什么感觉，说不定能当个更出色的妈妈。

她梦见杰西死了——实际上，几年前他还是一个快活的小淘气包的时候，就死了，不知怎的她之前竟然没意识到。她梦见自己哭得无法控制，实在没法儿活下去。这时她看见甲板上的人群里（忽然间，她坐船去旅行了）有个很像杰西的小孩，和他的父母站在一起，她从来没见过那对父母。小孩瞥了她一眼，飞快调转目光，但她看出来他觉得她很熟悉。她朝他微笑。他又瞥了她一眼，又调转目光。她朝他们靠近几英寸，假装观赏海平面。他投胎到另一户人家里去了，她是这么跟自己解释的。他不再属于她，不过没关系，她会重新开始。她要把他赢回来。她觉得他的目光又一次落在自己身上，她能感觉到他是多么困惑，好像记得她又好像不记得，她明白这意味着灵魂深处，他和她永远心心相印。

哦，这时戴茜已经九岁了，也许快要九岁——尽管如此，她还是个小孩子，还需要玛吉事事替她操心，你会这么想。可事实上，就在那个时候，她突然开始自行其是了。她一直有些少年老成。还是婴儿时，艾勒叫她娃娃女士，因为她非常老成，懂得自律，小脸蛋上一副很有主见的表情。十三个月时，她就训练自己上厕所。一年级时，她把自己的闹钟调得比家里人早一小时，每天早上悄悄下楼，从洗干净的衣服堆里挑一套合适的外衣。（哪怕那时，她熨烫衣物的技术就已经比玛吉高明了，她喜欢穿得干净利落，喜欢将色彩搭配和谐。）现在，她好像一步跨进了外面的大世界重于家庭小世界的阶段。她有四个非常要好、志趣相投的朋友，其中一个是没缺点的“满分”太太拉维尼亚·墨菲。“满分”墨菲太太是家长教师联谊会和蛋糕义卖会的领头人，而且她有充足的时间（因为不工作）开车送小女孩们去参加每一场文娱活动，她还主办寻宝主题的睡衣派对。一九七八年的春季，戴茜其实是跟墨菲一家人生活在一起。玛吉下班回家，喊：“戴茜？”可她找到的只是一栋沉默的房子和一张留在门廊书柜上的便条。

后来终于有个下午，家里不再沉默，而是传来一阵嘀嘀咕咕密谋似的低语，她跨进门槛的那一刻就感觉到了。楼上，杰西卧室的门吱呀一声关上了。她去敲门，提心吊胆地度过毫无动静的几分钟，杰西大声说：“等等。”她听见窸窸窣窣和低语。然后他走了出来，身后跟了个女孩。她金色的长发凌乱邋遢，嘴唇瘀紫，低垂着眼睛悄悄从玛吉身边溜过去，跟在杰西身后下了楼。玛吉听见前门打开的声音，听见杰西低声说再见。他一回到楼上（毫无愧色地迎面朝玛吉走来），她告诉他，不管女孩子的妈妈是谁，听说自己的女儿和一个男孩单独待在卧室里，一定会吓坏的。杰西说：“哦，不会，她妈妈住在宾夕法尼亚什么地方。菲奥娜和姐姐住，她姐姐不在乎。”

“哦，我在乎。”玛吉说。

杰西没争辩，女孩也没再露脸。至少玛吉每天回家时，她没再出现在玛吉眼前。尽管如此，玛吉有种感觉：她捕捉到了一些征兆。她注意到他外出的次数更多了，回家也心不在焉，在家短短的时间里就是在楼上没完没了地小声打电话。玛吉碰巧接起电话时，那边总是同一个女孩的声音——细小的询问声。

终于，他在一家做信封的工厂找到一份工作，好像跟运送有关。他开始找公寓，唯一的麻烦是房租太高，而他的收入少得可怜。不错，艾勒说，这下他说不定可以面对严峻的现实了。玛吉希望艾勒闭嘴。“别担心，”她对杰西说，“会好起来的。”那时候差不多六月底。到了七月，他还住在家里。八月的一个星期三傍晚，他来到厨房单独找玛吉，说好像让他认识的女孩陷入了麻烦。他说得非常镇定，非常直截了当。

厨房里的空气凝固了。玛吉在围裙上擦着手。

她说：“是那个叫菲奥娜的？”

他点点头。

“现在怎么办？”玛吉问。她和他一样镇定。连她自己也有些吃惊，仿佛这是发生在别人身上的事。也许她没有意识到，但其实心里早有准备。也许这件事就像冰川，一直在朝着他们漂来。

“哦。”杰西说，“这正是要和你商量的。我是说，我想要的和她想要的完全是两码事。”

“你想要什么？”玛吉问，她心里其实明白。

“我希望她把孩子生下来。”

她一时没反应过来。“孩子”这个词单单是从杰西嘴里冒出来也很不相称，好像有点过分可爱，可爱得吓人。

她说：“生下来？”

“我想该开始为我们仨找间公寓了。”

“你是说结婚？”

“对。”

“可你连十八岁都不到。”玛吉说，“我相信那女孩也没到。你们太年轻了。”

“再过两个星期就是我的生日了，妈，菲奥娜的生日也不远。反正她也不喜欢上学，她有一半时间在逃学，和我在一起。再说，我一直想要个孩子。我想要的就是这个，属于我自己的东西。”

“属于你自己的东西？”

“我只要找个工资更高的工作就行了。”

“杰西，你有属于你的一大家子人！你在说什么？”

“那不一样。”杰西说，“我从没觉得……我不知道。反正，我已经在找工资更高的工作了。瞧，养孩子需要很多东西，我从斯波克大夫那里抄了一张清单。”

玛吉瞪着眼，脑袋里只能想到一个问题：“你究竟从哪里搞到一本斯波克大夫的书？”

“书店，还能在哪儿？”

“你去书店买了一本育儿书？”

“当然。”

这可是最叫人吃惊的事了。她简直无法想象。

“我学了很多。”他对她说，“我认为菲奥娜应当喂孩子母乳。”

“杰西——”

“我在《家有巧匠》杂志上找到了做摇床的图纸。”

“宝贝儿，你不知道有多难。你自己还是个小孩！你哪里照顾得了孩子！”

“我求你，妈。我不是说着玩的。”杰西说。他嘴唇使劲一噘，他一旦对事情固执起来，就这副模样。

“你到底要求我什么？”玛吉说。

“我要你去跟菲奥娜谈谈。”

“什么？谈什么？”

“跟她说，你觉得该把孩子留下。”

“你是说她要把孩子给别人养。”玛吉说，“还是……嗯……流产。”

“对，她就是这么说的，可——”

“哪种？”玛吉问。

“第二种。”

“啊。”

“可她并不是真想那样。我知道她不想。”他说，“只不过她很固执。她假设我会做最坏的选择。她想当然地认为我会，比如甩掉她之类的。哦，首先，她甚至不肯告诉我——你能相信吗？藏着不让我知道！自己急了几个星期，却一点口风都不透，尽管她每天都能见到我，差不多每天吧。得知测试结果是阳性后，知道她要干什么吗？问我要钱打掉孩子。我说：‘啊？干什么？嘿，等一等。’我对她说，‘你是不是跳过了几步必要的步骤啊？’怎么不说‘你怎么想，杰西’，不说‘咱俩该怎么决定’，‘你难道不想给我一个机会’？我问她。她说：‘什么机会？’‘嘿，结个婚怎么样？’我问她，‘老天，让我担起该负的责任，怎么样？’她说：‘不用帮我任何忙，杰西·墨兰。’我说：‘帮忙？你说的可是我的儿子。’她说：‘哦，我可不抱幻想。’——她一傲慢起来就这么说话。‘我可不抱幻想。’她说，‘一见到你，我就知道你是什么人。自由自在，不受拘束。’她说，‘硬摇滚乐队的主唱。你不用跟我多解释。’我觉得自己就像是被打上了标签。我的意思是，她怎么这样看我？肯定不是因为平常生活中发生的事，我跟你说。所以我就说：‘不行，我不会给你钱。不给，女士，抱歉。’她就说：‘我或许早该料到。’——故意曲解。我就讨厌别人这么做，故意像受了委屈似的。‘我或许早该想到。’她说，‘连一点打胎钱都指望不了你。’就这么口无遮拦说出这个词，像空中爆炸了似的，说真的，我一时都说不出话来。我说：‘去你的，菲奥娜——’她就说：‘哦，行啊，好啊，发生了这些事，还要骂我。’所以我就说——”

“杰西，宝贝儿。”玛吉说。她揉了揉左边太阳穴。她有一种感觉，某条重要线索正从她手中滑脱。“如果菲奥娜已经打定主意——”

“她和医生约了星期一早晨，诊所在怀特塞德街上。星期一她姐姐不上班，陪她去。看见了没有？她没请我陪她去。我一直在和她谈这事，说得我脸都铁青了。我没什么能说的了。所以我现在求你：你去，你去诊所拦住她。”

“我？”

“你一向和我的女朋友们相处得不错。你行，我知道你行。告诉她我工作的事。我要辞去信封厂的活儿。我申请了一家计算机店的工作，他们要培训我维修计算机，学徒阶段就会付我工钱。他们说我很可能被录用。再说，乐队里的戴夫，他妈妈在韦弗利有一栋房子，就在体育馆附近，顶楼是一整套出租公寓，到十一月就会空出来，便宜得一塌糊涂，戴夫说的，小孩子还有单独的房间。你应该让小孩单独睡，和父母分开。这个我已经研究过了。我知道的事儿多得让你吃惊。我决定用安抚奶嘴。有些人不喜欢它们的样子，可你塞给婴儿一只安抚奶嘴，他以后就不会吮拇指。而且，安抚奶嘴会让孩子牙齿不整齐的说法全是胡扯。”

几个月来他第一次讲这么多话，但令人痛心的是，他讲得越多，就越显得少不更事。他的手指在乱蓬蓬的头发里挠着，身子棱角分明，在厨房里不停地来回踱步。玛吉说：“杰西，宝贝儿，我知道你有朝一日会当个好爸爸，可实际情况是，这真的取决于女孩怎么决定。因为要经历怀孕的是女孩呀。”

“但是，不是独自一人。我会支持她。我会安抚她。我会照顾她。我想这么做，妈。”

她不知道还能说什么，杰西一定意识到了。他停止了踱步，在她面前站得笔直。他说：“瞧。你是我唯一的希望。我只求你让她明白我的想法，然后她想怎样就怎样。这么做能有什么害处？”

“可你为什么不自己去，告诉她你的想法？”玛吉说。

“你以为我没试过？说得我已经脸色铁青了。可我说什么都好像不对。她跟我生气，我跟她生气，我们俩不知怎的打了死结。现在我们都筋疲力尽、心烦意乱。”

哦，她当然明白这种感觉。

“你能不能考虑考虑？”他问道。

她偏了偏脑袋。

“就考虑一下这个可能性？”

“哦。”她说，“可能性，也许……”

他说：“是的！我就求你这个！谢了，妈。太感谢了！”

“可是，杰西……”

“你先别告诉爸，行不行？”

“先不告诉他。”她不置可否。

“你想象得出他会说什么。”他说。

他匆忙拥抱了她一下，就没了影子。

接下来几天，她心里很烦，犹豫不决。她想起一连串杰西处事轻率浮躁的例子——他（就像他那个岁数的男孩一样）不断地进入新阶段，发展新兴趣，旧的就抛在脑后不闻不问。可你不能把妻子和孩子抛在脑后不闻不问！但她又想到另外一些情景：比如有一年，除了杰西，其他人都得了感冒，他得照顾他们。她烧得昏昏沉沉，依稀见他坐在床沿，喂她喝鸡汤，一勺一勺，喝着喝着她就沉沉地睡了过去。他毫无怨言地等着，直到她再次打起精神，就再喂她一口。

“你没忘，是不是？”每回杰西见到她，就会这么问。再不就是：“你不会食言，对不对？”

“没有，不会……”她这么说，接着问道，“食什么言啊？”她到底承诺了什么？有天晚上，他往她手里塞进一张纸条——怀特塞德街上的一个地址。就是这家诊所，她想。她将纸条塞进裙子口袋里，说：“你现在明白我没法儿——”可杰西已经一溜烟跑了，动作快得像飞贼。

那些日子，艾勒情绪不错，因为他听说了计算机店的工作。工作落实了，就像杰西预料的，他九月就要开始接受培训。“多少像点样子，”艾勒对玛吉说，“这份工作还算有前途。谁知道呢？说不定过一阵子，他又决定回学校去了。我敢肯定他们要是想提拔他，会让他读完高中。”

玛吉没吱声，心里犯嘀咕。

她星期六得上班，所以没去琢磨其他事情。星期天，她在玄关坐了很长时间。那是个阳光灿烂的大热天，所有的人好像都带着小孩儿出来晃悠。婴儿车和小推车滚滚而过，男人的背包里装着婴儿咚咚地往前走。玛吉心想，不知杰西是不是认为背包也算是育儿的必要装备。她敢打赌也算。她朝屋子偏过头，伸长耳朵听了听。艾勒在看电视上播放的球赛，戴茜去了“满分”太太家。杰西还在睡觉，他昨晚在霍华德县的一场舞会上唱得很晚才回家。三点刚过，她听见他走下楼梯的声音。听见他轻声哼唱，声音轻得几乎听不见。妞儿，我真想放你进去解解冻。

“现在的音乐都变了。”她有一次对杰西说，“以前唱‘永远爱我’，现在是‘今夜陪我乐一乐’。”

“哎哟，妈呀。”他说，“你还没明白？只不过他们以前隐藏得更好。向来就是‘今夜陪我乐一乐’。”

她想起杰西小时候一首流行歌曲里的一段歌词。我得想个办法，巧妙地，羞答答地，走进你心里……

杰西年幼时，总喜欢趁她做饭给她讲故事，他好像认为她需要点娱乐。“从前有位太太，除了甜甜圈，从来不给孩子吃别的东西。”他会这样开始讲。有时也这样开头：“从前有位先生，住在摩天轮上。”他所有的故事都稀奇古怪、异想天开。现在细想起来，她觉得他们俩都属于乐天派，靠幻想不存在的东西来开心。有一回一连几星期，他都在讲同一个故事，关于一个智力迟钝的爸爸用家里的饭菜钱买了一台电子琴。智力迟钝的部分是从姑姑多莉身上得来的，她认为。不过经他讲出来，爸爸的低智商倒成了一件好事。那位爸爸说：“我们要食物做什么？我更乐意让孩子们听听好听的歌儿。”玛吉一边笑一边复述给艾勒，但艾勒并不觉得这有什么好笑的。他生了气，首先替多莉（他不喜欢“迟钝”这个词）抱不平，其次替自己抱不平。为什么傻的是爸爸？为什么不是妈妈，这大概就是他的意思——考虑到玛吉的缺点，这样才更真实可信。也许他根本没这意思，只不过是玛吉胡思乱想，反正因为这个爆发了一场争吵。

回头看，杰西出生以来，他们就不断为他争吵，态度和立场从未改变。艾勒总是批评，玛吉不断辩解。艾勒说杰西讲话没大没小、不懂礼貌；也不知道改改犟头倔脑的模样；在店铺里帮忙时笨手笨脚的，简直指望不上他。玛吉说，他等长大就好了。有些孩子成熟得快，有些孩子成熟得慢。“慢几十年？”艾勒问。她说：“耐心点儿，艾勒。”（他们居然换了位置。艾勒本是个耐心的人，而玛吉是个急性子。）

她年轻时怎么就没意识到年轻的力量？现在看来她已经坐失良机了。她小时候一直是个容易被吓唬住的女孩，无法想象孩子居然能在一个家中掀起这样的风暴。

她和艾勒试图不让这场风暴被别人窥见，不过杰西无疑有所耳闻，也说不定他感觉到了他们对事情的看法。到他十几岁时，他与艾勒的距离越来越远，偶尔说几句话，也只对玛吉讲。他跟玛吉提起孩子的事时，连玛吉自己都觉得跟艾勒隔着很远的距离。他们之间已有太多的争斗与不和，关于杰西的吵闹重复了千万遍。不告诉艾勒孩子的事，不仅仅是因为玛吉承诺过，还因为她已经疲于争吵。艾勒肯定会暴跳如雷！

可她想到杰西怎么用汤匙轻轻拨开她的嘴，逼她吃下东西。她烧得厉害的时候，有时醒来会听见一缕纤细、忧伤而遥远的音乐从他头上戴着的耳机里传来。她相信自己终于听见了他心灵深处的声音。

星期一早晨，她照常七点钟去上班，九点一刻不到，就称病请假，开车去了怀特塞德街。那里原先是一家什么铺子，重新装修之后成了诊所，大玻璃窗挂上了窗帘。她一眼认出了这地方，不是看见了门牌号，而是看到外面站着的一小撮抗议者。有三名妇女、几个小孩，还有一位矮小精干的男士。此诊所谋杀无辜。一块牌子上这么写；另外一块上是一张放大的照片，一个笑嘻嘻的漂亮婴儿，一头黑发上横印着一行白字：给她出生的机会。玛吉把车停在隔壁的保险代理门前。抗议者打量了她一眼，又回去把守诊所了。

一辆小轿车开了过来，走下来一个穿牛仔裤的女孩，后面跟着一个年轻的小伙子。女孩弯腰对开车的人说了什么，然后挥挥手，车就开走了。这一对儿疾步往诊所走，抗议者一拥而上围住他们。“上帝知道你们要做什么！”一个妇女喊道。另一个挡住女孩的去路，不过又闪开了。“你问心无愧吗？”男士在她背后大叫。她和小伙子闪身进了诊所。抗议者又退到他们原先把守的地方。他们激烈地讨论着，好像有分歧。玛吉有种感觉，似乎他们之中某些人的主张更加强硬。

过了几分钟，一个女人从一辆出租车里钻出来。她似乎和玛吉年纪差不多，穿戴相当体面，可就一个人。这次抗议者似乎想要弥补刚才的败笔。他们包围了她，喋喋不休，传到玛吉的耳朵里便变成一片混乱的嗡嗡声。他们将小册子摁在她身上。一个大块头的女抗议者伸出手臂勾住她的双肩。这位病人——如果她也是的话——哭了起来。“放开我！”她用手肘去捅大块头女抗议者的胸肋，接着也逃了进去。大块头女抗议者弯下腰，玛吉起初还以为是因为疼痛，可她只是弯下腰抱起一个小孩。他们又回到刚才把守的地方。这么热的天，他们慢吞吞地挪动着，甚至连他们的义愤都显得疲沓而假惺惺的。

玛吉从提包里掏出一张纸自己扇风。她很想下车，可该往哪里站？跟那帮抗议者站在一起？

有脚步声传来，两个人的，她抬头一看，看到菲奥娜和一个年龄稍长的女孩，准是菲奥娜的姐姐。

她还担心会认不出菲奥娜，因为她们只见过一次。可她一眼就认出来了——漂亮的长发，白净的脸蛋，一张年轻得什么都没写上去的脸。她穿着牛仔裤和一件亮丽的深红色T恤。说来也巧，玛吉偏偏对深红色有成见。她觉得这颜色不上档次。（哦，那时她觉得菲奥娜太不上档次，现在想起来，多奇怪！）她觉得菲奥娜身上有种廉价花哨的气质。她没法相信那张苍白平淡的脸，觉得她姐姐的浓妆艳抹也掩盖了同样不健康的肤色。纯粹是心胸狭窄的短见！玛吉现在承认这一点，在看见菲奥娜的优点之后。

反正，她走下车，朝她们走过去，说："菲奥娜？"

姐姐嘟哝了一声："告诉过你，他们会跟你过不去。"她一定误以为玛吉是抗议者了。菲奥娜继续往前走，眼帘低垂，就像两弯白月牙。

"菲奥娜，我是杰西的母亲。"玛吉说。

菲奥娜放慢脚步，看着她。姐姐停了下来。

"如果你确实明白自己在做什么，我不会干涉你。"玛吉说，"不过，菲奥娜，你有没有全面考虑过？"

"没多少要考虑的。"她姐姐直截了当地说，"她才十七岁。"

菲奥娜任由自己被姐姐从玛吉身边拖走，可她还是扭过头望着玛吉。

"你和杰西商量过吗？"玛吉问。她追在她们俩后边跑。"杰西想要这孩子！他是这么跟我说的。"

姐姐顶了回来："他来怀他来生？他打算半夜抱着孩子换尿布？"

"对，他就是这么打算的！"玛吉说，"唔，他不能怀和生，当然……"

说话时，她们走近了那帮抗议者。有个妇女塞来一份小册子。封面上印着一幅未出生婴儿的彩照，婴儿似乎早已过了胚胎期，实际上，差不多就要出生了。菲奥娜退缩了一下。"别缠着她。"玛吉对那位妇女说。她又说："菲奥娜，杰西真的很在乎你。你要相信我。"

"杰西·墨兰我这辈子是看够了。"姐姐说。她一把推开面前一个手里牵了两个学步小儿、脖子上挂着婴儿的胖女人。

"因为你认定他是某种人，所以才这么说。"玛吉对她说，"搞大你妹妹肚子的摇滚歌手。可事情不这么简单！没这么俗套！他买了斯波克大夫的书——他有没有提过，菲奥娜？他已经研究过安抚奶嘴了，他认为你应该自己喂他。”

胖女人对菲奥娜说：“天堂里的天使都在为你哭泣。”

“听着，”玛吉对胖女人说，“别因为你自己孩子太多，就想让别人受同样的罪。”

“天使认为这是谋杀。”胖女人说。

菲奥娜退缩了。玛吉说：“没看见你让她难受了？”这时她们已经走到了诊所门口，可精干的小男人挡住了她们的去路。“让开。”玛吉对他说，又说：“菲奥娜，再想想！我只求你这一点。”

男人坚守阵地，一步不让。菲奥娜趁机转向玛吉。她眼泪汪汪的。“杰西不在乎。”她说。

“他当然在乎！”

“他对我说：‘别担心，菲奥娜，我不会让你失望。’好像我是包袱！他是施舍我！”

“他不是那个意思。你误会了。他真的希望和你结婚。”

“靠什么生活？”姐姐问。她的嗓音像驴叫，十分难听，比菲奥娜的声音粗重得多。“他连一个能挣钱的像样工作都没有。”

“他就要有了！计算机！有发展前途！”玛吉说。她只得用电报式的短句说话，因为菲奥娜的姐姐已经设法扫清绊脚石，用力拉开了诊所的门。一个女人把一张明信片塞到菲奥娜眼前，就是那个长着卷发的婴儿。玛吉一把推开明信片。“至少先跟我回家，你和杰西可以再商量一下，”她对菲奥娜说，“又不要你做出任何承诺。”

菲奥娜犹豫了。她姐姐说：“老天，菲奥娜。”但玛吉抓住自己的优势。她拽着菲奥娜的手腕，一边把她拖出人群，一边不停地絮叨着鼓劲儿的话。“他说他要打一张摇床，已经搞到带具体步骤的图样了。这足够你心碎的了——别缠着她，见鬼！要我叫警察吗？你们有什么权利纠缠我们？”

“她有什么权利谋杀她的孩子？”一个妇女喊道。

“她有权利想怎么样就怎么样——菲奥娜，我们在说一个天生会照顾人的人。你真该见见香港流感流行时的他。”

“什么？”

“也可能是曼谷流感，或者新新流感，反正是一次流感……不管怎么说吧，不是施舍。他就想要这孩子。”

菲奥娜盯着她的脸看。她说：“他还要打一张……”

“他还要打一张摇床。一张带顶篷的漂亮摇床。”玛吉说。要是最后打出来的不带顶篷，她总能说自己听错了。

菲奥娜的姐姐在她们身边转来转去，鞋跟不停地笃笃响。她说：“菲奥娜，要是你不立刻到里面去，我就再也不管这事了，我警告你。菲奥娜，他们已经给你安排好了时间！”抗议者在她们身后几英尺之外不明所以地徘徊。菲奥娜的手腕柔滑纤细得不可思议，像一节青竹。玛吉不情愿地放开她的手腕，因为她得打开车门。“进去。”她说。“走开。”她又对抗议者说。对那位姐姐，她则说：“很高兴认识你。”

抗议者撤退了。其中一个说：“瞧瞧，唔……”

“我要让你们知道，我们这么做是宪法允许的。”玛吉说。那女人有点莫名其妙。

“是我查找诊所。”菲奥娜的姐姐说，“是我带她做化验。是我约好时间，我牺牲了好好的休息日，本来可以和男朋友去大洋城。”

“你还可以去。”玛吉一边说，一边看了看手表。

她急忙走到驾驶室那边，生怕菲奥娜会溜掉。可她坐进座位时，菲奥娜软绵绵地坐在里面，仰头靠在椅背上，闭着眼睛。她姐姐弯腰从敞开的车窗探进脑袋。“菲奥娜，不说别的，就告诉我，”她说，“要是杰西·墨兰真那么在乎这孩子，为什么他自己不来接你？”

菲奥娜抬起眼皮，看了玛吉一眼。“哦，他试过。”玛吉说，“这几天他一直在努力，你知道的，可不知为什么你们俩老是误会。”

菲奥娜又闭上了眼睛。玛吉发动车子，开走了。

奇怪的是，即使赢得了胜利——至少暂时——她也一点不觉得得意，只觉得累。说实话，还有些晕头转向。她一直对杰西说他实在太年轻，可事情怎么会走到这一步？哎呀，老天爷，她这是干了什么？她偷瞥了一下菲奥娜。菲奥娜的皮肤看上去光滑细腻得像瓷一样。“你有没有觉得不舒服？”玛吉问她。

“我想我大概会吐。”菲奥娜只是动了动嘴唇。

“要我停车吗？”

“先去那边。”

玛吉开得愈发小心，就好像运输一篮子鸡蛋。

在家门口，她停好车，先爬出来，又走到菲奥娜那边，扶着她从座椅里走下车。菲奥娜很重，完全倚靠在玛吉身上。不过她散发着年轻的气味，混合着新熨烫好的棉布和折扣商店化妆品试用装的甜腻，这又让玛吉安了心。哦，这女孩本质不坏。她不比戴茜大多少。她是个普通的大大咧咧的孩子，被发生的事情弄得心慌意乱。

她们慢慢走过人行道，爬上台阶，走上走廊。鞋在木地板上踩出空洞的声响。“坐这里。”玛吉说完，扶着菲奥娜坐进自己昨天坐了一下午的那把椅子。“你需要新鲜空气。”她说，“深呼吸。我去把杰西找来。”

菲奥娜闭上了眼。

里面的房间显得幽暗阴凉。玛吉爬上楼梯，走到杰西的卧室，敲敲门。她探进脑袋。“杰西？”

“嗯。”

百叶窗放下了，所以她只能隐约看见家具的轮廓。他的床上是一堆皱巴巴的床单。“杰西，我把菲奥娜带来了。”她说，“你能不能下楼去走廊？”

“啊？”

“你能不能下楼去走廊，跟菲奥娜说说话？”

他发出窸窸窣窣的响动，抬起头，她便知道他准备下楼去了。她下楼走进厨房，从冰箱里的水壶里倒出一杯冰茶。她将杯子放在一只瓷盘上，旁边摆上一圈椒盐饼干，端出去给菲奥娜。“来。”她说，“吃点儿饼干。喝几口茶。”

菲奥娜的气色好多了，笔直地坐在椅子里，玛吉把托盘放在她膝头时，她说：“谢谢你。”她拿起一块饼干，咬掉一角。玛吉则坐在她边上的一把摇椅里。

“生戴茜的时候，”玛吉说，“整整两个月我就只吃椒盐饼干和茶。我们两个居然都没营养不良，真是奇迹。我怀戴茜时，难受得以为自己要死了。不过怀杰西时，我一点也不难受。是不是很有趣？你觉得该反过来才对。”

菲奥娜放下饼干。“我该留在诊所。”她说。

“哦，亲爱的。”玛吉说。她突然感到一阵沮丧。眼前浮现出艾勒的脸，清晰得叫人心寒，要是他知道她干的好事。“菲奥娜，还不算晚。”她说，“你来这里只不过再商量商量而已，对不对？你并没有承诺什么。”虽然嘴里这么说着，但她看见诊所不断后退消失。这就像跳绳时冲进绳圈，她想，错过可以冲进绳圈的一瞬间，你就没戏唱了。她伸出手碰了碰菲奥娜的手臂。“别忘了，”她说，“你们彼此相爱，是不是？你们不相爱吗？”

“相爱，可要是我们结婚，他说不定会为了这个开始记恨我。”菲奥娜说，“我是说，他是乐队主唱！等他出了名，说不定想去英格兰、澳大利亚，或者别的什么地儿。再说他的乐队还没开始挣钱，我们住哪儿？我们怎么办？”

“一开始你们可以和我们一起住。”玛吉说，“等到十一月，你们可以搬进韦弗利的一处公寓，杰西知道。他已经把一切都计划好了。”

菲奥娜愣愣地望着大街。“要是我留在诊所，现在什么都解决了。”她停顿了一分钟后说道。

“哦，菲奥娜，请别这么说。哦，别告诉我我做错了！”玛吉说。她扭头找杰西。他在磨蹭什么？在这里挽留的不该是她呀。“在这儿等等。”她说着站起身，急匆匆走进屋子。“杰西！”她喊。可他没回答。她听见淋浴的声音。就算房子着火，那小子也非要先洗个澡不可。她跑上楼，朝浴室的门猛拍一气。“杰西，你下不下来？”她喊道。

他关了水龙头。“什么？”

“出来，听我说！”

没人回答。不过她听见浴帘滑过帘杆的声音。

她走进他的卧室，猛地把两扇百叶窗全拉开。她要把斯波克大夫的书找出来。在他没下楼之前，这书可以当作一个卖点，至少可以充当聊天话题。可是她找不到——只有脏衣服、炸薯条盒子、找不到封套的唱片。她又去翻找摇床图纸，它们会是什么样的，蓝图？连个影子都没有。哈，当然，他把它们拿到地下室去了，艾勒的工具都放在那里。她跑回一楼，路过走廊时朝外面喊：“他这就下来！”（她可以想象菲奥娜起身走掉的情形。）她穿过厨房，爬下一段狭窄的木楼梯，走近艾勒的作业台。没有图纸。工具挂板上整齐地挂着艾勒的工具。每件工具都待在挂板上画着它形状的位置上，这迹象表明杰西肯定没靠近过这些工具。作业台上，有两张方形砂纸和一把用橡皮筋捆着的木销，是艾勒答应在走廊靠后的角落搭晾衣架要用的东西。她抓起木销，飞快爬上地下室楼梯。“看看，”她砰地推开纱门，对菲奥娜说，“杰西的摇床。”

菲奥娜放下玻璃杯，接过棍子看着。“摇床？”她满腹狐疑。

“摇床要装……轴，这就是轴，”玛吉说，“老式的。”

瞧菲奥娜研究那些棍子的模样，你会认为棍子是可以阅读的呢。

接着，杰西出来了，散发着洗发水的馨香。他的头发湿漉漉、乱蓬蓬的，皮肤闪闪发亮。他说：“菲奥娜，你没坚持那么做吧？”她抬起头，手里还举着棍子，像握了根权杖，说：“那，行，杰西，要是你愿意。要是你愿意，我想我们可以结婚。”

杰西马上伸出手臂抱住她，垂下脑袋贴在她肩头，那情景——他深色的脑袋和她金色的脑袋紧挨着——让玛吉想起自己在成家之前憧憬的婚姻来。她把婚姻想得和实际很不同，倒更像一次脱胎换骨——两颗迥异的脑袋凑到一起，碰撞出激动人心的声响。她那时认为结了婚，所有头疼的事都会离她远去，就像你要出门度假，便扔下半吊子的棘手活儿不管，好像你从此一去不返，不用再看见它们。当然，她错了。不过看着杰西和菲奥娜，她几乎又要相信最初的憧憬不会错。她溜进屋子，在身后轻手轻脚地带上纱门，认为所有问题最终都会迎刃而解。

他们在卡特威尔镇斯塔奇太太的起居室办了婚礼。只有家人参加。艾勒黑着脸不出声。玛吉的母亲坐得笔直，气哼哼的。玛吉的父亲喝得醉醺醺。只有斯塔奇太太显出应有的喜气。她穿着一套紫红色的灯芯绒连裤套装，胸花比脑袋还大。仪式开始之前，她告诉大家，她唯一遗憾的是斯塔奇先生没能活到今日，见证这场婚礼。不过也不一定，她说，他的灵魂就在此地，接着她又颇为详细地叙述了她自己的鬼魂说。（他们会完成死前想做的事情，他们还悬挂在半空中的未了计划——就像你忘记为什么去厨房了，于是你随便做个动作，比如转转手腕，这动作立刻提醒你去厨房是为了关上滴漏的水龙头。斯塔奇先生极有可能一直就在此地，就在这间客厅，梦想有一天能挽着自己视如掌上明珠的女儿走过红毯。）接着她说，据她看来，结婚就像上高中接受教育一样，或者还更高深。“我是说，我自己就没上完高中。”她说，“我从来没后悔过。”菲奥娜的姐姐翻翻白眼。不过斯塔奇太太这么想倒是件好事，因为菲奥娜要到明年一月才满十八岁，领结婚证必须要有家长的准许。

菲奥娜穿了一条腰部宽松的米色长裙，是她和玛吉一起挑选的；杰西身穿西装，打着领带，看上去真是不同凡响。事实上，他看上去就像个成年人。他身边的戴茜老是羞答答的，一直紧拽着玛吉的胳膊，朝他看。“你怎么回事啊，站好。”玛吉对她说。不知为什么，玛吉非常容易发火。她担心艾勒会从此永远埋怨她。他似乎认为是她一手促成了这桩事情。

婚礼之后，杰西和菲奥娜到大洋城住了一星期。他们回家后，住进杰西的卧室，玛吉已经搬进去一个衣柜，把他的旧双层床换成了从潘妮百货店买来的双人床。当然，家里显得更拥挤了，不过这拥挤叫人快乐，带着添丁的兴旺和欢乐。菲奥娜似乎马上就融入了家庭，她十分随和好相处，心甘情愿地把自己交给玛吉管理，比玛吉自己的孩子更心甘情愿。杰西每天早晨高高兴兴地去计算机商店工作，每天傍晚回家，带回一些新鲜的育儿小玩意——一包兔子形状的尿布别针，一个小巧的带嘴儿童水杯。他研读有关分娩的书，不断接受各式各样的理论，一个比一个古怪。（比如，有一阵子，他提出要在水中分娩，只可惜他没找到愿意这么干的医生。）

戴茜和她的朋友们把“满分”太太完全抛在脑后，她们在玛吉的客厅里驻扎下来——五个惊讶得说不出话的、神魂颠倒的小姑娘满腔虔诚地来回打量着菲奥娜的腹部。而菲奥娜也配合她们，有时还请她们去卧室，把越来越多的婴儿衣服展示给她们看。展示完毕，她让她们挨个儿坐在镜子前，替她们梳头发。（菲奥娜的姐姐是美容师，把自己的本事都传授给她了，据菲奥娜说。）到了傍晚，要是杰西的乐队在某地演出，他和菲奥娜就一起出去，不到两三点是不会回家的。

玛吉半睡半醒之中，会听见他们上楼梯时说悄悄话。卧室的门锁轻轻地咔嗒一声，然后玛吉又心满意足地沉沉睡去。

连艾勒从惊愕中缓过来之后，好像也就此作罢了。哦，一开始他是那么生气，玛吉甚至担心他会走出家门一去不回。有好几天他一句话都不说，杰西一进屋子，他就马上离开。不过他渐渐想明白了。他这人就喜欢装作大度和宽容，这样他觉得最心安理得，玛吉想。他现在可不就捞到可以这样干的机会了？瞧，他所有的担心都成真了：儿子弄大了女孩的肚子，自己的老婆在当中不可饶恕地瞎掺和。这不，女孩搬进杰西的卧室，和墙上贴的伊基·波普海报住在一起了。他终于可以叹口气，说："难道我没告诉过你？难道我不是一直在警告你？"（或者至少会摆出这副姿态，不一定要把话说出口。）每天早晨，菲奥娜穿着毛茸茸的粉红袍子和粉扑似的粉红大拖鞋，拿着玳瑁香皂盒，从他眼前走过，走进盥洗室。他就扁扁地贴到墙上，就像她的块头大了两倍似的。不过他对她始终谦和礼让。他甚至还把那套复杂的接龙游戏传授给她。她坐在家里无聊至极时，他把自己的水手系列——一整排由周游世界的孤独航海家写的回忆录——借给她读。多少年来，他一直竭力向自己的孩子们推荐这些书。（"在我看来，"菲奥娜告诉玛吉，"那些书就是写写'我怎么走完这条那条航线'而已，男人们总是觉得这有趣得不得了。"不过她没当着艾勒的面说。）到了十一月，韦弗利的公寓应该空出来了，可艾勒也没再追问他们为什么还没搬出去。

玛吉也没追问，小心地绕过了这个话题。事实上，据她所知，那间公寓不知为什么落了空。也许房客改变了主意。反正杰西和菲奥娜没提搬家的事。菲奥娜跟在玛吉身后，就像她两个孩子很小的时候那样。她跟随玛吉从一间屋子走到另一间，问一些烦心的问题。“为什么我觉得提不起劲儿？”她问，又问：“我的踝关节以后还会恢复吗？”她开始去上生育课，要玛吉在她去产房时陪着她：“杰西说不定会晕过去什么的。”玛吉说：“哎呀，杰西就想陪你一起去。”可菲奥娜说：“我不想让他看见我那样！他连家人都不是。”

玛吉也不是，她也可以这么说。然而从某种角度来看，她还真的是。

杰西在身边时，菲奥娜开始用一种委屈的口气嘟嘟囔囔。她抱怨不公平——为什么杰西每天可以去上班，而她只能坐在家里增肥。她应该留在学校，至少读完秋季学期；可是不行，杰西非要别人顺着他的主意；养在家里的太太，扮演年轻妈妈的角色。她这么说着，声音里有了一种老年人的腔调，而杰西的回答听上去闷闷不乐。“我说了这么多，你有没有听进一句？”菲奥娜问。杰西便说：“听见啦，听见啦。”是什么突然让玛吉觉得这一切那么耳熟？多半是语调。就是杰西以前和父母争执时的那种语调，就是它。杰西和菲奥娜与其说是夫妻，倒不如说更像儿子和妈妈。

菲奥娜身体不舒服，难怪没有好脾气。她仍处于怀孕早期的嗜睡状态，即便到了绝大多数妇女精力旺盛的七八个月。杰西会说：“穿上衣服！我们今晚要在花岗岩酒馆演唱，他们真的付钱给我们。”而她则说：“唔，我也不知道，你一个人去算了，我不去了。”

“你不去？”他问，“你是说我一个人去？”他一脸又吃惊又受伤的表情，但他还是去了。有一次，他晚饭都没吃——她一告诉他不跟他一起去，他拔腿就走，尽管那时只有六点。菲奥娜也没吃晚饭，而是坐在饭桌前玩弄食物，眼泪时不时滚下脸颊。后来，她穿上那件只能扣到腹部的带帽风衣，出门走了很久很久。没准她去看姐姐了，玛吉说不准。八点左右，杰西打电话回来，玛吉告诉他菲奥娜出去了。“你说什么，出去了？”他问。

“刚出去，杰西。我相信她一会儿就会回来。”

“可她说累得出不去。她去不了花岗岩酒馆，因为太累。”

“哦，说不定她——”

可他已经挂上了电话，她耳边传来金属碰撞的咔嗒声。

哦，之前发生过这种事。（难道玛吉还不知道这种事发生过？）第二天早晨，杰西和菲奥娜就没事了——不知何时他们已经和好如初，比“当初”还要恩爱。看来，玛吉是在瞎操心。

预产期在三月初，可二月一日，菲奥娜被一阵背痛痛醒。玛吉一听，立即激动起来。“来了，我打赌。”她告诉菲奥娜。

“不可能！”菲奥娜说，“我还没准备好。”

“你当然准备好了。你已经准备好了婴儿衣服，你的行李箱里塞满——”

“可杰西还没打好摇床。”

这倒不假。虽说他已经具备了其他技能，但摇床却还是没出现。玛吉说：“别担心，他可以趁你在医院的时候打。”

“反正就是平常的背痛，”菲奥娜说，“我经常会痛，怀孕前就会。”

可是到了中午，玛吉从上班的地方打电话回来，菲奥娜的口气不那么肯定了。“我在闹阵痛，好像就是腹部。”她说，“你能不能早点回家？”

“我就来。”玛吉对她说，“你打电话给杰西了吗？”

"杰西？没有。"

"给他打个电话。"

"好，可你答应我这就回来？马上就回来？"

"这就回去。"

她回到家，看见杰西正用一只看上去像模像样的秒表记录菲奥娜的阵痛间隔，秒表是他特地为这种情况买的。他满面喜色。"我们进展顺利！"他告诉玛吉。

菲奥娜看上去很害怕。她不断发出细小的呻吟，但不是在阵痛时哼哼，而是在两次阵痛之间。"宝贝儿，我感觉你的呼吸节奏不对。"杰西对她说。

菲奥娜说："住嘴，不用你多嘴！我想怎么呼吸就怎么呼吸！"

"哦，我只不过想让你好受些。你还好吗？孩子在动吗？"

"我不知道。"

"动还是不动？菲奥娜？你应该知道。"

"我不知道。我说了。没有，他没动。"

"孩子不动了。"杰西对玛吉说。

"别担心。他在作准备。"玛吉说。

"一定是哪里不对。"

"没什么不对的，杰西。相信我。"

但他不相信她，因此他们早早就跑去医院。玛吉开车。杰西说要是他开，说不定会把车撞烂。可一路上他不停地挑剔玛吉的每一个驾驶动作。"你鬼迷心窍了吗，为什么跟在公共汽车后面？换车道。不是现在，上帝啊！看后视镜。啊，上帝，我们都要死了，他们得割开她的肚子把小孩取出来，在富兰克林大街当中开膛破肚。”

菲奥娜突然一声尖叫。玛吉被叫得心慌意乱，猛地一踩刹车，害得他们三个朝挡风玻璃撞去。杰西说：“我们下车！最好还是走着去！让她就在街边生！”

“行。”玛吉说，“下车。”

菲奥娜说：“什么？”

“哦，妈，冷静。”杰西说，“没必要歇斯底里——妈靠不住，碰上小情况就一团糟。”他对菲奥娜说。

余下的路程大家都没说话，玛吉在医院门口放下他们，自己去停车。

等她在入院接待处找到他们时，菲奥娜已经坐在一张轮椅上了。“我要我婆婆陪我一起进去。”她对护士说。

“只有孩子的爸爸可以陪你进去。”护士说，“奶奶得在候诊室等着。”

奶奶？

“我不要爸爸，我要奶奶！”菲奥娜哭了，听上去像个六岁小孩。

“我们走吧。”护士说。她推着菲奥娜走了。杰西跟随其后，脸上挂着玛吉近来常常看到的那种受了伤害、无法承受的表情。

玛吉走进大得像个足球场的候诊室。米色的巨幅地毯上随意摆放着米色人造革沙发和扶手椅。她挑了一张没人坐的长沙发坐下，从沙发边的米色木茶几上拣了一册边缘皱巴巴的杂志。《婚姻生活如何保“鲜”》，第一篇文章是这个。文章教导她应该出乎预料，她可以只穿着黑花边围裙迎接下班回家的丈夫。艾勒一定会以为她疯了。且不提家里还有杰西和菲奥娜，以及五个神魂颠倒的小姑娘。她后悔没把自己的编织活儿带来。她不是什么编织高手，前面的几英寸她总是织得飞快，随后就一会儿紧一会儿松，让她想到一辆走走停停的车。不过，最近她一头栽进替婴儿织一件紫色橄榄球毛衣的热情之中。（是个男孩，大家都这么觉得，起的名字都是男孩的。）

她将杂志搁在一旁，走到靠墙的投币电话旁。她先往家里打了电话。没人接，连戴茜都不在，她通常三点钟就放学回家了。她看了看手表，发现才两点左右。本以为已经很晚了呢。她往艾勒上班的地方打了个电话。“萨姆相框店。”他接起电话。

“艾勒？”她说，“猜猜怎么了——我在医院。”

“在医院？出了什么事？”

“没出事。菲奥娜要生了。”

“哦。”他说，“我还以为你撞了车之类的。”

“你要不要过来一起守着？还得些时候。”

“唔，我想我最好还是回家照看戴茜。”艾勒说。

玛吉叹了口气。“戴茜在学校。”她对他说，“反正，她早就不需要别人照看了。”

“可还得有人把晚饭摆上桌。”

她不再对他抱希望。（老天，要是她临终前待在医院，他大概不会来送她。）她说：“行，你看着办吧，艾勒，我只是觉得你想看看自己的孙子。”

“我很快就会见到他了，不是吗？”艾勒说。

玛吉瞥见杰西从候诊室的另一端走过来。“我得挂了。”她说着挂上电话。“杰西？”她一边说，一边迎着他急急地走上前，“怎么样？”

“都没事儿。反正他们这么说。”

“菲奥娜怎么样？”

“她害怕。”他说，“我想让她平静下来，可医院里这帮人一直把我往外赶。一有正经人物过来，他们就叫我走开。”

说是新潮，玛吉想，可真碰上要紧事，男人还是被挡在门外。

杰西又回到菲奥娜那边，不过每隔半小时左右就露一次脸，向玛吉报告进展。什么阶段、多少厘米。“眼下进展迅速。”有一回他说。另一回他说：“许多人相信八个月的婴儿比七个月的婴儿更容易出危险，可这是无稽之谈。是迷信。”他的头发一簇簇竖着，像风吹起的草丛。玛吉强忍住没伸出手捋顺它们。他竟然让她想到艾勒。不论他们在其他方面多么不同，可这两人都喜欢对一件事情探根寻底，喜欢未雨绸缪，喜欢掌控全局。

她考虑要不要回家待一会儿（差不多五点了），可她明白回去了也只是在家里焦急地走来走去，所以还是留了下来，一直靠电话联系。戴茜说艾勒烙了薄煎饼当晚饭。“没绿色蔬菜？”玛吉问，“绿色蔬菜呢？”艾勒接过电话，宽慰她说做了香辣海棠果圈佐餐。“香辣海棠果圈不是绿色蔬菜，艾勒。”玛吉说。她觉得越来越想哭。非得亲自监督全家人的营养；非得亲自闯进产房安慰菲奥娜；非得由她伸出手臂拥抱杰西，抱着他摇几下，因为他还只是个孩子，实在太年轻，对付不了眼前的事。可是，她却傻站在这里，站在一间公共电话亭边，捏着一只满是汗味儿的听筒。她感到整个腹部开始抽筋、揪紧。不久前她自己还是产房里的一名孕妇，她的腹肌这会儿正这么提醒着她。

她跟艾勒说了再见，朝杰西消失在里面的那儿道门走去。她走过一条走廊，心里祈祷着，哦，至少撞进一间躺满小娃娃的婴儿室，可以让她的情绪高涨些。她经过另外一间稍小的候诊室，可能通向化验室或者内务办公室。一对老夫妇坐在两张塑料扶手椅上，他们对面坐了一个穿着油漆斑驳的工装裤的壮汉。正当玛吉放慢脚步往里瞧时，一名护士叫道："普伦先生？"老头儿站起身，放下一册簇新的杂志，朝里屋的一扇门走去。玛吉若无其事地走进去，就好像她完全有权进去似的，她一把抓起杂志，同时还笨手笨脚地行了个屈膝礼，向老妇人表示她无意打扰。她在工装裤汉子旁边坐下。不用说，又是一本妇女杂志，不过至少书页还飘着天然树脂的异香，被曝光隐私的电影明星们的发型还相当时髦。她浏览着一篇有关节食新招的文章。挑选一种自己着迷的食物，然后放开肚皮大吃，一天三顿，不吃别的。要玛吉选的话，她会挑莱克星顿市场的牛肉豆子墨西哥卷饼。

在里屋，护士说："好了，普伦先生，给你这只瓶子装你的尿。"

"我的什么？"

"尿。"

"什么？"

"装尿！"

"大声说——我听不见。"

"尿，我说！你把这瓶子带回家！把尿都装进去！二十四小时的统统装进去！再把瓶子带回来！"

他太太坐在玛吉对面的椅子里，尴尬地干笑一声。"他聋得像块木头，"她对玛吉说，"每件事情非得大吼才能听见。"

玛吉浅笑了一下，摇摇头，不知怎么回答。边上的工装裤汉子动了动。他将两只毛茸茸的大手搁在膝盖上，清清嗓门。“你看，”他说，“这是最滑稽的事。护士的声音我听得一清二楚，可她的话我一个字也不明白。”

玛吉的眼里盈满泪水。她丢下手里的杂志，手伸进提包里掏纸巾，那汉子说：“女士，你没事吧？”

她没法告诉他，是他的友善让她不能自持——这么婉转而不露痕迹，竟出自一个其貌不扬的汉子之口。于是她说：“是我儿子，他要生孩子了。我是说他太太要生孩子了。”

汉子和老太太停了半晌，他们的脸已经准备好摆出恰如其分的惊诧和同情，只等坏消息入耳，可她却无法告诉他们“都怪我，我总是一团乱，从不考虑后果”。所以她换了个说法：“提前了好几个月。远早于她的预产期……”

汉子咂咂舌头。他的前额像块布料一样层层皱起。老太太说：“哦，我的老天。你一定急出病了吧。不过千万别放弃希望，瞧我侄子布莱迪的太太安吉拉……”

这就是为什么几分钟之后杰西走出产房，沿着走廊走来，竟然在走廊一侧的小隔间里，在一圈陌生人当中找到了自己的母亲。他们轻拍着她，低声宽慰她——一位老太太，一个工人模样的汉子，一个手握记事板的护士，一个驼背老头儿，手里还提着只奇大无比的空瓶子。“妈？”杰西说着，一脚跨进隔间，“孩子生出来了，两人都平安。”

“感谢老天！”老太太喊了一声，向天花板猛地伸出双手。

“唯一的问题是，”杰西疑惑地瞥了老太太一眼，说，“是个女孩。我没想过会是个女孩，怎么办？”

“你不会为这件事烦心吧？”老太太质问道，“就在这样的时刻？这孩子是从死神手里救下来的呀！”

“从……”杰西说，过了一会儿，他又说，“不，那只是迷信，八个月——”

“我们快离开这里。”玛吉说着挤出人群，一把拽住他的手臂往外拖。

婴儿占领了整个家！她愤怒的哭声，鸽子般的咕咕声，掺杂着爽身粉和氨水的气味，舞动着的小胳膊小腿儿。她皮肤和眼睛的颜色像菲奥娜，但她的神情、她充沛的精力却像杰西（这时还不是娃娃女士）。她小而精致的五官离得很近，都凑在小脸蛋靠下的地方，所以当菲奥娜把她稀疏的头发在头顶上扎成个小辫儿，她简直就是只丘比特娃娃。那几个神魂颠倒的小姑娘只要不上学，就像推着娃娃一样推着她四处走，她们的手用力抱住她的胳肢窝，贴近她的眼睛，摇晃着她。玛吉替她洗澡时，她们就伸长脖子看，喘着粗气。就连艾勒都流露出些许兴致，尽管他装作没兴趣。“等她大到可以打棒球，叫我一声。”他说。可到了第二个星期，玛吉逮到他朝勒罗伊睡在里面的那只衣柜抽屉斜扫过去一眼。等到勒罗伊学坐时，两人已深陷进只有你知我知的私密交谈。

杰西呢？他是全心全意的——他总是要帮忙，有时候显得碍手碍脚，菲奥娜会这么说。勒罗伊哭闹，是他抱着她来回走；半夜两点喂完奶之后，是他从热被窝里爬起来替她拍奶嗝，再把她抱回玛吉的卧室。还有一次，玛吉带菲奥娜去购物，整个星期六上午他独自一人照顾小娃娃，她俩回来时，勒罗伊照样好端端的，尽管他小心地替她穿好了衣服，小背带裙的背带挂在领口，双荷叶边儿被严重压坏。玛吉觉得痛心，但不知为什么。他声称自己从来就不想要男孩子，就算他曾经想要，也记不清为什么了。“女孩儿棒极了。”他说，“勒罗伊棒极了。除了，你瞧……”

“除了？”玛吉问。

“哦，就只是……唉，她出生前，我有种，就像是，期待。现在我没什么可期待了。你明白吗？”

“哦，会过去的。”玛吉说，“别担心。”

可是，过后她对艾勒说：“我从来没听说过爸爸也会得产后忧郁症。”

如果妈妈不得，爸爸就会得，说不定是这样？因为菲奥娜本人很乐天派，没心没肺的。她把小娃娃举在空中飞来飞去的时候，自己都不像个妈妈，倒更像那几个神魂颠倒的小姑娘。她花了太多心思在勒罗伊用的小东西上，玛吉觉得——她的花边衣服，她的扎了丝带的小辫子。也许只是看上去如此。也许是玛吉在嫉妒。的确，她痛恨每天早晨不得不放开小娃娃去上班。“我怎么可以放开她？”她对艾勒抱怨，“菲奥娜根本不懂怎么照管孩子。”

“哦，只有这样她才学得会。”艾勒说。玛吉这才勉强离开，心中十分不情愿，一天要往家里打好几回电话，看看家中情况如何。可家里的情况总是好端端的。

一天下午在养老院，她听见一名中年访客跟他的母亲——一位坐在轮椅里，神情茫然、卜巴皮肤松弛的老太太——说话。他跟她说自己的太太，说他的孩子们。他母亲只是将膝盖上的病号毯捋捋平。他跟她说自己的工作。他母亲摘掉几根线头，轻轻弹在地下。他告诉她家里收到一张寄给她的明信片，告诉她教会要在复活节进行一次义卖，他们要她选一项志愿服务的项目。这叫儿子觉得滑稽，因为他母亲连自己都照顾不了。“你挑什么，他们就让你做什么。”他笑着说，“你可以在刺绣摊位当接待，也可以照看孩子们。”他母亲的手停了下来。她抬起头，脸上绽放出神采。“哎呀，”她轻声叫道，“我来管孩子们！”

玛吉明白她的感受。

勒罗伊是个又高又瘦的孩子，菲奥娜担心那只抽屉她马上要睡不下了。“你什么时候开始打摇床？”她问杰西。而杰西说：“这就开始，这就开始。”

玛吉说：“也许我们可以买一张儿童床。新生儿的摇床，不用多久她就睡不下了。”

可菲奥娜说：“不要，我心心念念等着那张摇床。”她对杰西说：“你答应的。”

“我不记得自己答应过。”

“你答应过。”她说。

“行！我去打！难道没告诉过你我去打？”

“你不用冲我吼。”她说。

“我没吼。”

“你就在吼。”

“没吼。”

“又吼了。”

“孩子气！孩子气！”玛吉说，以为菲奥娜在闹着玩。

然而，仅仅是以为。

一次吵架后，菲奥娜抱起小娃娃去姐姐那里过了一夜。也许算不上吵架，只是一点误会。乐队要在巴尔的摩闹市区一家夜总会演唱，像往常一样，菲奥娜打算一起去，可杰西担心勒罗伊感冒了，不该留下她一个人。菲奥娜说玛吉会好好照顾她而杰西说小孩子感冒了需要妈妈接着菲奥娜说真是奇怪他这么在乎孩子却不在乎自己的妻子而杰西说……

咳。

菲奥娜走了，第二天早晨才回来。玛吉担心她一去不回，让可怜的生病的孩子跟着遭殃，她需要照料，而菲奥娜能给她的远远不够。说实话，她没准一直打算弃他们而去。唉，瞧瞧她那只玳瑁香皂盒！差不多一年了，她居然还一天两次捧着玳瑁盒、装在塑料筒里的爱门牙膏（不是墨兰家用的牌子）和一支牙刷去浴室，怪吧？而她的梳洗用具居然一直放在衣柜上的透明旅行包里？她形同过客，从来就没想过要在这个家里安顿下来。

“去追她。”玛吉对杰西说。可杰西问道：“我干吗去追？是她自己要走的。”杰西上班时，菲奥娜回来了，脸色苍白，眼睛浮肿，一缕缕未打理过的头发缠在风衣兜帽的仿毛皮镶边上。勒罗伊则被胡乱包在一方香艳的雏菊花样裹被里，这东西肯定属于她姐姐。

玛吉的母亲说得没错：这个家庭一代不如一代。各个方面都在滑坡，不光是他们的职业、教育，还有他们的育儿方式和持家的样子。（“到处都一团糟，你怎么看得下去？”玛吉脑子里又响起这句话。）

达雷太太居高临下地望着熟睡的勒罗伊，不满地瘪起嘴。“他们竟然把婴儿放在抽屉里？他们竟把她放在这里，跟你和艾勒住在一起？他们怎么想的？一定是那个菲奥娜干的。真的，玛吉，那个菲奥娜实在太……唉，她连个巴尔的摩姑娘都算不上！有谁把威科米科县读成威哭米哭！我听到的吵闹又是怎么回事？”

玛吉侧耳细听。“是罐装燃料。”她想了想说。

“《老实人》[1]？我没问你叫什么名字，我是问为什么放这东西？你们小时候，我放贝多芬和勃拉姆斯，我放过瓦格纳的全部歌剧。”

是的，瓦格纳的宏大浮华重重地压着家里的每个角落，那种枯燥无趣的感觉让玛吉记忆犹新。还有，当她以“我连同艾玛一起去——”开始一则重要的故事时，立即会被妈妈打断。（“‘艾玛和我’，请这么说。”）这弄得她沮丧极了，她发誓绝不这么对待自己的孩子，他们爱怎么讲她就怎么听，语法自然而然会改正。不过至今还没有改正，至少对杰西来说是这样。

也许她是故意让自己滑坡的。如果真是这样，她要向杰西道歉。也许他只是延续了她的反判计划，不然——谁说得准？——他说不定已经当上了律师，就像达雷太太的父亲。

唉，为时已晚。

勒罗伊学会了爬，接着就从抽屉里爬出来了。第二天，艾勒回家时带回来一张儿童床。他一句话不说，在他和玛吉的卧室里将小床组装好。菲奥娜在门口看着，也一句话不说。她的眼圈显得灰黄黯淡。

①伏尔泰的讽刺小说，书名的英文发音和“罐装燃料”发音近似。

九月的一个星期六，他们给艾勒的父亲过生日。按玛吉的惯例，每逢他生日都要去匹姆里科赛马场——全家都去，哪怕意味着相框店要歇业一天。他们会带上丰盛的午餐，每个人发十块钱赌金。以前，一家人都挤在艾勒的汽车里开车过去，现在是不可能了。今年，他们多了杰西和菲奥娜（去年这时候他们度蜜月去了），还有勒罗伊，艾勒的姐姐琼妮也豁出去要参加这次旅行。所以杰西借了乐队装演唱器材的面包车。车身上横刷着"旋转猫"几个大字，有些字母上画了条纹，就像猫尾巴。他们把装午餐的藤条箱和婴儿用品搬进后备厢，然后开车去相框店，接上艾勒的父亲和姐姐们。琼妮依旧穿着她平时出门的衣服，上衣和裙子一概斜向裁剪，还举了一把合不上的太阳伞。她爬进面包车时，碰上了点儿麻烦。多莉抱着她的"赫兹勒"衣盒，比起太阳伞来，衣盒更麻烦。不过这天大家都好言好语好心情，即便是艾勒的父亲，他总是说自己年纪太大了，不要再闹哄哄地过生日。

天气晴好宜人，早晨很凉爽，太阳慢慢先晒暖了外衫，再暖了里层的衣服。戴茜想让大家唱《凯卜镇赛马》[①]，艾勒的父亲脸上露出了勉强的不自然的笑容。所谓家庭就该是这样，玛吉想。从停车场去赛马场的客车上，他们一家人足足占了一半的座位——要是你算上那些尿布袋子、平放在空座位上的午餐藤条箱和挡着走道的小推车的话。她觉得挺对不起和他们一家同车的乘客。他们或是独坐或是结伴而来，基本上都是一副打发日子的模样。他们穿着朴素，表情严肃，目的明确。他们来赢钱，但墨兰一家来庆祝。

①美国民谣作曲家斯蒂芬·福斯特创作于1849年的作品，内容描写黑奴生活。

他们在露天看台上稀稀落落地占据了一整排座位，勒罗伊坐在推车里，停在旁边。随后，自诩精通马经的墨兰先生起身去小围场打探马匹的情况，艾勒也跟着走了，去陪他。杰西碰到一对熟人——男的穿着摩托装，女的很瘦，穿着饰有流苏的麂皮裤——跟他们一起不知去了哪里，他对赌马没什么兴趣。女眷们坐下来挑她们中意的马，就挑名字叫起来响亮的马，这种方法似乎和其他方法一样奏效。玛吉挑中了一匹名叫慈悲无极的马，不过琼妮不同意。她说它听上去不像一匹斗志昂扬的马。

因为小孩子的缘故，她大概正在出牙还是什么，有点儿闹，所以她们轮流去窗口下注。菲奥娜和艾勒的两个姐姐先去，留下玛吉看着勒罗伊和戴茜。等她们回来，玛吉和戴茜再去。戴茜满脑子精明建议。“你应该，”她说，“照赔率表各押两块钱，这样最保险。”玛吉说：“要是只求保险，我就在家坐着了。”她打算把赌金统统押在四号上。（从前，她曾经想叫一家人把赌金都凑起来，直接奔向五十块钱起赌的窗口，那个既惊险又刺激、她从未走近过的地方。不过，她现在很明白，也就闭口不言了。）在路上，她们碰上了艾勒和他父亲，他们正在讨论统计数字。骑师的体重，他们之前的记录，马的最短时间，跑得最顺的草皮类型——要是你真在意，要考虑的因素实在太多。玛吉押了她的十块钱赌注便走了，戴茜留下来，加入男士们的行列，三个人站着在那儿仔细研究策略。

“这孩子把我累坏了。”玛吉一回到座位，菲奥娜就说。勒罗伊显然不要别人抱，一个劲儿往地下爬，地下尽是易拉罐拉环和烟蒂。本该做帮手的多莉却打开“赫兹勒”衣盒，从里面拿出棉花糖，从这头到那头顺着整排座位整整齐齐摆出一排来。玛吉说："过来，我来抱她，可怜的小乖乖。"她抱着勒罗伊下去，到围栏前去看马，它们刚刚聚集在起跑栏前，踩着碎步。"马儿怎么说话的啊？"玛吉问。"嘶——嘶——嘶！"她又自己嘶叫几声。这时艾勒和他父亲回来了，不过还在争论不休。争论的话题是墨兰父子从一个没牙的男人手里买来的一份赛马秘籍。"你们投票给哪匹马？"玛吉问他们。

"不是投票，玛吉。"艾勒告诉她。马开始赛跑了，看上去像老派玩具似的。它们呼地飞驰而过，声音就像风刮过一面旗帜。接着，就这样，就赛完啦。"这么快！"玛吉惋惜地说。她永远想不通一切怎么会结束得那么快，几乎没什么可看的。"真的，棒球更有看头。"她对小娃娃说。

电子显示屏上报出结果。四号连影子都看不见。玛吉顿时觉得松了口气。她不需要再去挑选一匹马了。说起来，赢了一小笔的只有墨兰先生。他赌了八号，赢了六块钱，那匹马是那张赛马秘籍推荐的。"看到没有？"他对艾勒说。戴茜没下赌，她留着赌金给她认为能稳操胜券的马。

玛吉把小娃娃交给戴茜，开始往外拿午餐。"有黑麦面包夹火腿，白面包夹火鸡，小麦面包夹烤牛肉，"她唱道，"有鸡肉沙拉，魔鬼蛋，土豆沙拉，凉拌卷心菜丝。有桃子，新鲜草莓，西瓜球。别忘记留些肚子吃生日蛋糕。"旁边的人嚼着赛马场上买来的垃圾食品。他们的目光好奇地朝那几只藤条筐里扫，每只筐边上，戴茜都垫了一圈浆洗得挺括、折成角的格子布。玛吉开始分发餐巾。"杰西呢？"她一边问，一边朝人群里看。

“我不知道。”菲奥娜说。不知怎么回事，勒罗伊最终又回到她手上。勒罗伊皱起小脸，呀呀地哭闹着，菲奥娜就让她贴着自己的肩，用力抖她。哼，玛吉早就料到会这样。你不能这样剧烈地抖孩子，难道菲奥娜到现在还不知道？难道本能和天性不曾告诉她？玛吉感到一阵火气从背脊下面腾地升起。平心而论，让她生气的不只是菲奥娜，还有那阵哭闹——勒罗伊尖厉的“啊，啊”。她若不是正往纸盘子里装食物，自己就去抱孩子。可当时的情形下，她也只能提议：“把她放在推车里试试，菲奥娜。说不定她会睡觉。”

“她不会睡觉，只会再爬出来。”菲奥娜说，“哦，杰西在哪儿？”

“戴茜，找你哥去。”玛吉命令道。

“不去，我在吃东西。”

“快去。看在老天的分上，我没长八只手。”

“他和他那些没脑子的朋友去了别的地方，又不是我的错。”戴茜说，“我刚开始吃三明治。”

“听着，年轻的女士……艾勒？”

可是，艾勒和他父亲又跑去窗口了。玛吉说：“哦，看在——多莉，能不能替我把杰西找来？”

“哎呀，可我在发放这些棉花糖。”多莉说。

棉花糖顺着他们这排看台座位笔直地排开，就像一条虚线，因此没人能坐下。一直有人在这排座位的另一端停下，想找个空位，可他们一见到棉花糖便走开了。玛吉叹了口气。背后，号角声在晴朗寂静的空中响起，可她却面对一排排露天看台，开始在人群中寻找杰西。这时，琼妮两只手紧紧握住太阳伞，抬起手肘推掉了多莉的几块棉花糖，一屁股坐下。“玛吉，”她哆嗦着说，“我感到很、很……我说不出，就突然……”

“深呼吸。”玛吉干脆地说。她这种情况时不时就出现一次。“把自己想成这里的其他人。”

“我想我要晕倒了。”琼妮说。她冷不防将两只穿着细高跟凉鞋的脚朝空中一晃，人已经直直地躺在座位上了。太阳伞仍然握在手中，立在她的胸口，像是种在那里。多莉不知所措地朝她跑过去，想救起那几颗棉花糖。

“戴茜，那边，和那几个人一起的是不是你哥？”玛吉问。

戴茜问：“哪里？”不过菲奥娜眼睛更尖。她扭过头来说：“肯定是。”接着，她尖叫了一声：“杰西·墨兰！快滚回来！”

那是种锐利刺耳的声音。大家都睁大眼睛。玛吉说：“哦，不，我不会——”

“听见没有？”菲奥娜尖叫道，勒罗伊立刻轰轰烈烈地大哭起来。

“不必大吼大叫，菲奥娜。”玛吉说。

菲奥娜说：“什么？”

她瞪着玛吉，不顾号啕大哭的孩子。这是那种玛吉只盼着能重新来一遍的时刻。（在一个发脾气的女人面前，她总是方寸大乱。）杰西这时不可能听不见有人在叫他，他穿过人群朝这边走来。玛吉说：“啊，他来了！”

“你叫我别朝我的丈夫吼叫？”菲奥娜问。

即使现在，她依然在吼叫。她不得不这样，因为要压过孩子哇哇的哭声。勒罗伊脸蛋通红，一缕缕湿头发粘在额上。说实话，她看上去真不好看。玛吉感到一股冲动，想扔下这群人一走了之，就当她和这群人没关系。但是恰恰相反，她放缓了口气说：“没有，我的意思是他离我们不远，你瞧——”

“你完全不是这意思。”菲奥娜说，她把孩子抱得紧紧的，“你就想叫我们听你的，你一向这样。我们怎么过日子都要听你的。”

“真的不是，菲奥娜——”

“怎么啦？”杰西走到她们中间，轻飘飘地问。

“妈和菲奥娜吵架了。”戴茜说。她文雅地咬了一小口三明治。

“我们没吵架！”玛吉叫道，“我只是建议——”

“吵架？”艾勒说，“怎么了？”

他和墨兰先生突然都出现在杰西背后的过道上。“这儿怎么啦？”艾勒问，压过了勒罗伊的哭声。

玛吉告诉他：“没怎么！看在老天的分上，我只是说——”

“你们这些人，难道不能自己管好自己的事儿？”艾勒说，“为什么琼妮这样躺着？怎么一转眼就弄成了这样？”

太冤枉，太冤枉。听他这口气，你会觉得这些事情是家常便饭。你会觉得艾勒大有希望得诺贝尔和平奖。“告诉你，”玛吉对他说，“我正站在这儿管自己的事儿——”

“自从认识你以来，我就知道你只会多管闲事。”菲奥娜说。

“菲奥娜，你冷静冷静。”杰西说。

“冷静的该是你！”菲奥娜转过头冲着他尖叫，“你以为这个孩子只是我的事？为什么她总黏在我手上，而你却溜开和朋友凑到一块儿，回答我！”

“他们不是我朋友，他们只是——”

“他还和他们一起喝酒。”戴茜的眼睛盯着三明治，嘀咕道。

“哦，有什么大不了的？”杰西冲着她说。

“从那女孩扁塌塌的银瓶子里喝。”

“我喝了又怎样，马屁精小姐？”

“听着，”艾勒说，“大家都坐下，冷静冷静。我们挡了别人的视线。”

他为了示范，便一屁股坐下，不过马上扭头朝背后看。

“我的棉花糖！”多莉尖叫。

“你不能把棉花糖摆在这里，多莉。大家没地方坐了。”

“你坐坏了我的棉花糖！”

“我想我要生病了。”琼妮仰面朝天，冲着伞骨说。

勒罗伊哭得每一声都哽哽咽咽，喘不上气。

艾勒又站起来，拍了拍屁股。他说：“听着，你们这些人——”

“你能不能别叫我们‘你们这些人’？”菲奥娜喊道。

艾勒一噎，面露惊色。

玛吉感觉有人扯了一下她的衣袖，她回过头。是墨兰先生，他不知怎么转到她背后来了，举起一张马票。“怎么了？”她问。

“我中了。”

“中什么？”

“刚才那场赛马！我的马单胜。”

“哦，赛马。”她说，“不是……”

可玛吉的注意力又转向了菲奥娜，她正一口气数落着似乎是这几个月里积攒起来的杰西的一连串不是。“……我早就知道嫁给你真是蠢透了，我没说过？可你头脑发热硬要在一起。你，还有你的橡皮奶嘴，你的斯波克大夫……”

露天看台上坐在他们后面的人都刻意望着别处，但相互传递着意味深长的眼神和笑，偷笑。墨兰一家成了一台供大家观看的好戏。玛吉简直无法忍受。她说：“求你们了，我们能不能坐下来啊？”

“你和你那张著名的摇床，”菲奥娜对杰西说，“你答应我之后，就一根棍子都没再做过，你向我发过誓——”

“我从没向你发过誓！你为什么总提摇床这玩意儿？”

“你手按《圣经》发过誓。”菲奥娜冲他说。

“哎哟，老天！我是说，也许我是一时突发奇想。可我疯了吗，要做这么个玩意儿。现在我是看明白了：等我做完，爸会站在那里对我的每一锤子挑刺，叫我明白我有怎样一个不开窍的榆木脑袋，而你会跟平时一样附和他，我敢打赌。叫我自己跳进这个坑？没门儿！”

“呵，你不是还买了木料吗？”

“什么木料？”

“你买了那些长木棍。”

“木棍？做摇床？我从没买过什么木棍。”

“你母亲告诉我——”

“我怎么用木棍做摇床？”

“做轴，她说的。”

他们俩一起看着玛吉。巧得很，孩子这时止住了哭声，哽咽地打了一个嗝。一个男低音从高音喇叭里轰隆隆地滚出来，宣布“恶霸”

退出比赛。

艾勒清了清嗓子说："你们是不是在说木销？那些是我的。"

"艾勒，别。"玛吉哀叹一声，只要他别把鸡毛蒜皮的事实抖落出来，就还有机会缓和局面。"那些就是你做摇床的木轴。"她对杰西说，"蓝图都已经有了，对不对？"

"什么蓝图？我只不过说——"

"要是我没记错。"艾勒打断了她，说，"那些木棍是我买来在走廊后的角落搭晾衣架的。那个晾衣架你们都看见了。"他就这么死脑筋。

"晾衣架。"菲奥娜说。她继续瞪着玛吉不放。

"哦，哎哟。"玛吉说，"摇床这事太傻了，是不是？我是说，就好像一家人才走出殡仪馆，就开始为一条从一毛钱店铺买来的项链争吵起来。这实在是……再说，勒罗伊也不可能再睡摇床了。她不是已经有了艾勒买的漂亮小床？"

勒罗伊不再大哭，但不断地打嗝，专注地盯着玛吉。

"我就是为了摇床才嫁给你的。"菲奥娜冲着杰西说。

"哦，这太荒唐了！"玛吉说，"为一张摇床！我从来没听说过这种——"

"够了，玛吉。"艾勒说。

她住了嘴，可嘴巴还张着。

"要是你为一张摇床嫁给杰西，"艾勒对菲奥娜说，"很不幸，那是你的错。"

"哦，艾勒！"玛吉喊了一声。

"闭嘴，玛吉。她不该跟你说那些话。"艾勒又对菲奥娜说："这是玛吉的缺点：她觉得改变别人的生活没什么不对。她喜欢谁，就把他们想得太好，接着就会去做安排做调整，把事情变得符合她心里的样子。”

“全是假话。”玛吉说。

“但实际情况是，”艾勒平静地对菲奥娜说，“杰西不是个能把每一件事情坚持到底的人，哪怕只是一张摇床。他有缺点。我知道他是我儿子，可他有缺点，你最好面对这些缺点。他不是个有恒心的人。他一个月前丢了工作，却每天出去和朋友混，不去找工作。”

玛吉和菲奥娜不约而同地说：“什么？”

“他们发现他高中没毕业。”艾勒告诉她们，接着又补充了一句，“他还跟一个姑娘见面。”

杰西说：“你胡说什么？那女孩不过是个朋友。”

“我不知道她的名字，”艾勒说，“不过她属于一支叫‘麻烦女孩’的摇滚乐队。”

“我告诉你，我们只不过是好朋友！她是戴夫的女朋友！”

菲奥娜像是瓷做的，脸色煞白，面无表情，只有瞳仁是乌黑的。

“要是你已经知道，”玛吉追问艾勒，“为什么不早说？”

“我觉得不该说。我个人不赞同改变别人生活的做法。”艾勒说，说完（玛吉正要开始恨他）脸一沉，咚的一声瘫坐下去，“哪怕现在，我也不该说。”

因为他，一整排棉花糖蹦得到处都是。不过多莉总算还能审时度势，弯下腰安静地将它们一颗一颗收起来。

菲奥娜伸出手。“把钥匙给我。”她对杰西说。

“啊？”

“面包车的钥匙。拿来。”

“你去哪里？”杰西问她。

“不知道！我怎么会知道？我只想离开这里。”

“菲奥娜，我只不过跟那女孩说说话，因为她不像别人那样认为我傻。相信我，菲奥娜。”

“钥匙。”菲奥娜说。

艾勒说：“给她，杰西。”

“可——”

“我们坐公共汽车回去。”

杰西的手伸进牛仔裤后兜。他摸出挂在一只黑胶玩具运动鞋上的钥匙串。“那你回家去，还是怎么……”他说。

“我不知道。”菲奥娜一把从他手里夺过钥匙。

“那你要去哪里？你姐姐家？”

“随便哪里。跟你无关。我不知道去哪里。我只想自己过自己的日子。”她说。

说完，她抱起小孩扬长而去，扔下尿片袋、小推车和纸盘子里的午餐，盘里的土豆沙拉变成了黯淡的灰白色。

“她会回心转意的。”玛吉对杰西说，接着她又说：“这事我永远不会原谅你，艾勒·墨兰。”

玛吉感觉衣袖又被什么扯了一下，她扭过头。艾勒的父亲依旧举着那张马票。“那本秘籍我算是买对了。”他说，“说到秘籍，艾勒有什么话说？”

“没什么好说的。”玛吉恼火地说，说着便开始包菲奥娜的三明治。

她听见周围的人低声私语，就像一池涟漪一圈圈往外荡漾。

“他说什么？”

“秘籍。”

“她说什么？”

“没什么好说的。”

“她说了什么的，我看见她的嘴动了。”

“她说：‘没什么好说的。’”

“可我觉得我看见——”

玛吉站直了，面对露天看台上的一排排看客。“我说：‘没什么好说的！’”她声音清晰地喊道。

有人倒吸一口气。他们的目光都转向了别处。

真稀奇，艾勒说，看看人们是怎么自欺欺人，相信自己愿意相信的事情。（看看玛吉是怎么自欺欺人的，他是这意思。）警察局控告杰西酗酒和扰乱社会治安，玛吉威胁要去告警察局时，艾勒就这么说；玛吉非说旋转猫比甲壳虫好时，艾勒也这么说；她拒绝接受菲奥娜一去不回的事实时，艾勒还这么说。

那天赌马活动结束以后，玛吉陪杰西坐到很晚，她假装织毛衣，尽管她织了多少就拆了多少。杰西一直在用手指敲打椅子的扶手。“你能不能安静地坐着啊？”玛吉问，接着又说，“也许你该再给她姐姐打个电话。”

“我已经打了三回了，老天。她们肯定故意不接电话。”

“也许你该自己跑一趟。”

“那会更糟。”杰西说，“我站在外面敲门，她们躲在门里听。我打赌她们会笑话我，转着眼珠对视，翻白眼。”

“她们不会那样！”

“我应该把面包车还给戴夫。”杰西说。

他起身走了。玛吉没阻止他，因为她猜他一定会偷偷跑去菲奥娜姐姐家。

一家人从匹姆里科赛马场回来时，面包车就停在门外。一时大家都松了口气，每个人都以为菲奥娜在家里。钥匙就在门口书架的顶上，大家向来习惯把钥匙、脱下的手套和告诉别人他们什么时候回家的便条放在那里。可是菲奥娜没有留下只字片言。她和杰西同住的屋子里，没铺好的床铺像冻住了一般。床单的一道道皱褶显得有些坚硬。玛吉和艾勒的卧室里，儿童床空荡荡、冷清清的。不过不可能一直空下去。没有打好包的行李，也没少一件东西。就连菲奥娜的梳洗用具都仍旧在衣柜上的旅行小包里放着。“看见没有？”玛吉指着旅行小包告诉杰西，因为他也在担心，她看得出来。“哦，没错。”他说，又有了信心。她又从过道走进浴室，见到了平时放在那里的一排橡皮鸭和小拖车。“你们这些人。”她兴奋地说着，跑了出去。又经过杰西的卧室时，她看见杰西站在衣柜前，眼睛半闭，鼻子埋在菲奥娜的香皂盒里。她完全能理解。气味能唤起对一个人的回忆，甚至比照片还清晰，这一点她难道还不明白？

夜渐渐深了，可杰西还没有回来。她告诉自己，他一定找到了菲奥娜。他们一定促膝长谈。她一把拆掉歪七扭八的编织品，将毛线又绕成线球，然后上了床。艾勒在黑暗里嘀咕一声：“杰西回来了？”

“没有，菲奥娜也没有，两个都没回。”她说。

“唔，哦，菲奥娜。”他说，“菲奥娜不会回来了。”

他的声音突然格外清晰。那是一个人在说梦话，这让他的话显得不可侵犯。玛吉感到一阵愤怒。他说得倒轻松。他想都不想就给别人下结论了。

她突然想起，艾勒以没完没了地阅读那些天涯客如何孤身一人飘过大西洋的书为乐。原来如此！

不过，他没说错：第二天早晨，菲奥娜还是没出现。杰西下楼吃早餐，脸上还是麻木的神情。玛吉不愿意问，不过最终还是开了口：“宝贝儿，你没去找她？”

“没。”他答得飞快，接着以问玛吉要果酱的腔调挡掉了所有的问题。

一直到下午，她突然想到了“违反常规”这个概念。他们怎么没想到这个？没有哪个带小孩出门的人会忘记菲奥娜留下的东西——尿布，小推车，勒罗伊喜欢用来喝果汁的粉红塑料儿童水杯。她们准被人绑架了，说不定更糟，在街头械斗中被击中。他们应该立马报警。她立刻告诉正在客厅里看周日报纸的艾勒。艾勒竟连眼皮都不抬。“别去出洋相，玛吉。”他平静地说。

“出洋相？”

“她是自愿离开的。别去麻烦警察。”

“艾勒，年轻妈妈出门，不会只带一只提包。她们要收拾行李。她们必须这么做！想一想，”她说，“她去匹姆里科赛马场一趟，带了所有的东西吧。你知道我怀疑什么？我怀疑她回到这里，停了车，抱着勒罗伊去杂货铺买出牙饼干——我昨天早晨听见她说出牙饼干快没了——正撞上一起抢劫案。你读到过强盗怎样专门挑选妇女幼儿当人质吧！效率高！能得到想要的结果。”

艾勒从报纸上方茫然地看了她一眼，似乎对她说的毫无兴趣。

“哎呀，她都没带走自己的香皂！自己的牙刷！”她对艾勒说。

“她的旅行小包。”艾勒一语道破。

“没错，要是她自愿离开的话——”

“她的旅行小包，玛吉，就像她住旅馆时要用的那些东西。现在她回家了，我不知道是回她姐姐家还是妈妈家，那里才是她真正的家，她不需要旅行小包。”

“哎呀，胡说八道。”玛吉说，“看看她的壁橱就知道了，挂满了衣服。”

“你那么肯定？”

“当然。我一开始就查过壁橱。”

“你就那么肯定里面没少几件衣服？她喜欢的毛衣？她常穿的夹克衫？”

玛吉想了想，站起来，沿走廊径直去了杰西的卧室。

杰西躺在床上，衣服穿得好好的，两条手臂枕在脑后。她进门时，他盯着她看。“打搅一下。”她说着打开了壁橱。

里面挂着菲奥娜的衣服，很好，可她的风衣和她喜欢在家里穿的宽松的条纹上衣却不见了。只有两三条裙子（她几乎不怎么穿裙子），几件衬衫，一条带荷叶边的、她总认为穿着显胖的连衣裙。玛吉转身朝菲奥娜的衣柜走去。杰西就在床上望着她。她猛地拉开一只抽屉，看见一条蓝色牛仔裤（人工漂白褪色的，这种褪色方法眼下已经不时髦了），牛仔裤下面是两件去年冬天穿的高领毛衣，毛衣下面是一条前面镶松紧带的孕妇休闲裤，好像考古挖掘时一层接着一层。玛吉恍惚间有一种幻觉，要是她再继续向深处挖掘，便会挖出啦啦队队服、小学生校服以及菲奥娜的婴儿服。她将一层层的衣服放平整，关上了抽屉。

“那她会去哪里？”她问杰西。

有相当长的一段时间，他似乎不打算回答她。不过最后，他总算说：“我想她在她姐姐那里。”

“你说你在那里没找到她。”

“我没去。”

她想了一下，随后说：“哦，杰西。”

“要是我让自己出丑，就完蛋了。”

“杰西，宝贝儿——”

“要是我得去求她，我宁可没有她。”他说。

说完，他将脸扭向墙壁，结束谈话。

两三天之后，菲奥娜的姐姐打电话过来。她说：“是墨兰太太？”那种驴叫的声音，玛吉一听马上认了出来。“我是克丽丝特尔·斯塔奇。”她说，“菲奥娜的姐姐。”

“哦，当然！”

“我想知道过一会儿你在不在家，我们可以过去拿她的东西。”

“当然可以，来吧。”玛吉说，因为正巧杰西也在家——还躺在床上。她一挂掉电话就立刻去找他。“是菲奥娜的姐姐，”她说，“克丽丝汀娜？”

他眼睛朝她一转。“克丽丝特尔。”他说。

“克丽丝特尔。她们来拿她的东西。”

他慢吞吞地坐起来，腿一晃，穿着皮靴的脚垂到床边。

“我出去买点东西。”玛吉对他说。

“什么？别，等等。”

“这样家里就你一个人了。”

“等等，别走。我怎么——我们可能需要你。”

“需要我？需要我做什么？”

“我怕自己对她说难听的话。”他说。

“宝贝儿，我相信你不会对她说难听的话。”

“妈，求你。”他说。

所以她就留了下来，不过她走进了自己的卧室，不妨碍他们。她的卧室在房子的前端，因此当一辆车开过来时，她撩起窗帘就能看见来者是谁。是克丽丝特尔和一个健壮的小伙子，毫无疑问，就是那位老是被菲奥娜挂在嘴边的大名鼎鼎的男朋友。这就是克丽丝特尔所说的“我们”，菲奥娜不见踪影。玛吉放下窗帘。她听见门铃响，听见杰西高喊一声：“来啦！”他一步两级台阶地跨下楼。之后，停了半晌，她听见模糊而简短的对话。门又砰了一声。他把他们踢出门了还是怎样？她再次撩起窗帘往下偷窥，看见出门的是杰西，而不是客人——他把头缩在黑色皮夹克里，沿着人行道匆匆走了。楼下走廊里，克丽丝特尔喊道：“墨兰太太？”这回她的声音不太像驴叫，而且略有迟疑。

“马上来。”玛吉说。

克丽丝特尔和她的男朋友从酒铺子里弄来几只纸板箱，玛吉帮他们一起装，或者说想要帮着一起装。她取下一件挂在衣架上的衬衣，慢慢地、恭敬地将它叠起，可克丽丝特尔却说：“那些衬衫你可以送给老兵去。别管人造丝的衣服，菲奥娜告诉我的。她现在搬回家住了，壁橱里没多少空间。”

玛吉说：“哦。”将衬衫摆在一边。她不由得心生羡慕。只挑走货真价实的好东西，然后从留下的废物堆里一走了事，难道不爽快吗？克丽丝特尔和男朋友开车扬长而去，只留下一堆废物。

后来，杰西在唱片店找了一份工作，不再赖在床上，而戴茜和那几个神魂颠倒的小姑娘又回到了“满分”太太那里。又剩下玛吉一个人了。忽然间，又没人和她聊天了，身边也不再热闹，孩子们提供给她的窥探别人家事的机会也被剥夺了。就是从那时起，她开始暗访卡特威尔镇，虽说并不尽如人意。有时下班后，她也会去相框店，而不是回空荡荡的家。但去了以后，她又纳闷为什么要去，因为艾勒常常忙得顾不上跟她讲话。反正，他说，过几个小时他就回家了，是不是？她来这里晃干什么呢？

于是她爬上楼梯，去他父亲和姐姐的家，听他姐姐一遍遍唠叨最新的肥皂剧剧情，或者听他父亲数落浑身病痛，打发些许时间。除了他所谓的“心脏衰弱”，他还有老花眼，又倍受关节炎之苦。毕竟他已年过八旬。这个家庭里的男人的传统，向来是年纪大了以后才开始当父亲，墨兰先生说起他的曾祖父，那位曾祖父竟然出生在十八世纪。以前玛吉从没想过，可现在觉得极为怪异。她活在一种多么老迈而衰退的氛围里啊！早晨在养老院，下午在墨兰家，晚上和艾勒的接龙游戏同处一室……听到公公消化不良的新病情，她一边将毛衣裹得更紧，一边不住咂嘴。“以前我什么都能吃。”他对她说，“这是怎么搞的？”他用茫然无神的眼睛盯着她，好像在等待答案。近来他的上眼皮生出一道道褶，像肉袋，切罗基祖母的模样在他身上一年比一年明显。“罗娜根本不知道衰老是怎么回事。”他对玛吉说。罗娜是艾勒的母亲。“她还没经历这些就已经死了，”他说，“皱纹，关节鼓起，嘎吱作响，胃气痛——她都逃过了。”

“哦，可她受了别的苦啊，”玛吉提醒他，“没准更厉害。”

“就好像这辈子她没真正活过。”他说，没理会她的话，“我是说完整的一辈子，死到临头时所有招架不住的事儿。”

他听上去满腹牢骚，觉得自己的妻子逃脱了什么似的。玛吉又咂咂嘴，拍拍他的手。那感觉就像摸一只鹰爪。

她最后还是会回到楼下，回到艾勒这里，软磨硬泡地叫他早几分钟打烊，陪她一起走回家。他慢吞吞地跟着她，目光茫然，心思也不知在哪里。他们路过拉金姐妹家的房子时，玛吉总朝那边瞥一眼，然后飞快地转开目光。以前推着勒罗伊往家走时，她们会看见拉金姐妹家门前的走廊上摆出一匹木马，正眼巴巴地等着她们。木马就像变戏法似的出现在刚才还空空如也的走廊上；一匹小小的、褪色的木头动物，低垂着长长的黑睫毛，羞怯地朝她们微笑。可现在它踪影全无：连那两位年迈的老妇人都知道墨兰这一家人没法过到一起去。

哦，菲奥娜怎么可能对小娃娃没完没了的要求一直保持清醒？不只是喂她吃奶，替她换尿布。勒罗伊胆子很大，会毫无顾忌地从扶梯上和椅子边猛地往下扑，总相信边上会有人接住她。菲奥娜实在太不小心了。玛吉还注意到，她的嗅觉也不灵敏。哎呀，火还没烧起来，几乎还没烧起来，玛吉就能闻到。玛吉可以穿过一座购物中心，分毫无差地嗅出某种处理不当的食物——发霉的、乙醚般刺鼻的气味，类似于孩子发烧时的气味。别人都一无所知，朝一家三明治小摊晃过去，可玛吉会抬起一只手喊道，“等等，这家不行，去另一家。”

她有太多可以奉献的，要是有人肯接受就好了。

现在，做一顿像样的晚餐已经没什么意义了。杰西总是不在，而戴茜又常常在“满分”太太那里吃饭。要是硬留她在家吃，她就闷闷不乐，还不如由她去。于是玛吉只热两份速食晚餐，或者一份罐装汤。有时候，她连这个都不做了。一天傍晚，她没去相框店，而是坐在厨房餐桌边对着空气发了两小时呆。艾勒走进厨房，说：“晚饭吃什么？”她说：“我没法对付晚饭！瞧瞧这个！”她朝眼前的汤罐头挥挥手。“装了二又四分之三份汤。”她照着上面念，“他们在想什么，我难道要给二又四分之三个人做饭？还是给三个人吃，其中一人要缺斤少两？还是应该将多余的留着下顿吃？可你知道我要吃掉多少罐才能匀出一整份？首先留下四分之三份，下一顿剩下一份半，再下一顿剩二又四分之一份。我得开四个罐头，才能吃掉第一个罐头的剩余部分。四个罐头，我告诉你！四个同样味道的罐头！”

她开始哭，泪珠顺着脸颊肆意滚下。她感到就像小时候，明明知道自己蛮不讲理，知道自己的行为让大人惊异，知道自己像个讨厌鬼，可就是想蛮不讲理，而且从中得到快感。

艾勒说不定会转头扬长而去，她有所准备。然而，他却坐进她对面的扶手椅，将两只胳膊搁在桌上，低下头，将脸埋入手掌中。

玛吉停止哭泣。她说：“艾勒？”

他没回答。

“艾勒，怎么回事？”她问他。

玛吉起身，弯下腰拥抱他。她蹲在他身边，想观察他的脸。他父亲出事了？哪个姐姐出事了？还是他对玛吉厌烦得忍无可忍？究竟是什么事？

答案似乎来自他的背脊——来自他像字母C一样弯曲的、温暖而单薄的背脊上突起的骨节。她的手指最先感受到了答案。

他和玛吉同样悲哀，为了同样的原因。他孤独、疲惫而无望，儿子不成器，女儿心里几乎没有他，而他还没弄清楚究竟错在哪里。

他的头依偎着她的肩。他的头发浓密而粗硬，夹杂了些许她以前不曾注意到的灰发。不同于她发现自己的灰发，他的灰发竟那样刺痛她的心。她紧紧抱住他，将自己的脸贴紧他的脸颊。她说：“都会好的。都会好的。”

后来，终于，一切都好起来了。别问她为什么。哦，首先，杰西相当喜欢眼下的新工作，开始一点一点地恢复先前的元气。后来，戴茜也终于宣布“满分”太太实在太“网球这个网球那个”了，又成了家中一员。玛吉也放弃了探访卡特威尔镇的行动，好像在她的心里，勒罗伊和菲奥娜多少已经被淡忘了。不过这些都不是最重要的原因。最重要的是因为艾勒，她相信——因为和艾勒一起在厨房的那个瞬间。尽管后来他们俩没再提起过，而艾勒的举止也没有丝毫改变，日子也照样过下去。

她在座位上坐正，透过挡风玻璃寻找其他人。他们该准备好了。是的，勒罗伊出来了，她倒着走出屋子，提着一个比她还大的行李箱。艾勒挪着后备厢里的东西，哼着一支曲调明快的歌。《公路之王》，这就是他哼的歌。玛吉爬出车，拉开后门。似乎自从早上醒来，尽管自己没意识到，其实她一直在为这个目的而努力：把勒罗伊和菲奥娜带回家。

3

斯塔奇太太的车停他们的后面，刚好留下足够空间让他们挪车。反正艾勒是这么说的。玛吉认为他胡说。“要是那儿没有信箱，说不定还行。”她说，“但信箱就杵在那儿，你倒出来准会撞上它。”

“除非我又聋又哑又瞎。”艾勒说。

后座上，菲奥娜一声轻叹。

“你看，”艾勒对玛吉说，“你在信箱旁站着。要是我太近，你就告诉我。我只要将车头朝院子转几英寸，然后迅速右转拐上车道——”

“我可不管！你会撞上信箱，然后怪我。”

“说不定我们该叫妈妈挪一挪翼虎。”菲奥娜提议。

玛吉说：“呃，哦。”而艾勒则说：“不用，我相信我们能行。”

谁都不想看到斯塔奇太太雄赳赳地走出来为他们提供方便。

“好吧，你开车，”艾勒对玛吉说，“我来指挥你。”

“那撞信箱的就是我，你还是要怪我。”

“玛吉，信箱和翼虎之间足有十英尺。你一绕开翼虎就立刻拐上车道，你就没事了。我告诉你什么时候拐。”

玛吉想了想，说："要是我撞到信箱，你发誓不冲我吼？"

"你不会撞到信箱。"

"你发誓，艾勒？"

"老天在上！好吧，我发誓。"

"你也不会翻白眼，或是牙缝里嘶嘶的——"

"也许我应该把妈叫来。"菲奥娜说。

"别，别，小事一桩。"艾勒对她说，"随便哪个笨蛋都能应付，相信我。"

这话玛吉听上去不顺耳。

艾勒爬出车，走到信箱边站好。玛吉挪进驾驶座。她双手把住方向盘，检查了一下后视镜。角度不对，适合艾勒的身高，而不是她的。她伸手调节了一下。勒罗伊的头顶在她眼前闪过，像手表的背面，闪出一道黯淡的光泽；接着就是艾勒精瘦的身影，弯着胳膊肘，两只手都插在后裤兜里。他身边的信箱像个带半圆形拱顶的房子。

驾驶座也是根据艾勒的身高调节的，太靠后，不过玛吉想这么短短一段路，没什么关系。她换上倒挡。艾勒说："好了，使劲儿将她向左边转……"

为什么一说到棘手的事，他总喜欢用女性人称？一碰上高难度驾驶，这车就变成了"她"。碰上不听话的螺丝钉和拧不开的瓶盖也是，还有笨重的大件家具，一旦需要搬动，都变成了"她"。

她猛地拐上院子的泥地，绕开翼虎，速度稍微快了些，不过车仍在她的掌控之下。她伸脚去踩刹车。刹车不在。或者说，刹车在，但位置不对，比她想的要更近，因为座位挪过。她踩上了驱动杆，而不是刹车板，汽车继续快倒。艾勒大叫："怎——"玛吉仍旧盯着后视镜，只见他一晃，飞身躲开了。她撞上信箱时，"哗嚓！"信箱说。"哇呀！"勒罗伊说，带着惊叹的口气。

玛吉将车挡推上停靠的位置，从车窗探出头。艾勒从泥地上爬起来，拍着手上的土。他说："你非要证明在信箱的事上你说得没错，是不是，玛吉？"

"你发过誓，艾勒！"

"左边尾灯撞烂了。"他说着弯腰去查看。他捅了一下什么东西，发出破碎的声音。玛吉缩回脑袋往前看。

"他发誓什么都不说。"她对菲奥娜和勒罗伊说，"看他怎么说话不算数的。"

菲奥娜茫然地拍了拍勒罗伊光溜溜的膝盖。

"撞个稀烂。"艾勒说。

"你发过誓不冲我吼。"

他嘟哝了一声，她看见他去扶正信箱。从这里看过去，信箱没撞瘪。"我觉得我们不需要告诉你母亲这事情。"玛吉对菲奥娜说。

"她已经知道了。"勒罗伊说，"她在屋子里望着呢。"

没错，有一扇百叶窗的几片条板可疑地斜翘着。玛吉说："哦，今天简直……我也不知道……"她在座位上往下滑，滑到几乎只有肩胛骨留在了座位上。

接着，艾勒出现在车窗前。"试试灯。"他对她说。

"嗯？"

"灯。我想看看她还亮不亮。"

他又开始用“她”了。玛吉懒得坐直，不耐烦地伸出手，拉了一下球形扳手。

“果然。”他在车背后喊道，“左尾灯不亮了。”

“我不想听。”玛吉朝车顶说。

艾勒又出现在车窗边，示意她挪开。“打个赌吗？我们要吃这个罚单了。”他说着拉开车门，爬进车。

“我不在乎。”她说。

“现在就走也已经太晚了。”他说（又一句责备），“不到半路天就黑了，我们会因为不开尾灯而被州警跟踪。”

“那就半路停下，去修一修。”玛吉说。

“高速公路上的维修站，哎哟，你是知道的。”艾勒对她说。他换了挡，往前挪了一点儿，然后稳稳当当地倒车上了车道。对他来说好像不费吹灰之力。“在路堤汽车配件行几乎不花什么钱就能买到的东西，他们却漫天要价。”他说，“我碰碰运气吧。”

“你总可以跟他们解释，你老婆是个不折不扣的傻瓜。”

这句话，他倒是没争辩。

刚上路时，玛吉朝信箱瞥了一眼。信箱竖在那里，除了稍有点斜，看上去好好的。她在座位上转过身，转到可以看见菲奥娜和勒罗伊的角度——两张白皙的、同样发愣的脸。“你们俩没事吧？”她问她们。

“没事。”勒罗伊替她们俩作了回答。她把棒球手套抱在胸口。

艾勒说：“你们没想到还没离开你家门口，我们就捅娄子，是不是？”

“也没料到你硬要捅娄子。”菲奥娜对他说。

艾勒挑起眉毛，冲玛吉翻了个白眼。

这时，太阳已经落山，天色灰茫茫的。牧场的草在风中翻涌。勒罗伊说：“路上到底要走多久啊？”

“就一小时左右吧。”菲奥娜告诉她，“你记得去巴尔的摩要走多久啊。”

玛吉说：“勒罗伊记得巴尔的摩？”

“因为会去看我姐姐。”

“哦，当然。”玛吉说。

她看了一阵风景。暗下去的光线给小房子蒙上了一层无奈而凋敝的颜色。最后她强迫自己开口：“你姐姐还好吗，菲奥娜？”

“还不错，就她本人来说。”菲奥娜说，“她失去了丈夫，你知道。”

“我都不知道她结婚了。”

“哦，对，你不知道。”菲奥娜说，“她和她男朋友结婚了，艾弗里？婚后不到六个星期，他死于一次建筑工程事故。”

“哦，可怜的克丽丝特尔。”玛吉说，“这到底是怎么回事？谁都失去了丈夫。我有没有告诉你，我们刚参加了麦克斯·吉尔的葬礼？”

“说了，不过我想我不认识他。”菲奥娜说。

“你肯定认识。他和我的朋友塞琳娜结了婚，塞琳娜是我小学同学。吉尔那家人，我肯定你见过他们。”

“嗯，不过那些人都上了年纪，”菲奥娜说，“也许还没上年纪，可你瞧，克丽丝特尔和艾弗里，他们差不多才度完蜜月。结婚才六个星期，什么事情都还十全十美。”

她的言下之意是后来就不十全十美了。玛吉不同意这一点。让她悲哀的是，她意识到大家都认为这理所当然。

前面出现了一块停止标志，艾勒放慢车速，拐上了一号公路。在乡间小道上绕了一阵之后，一号公路竟显得热闹起来。不断有卡车朝他们开来，有几辆亮起了前车灯。路边一家小饭馆的走廊上，有人已经挂出一块刻着手写字体的布告牌：现在供应晚餐。农家菜，毫无疑问——玉米加松饼。玛吉说："回家的路上，我们应该停下来买点儿菜。勒罗伊，你饿了吗？"

勒罗伊使劲点头。

"从早上到现在，除了薯片和饼干，我什么都没吃。"玛吉说。

"外加白天喝了一罐啤酒。"艾勒提醒她。

玛吉装作没听见。"勒罗伊，"她说，"告诉我你喜欢吃什么。"

勒罗伊说："哦，我不知道。"

"肯定有最喜欢吃的。"

勒罗伊将一只拳头伸进棒球手套。

"汉堡？热狗？"玛吉问，"炭烤牛排？螃蟹怎么样？"

勒罗伊说："你是说带壳的螃蟹？哇呀！"

玛吉突然感到不知如何是好。

"她爱吃炸鸡。"菲奥娜说，"她总是让妈给她做——是不是，勒罗伊？"

"炸鸡，棒极啦。"玛吉说，"进城的路上我们就去买菜。是不是很棒？"

勒罗伊一声不吭。也难怪，玛吉明白自己听上去多么聒噪，多么虚伪。一个上了岁数的人，太过刻意。要是勒罗伊能看见玛吉内心深处依然年轻就好了，只要透过这张年老的面具往里看看就好了！

这时，艾勒突然清了清嗓子。玛吉紧张起来。艾勒说：“呃，菲奥娜，勒罗伊……你们听说了我们明天要送戴茜上大学是吧。”

“听说了，玛吉告诉我的。”菲奥娜说，“我简直不能相信，小不点儿的小戴茜。”

“我是说，我们要开车送她去，一早就要上路。”

“不那么早。”玛吉赶忙说。

“唔，八九点钟吧，玛吉。”

“你想说什么？”菲奥娜问艾勒，“你觉得我们不该去看看？”

玛吉说：“天哪，不是！他完全没有这个意思。”

“可听上去他就是这个意思。”菲奥娜说。

艾勒说：“我只是想让你们有个准备。我的意思是，这次只能是短暂小住。”

“这不是问题，艾勒。”玛吉对他说，“要是她愿意，她可以早晨去姐姐那里。”

“哦，那就行。天色晚了，我们才走了不到一半。我这么想——”

“也许我们最好现在就停车，哪里来回哪里去。”菲奥娜说。

“哦，别，菲奥娜！”玛吉叫起来，“我们都已经说好了！”

“我都记不得当初为什么说要一起来。”菲奥娜说，“老天！我在想什么！”

玛吉松开安全带，转过身，这样可以面对面看着菲奥娜。“菲奥娜，求你。”她说，“时间很短，我们已经很久没见到勒罗伊了。我准备了好多东西要让她看呢。我想让她见见戴茜，我要领她去拉金姐妹家，她们一定不敢相信她长这么大了。”

“拉金姐妹是谁？”勒罗伊问。

“两位老奶奶，她们以前把家里的木马摆出来让你骑。”

菲奥娜说：“我倒不记得。”

“我们路过她们家时，走廊上空空的。等我们转了一圈往家走，马儿就在那里等着了。”

“我一点儿都不记得。”菲奥娜说。

勒罗伊说：“我也不记得。”

“啊，你当然不记得。”菲奥娜对她说，“你还是个小婴儿。你几乎没在那里住过。”

玛吉认为这不公平。她说：“哎呀，天啊，你离开时她差不多一岁了，菲奥娜。”

“她没到一岁！才七个月！”

“这可不对。她最少也有，呃，八个月，至少。要是你九月离开——”

“七个月八个月，有什么差别？”艾勒问，“何必小题大做。”他在后视镜里找到勒罗伊的脸，便说：“我相信你也不记得奶奶想教你说‘爸爸’。”

“我？”玛吉问。

“想在他生日时给他个大惊喜。”艾勒告诉勒罗伊，“她拍拍手，这时你就该说‘爸爸’。可她拍拍手，你就只是咯咯笑，觉得是在玩游戏。”

玛吉试着想象那个情景。为什么她的记忆和艾勒的从不重合？相反，它们似乎就像木榫的接口——好像他们约好要分清两人在一起的日子似的，这个瞬间是他的记忆，下个瞬间是她的。（她总是无缘无故地担心，在那些记不清楚的瞬间里，她是不是行为出格。）

“结果管不管用啊？”勒罗伊问艾勒。

“管用？”

“我有没有学会说‘爸爸’？”

“唔，说实话，不管用。”艾勒说，“你太小，还没开始说话。”

“哦。”

勒罗伊似乎在玩味。然后她凑上前去，几乎跟玛吉鼻子碰鼻子。她的瞳孔里闪着深蓝色的斑点，好像也长了雀斑似的。“我这回要见到他了，是不是？”她说，“他不会有演唱什么的，是不是？”

“谁？”玛吉问，虽说她心知肚明。

“我的……杰西。”

“哎，当然。吃晚饭时就会见到他，等他下班。他喜欢吃炸鸡，跟你一样。一定是遗传。”

“是这样的——”艾勒开口了。

玛吉说：“你喜欢吃什么甜食呀，勒罗伊？”

“是这样的。”艾勒说，“现在是星期六晚上。杰西要是有其他安排，就没法来吃晚饭。”

“可他会来吃晚饭的，艾勒，我已经跟你说过了。”

“说不定他吃完就要离开。我是说我们该怎么办，玛吉？我们家已经没有玩具了，也没有运动器械，电视屏幕不断闪雪花。我们没有可以给小孩子打发时间的东西让她玩。你能不能面朝前坐好，系上安全带？你让我紧张。”

“我只是在想晚上买什么甜食。”玛吉说。不过她转过身，伸手去抓安全带。“你爸爸最喜欢的甜食是薄荷巧克力碎冰激凌。”她对勒罗伊说。

“啊，也是我的最爱。”勒罗伊说。

菲奥娜说：“你在说什么呀？你讨厌薄荷巧克力碎。”

“我喜欢。”勒罗伊说。

“你绝对讨厌它们！”

“喜欢，我就是喜欢，妈。只不过我小时候不喜欢。”

“哦，你上个星期还是小时候，对吧，小妞儿？”

玛吉忙说：“另外你还喜欢什么口味，勒罗伊？”

“嗯，比如软糖酱。”勒罗伊说。

“哎呀，这么巧！杰西为软糖酱口味疯狂。”

菲奥娜翻翻白眼。勒罗伊说。“真的？我认为软糖酱口味好得没话说！”

“我可见过只有薄荷巧克力碎冰激凌时，你宁可什么甜食都不吃。”菲奥娜对勒罗伊说。

“你又不知道我所有的事儿！”勒罗伊喊起来。

菲奥娜说：“得啦，勒罗伊。”她将双臂紧抱在胸前，陷进座位里。

他们已经进入马里兰，玛吉觉得这里的乡野看上去十分不一样，更令人惬意舒心。山坡上，牛羊已经走了，只留下了一片绝美的深绿色。在将尽未尽的暮色里，绵延的白栅栏泛着白色的光晕。艾勒哼着《小妞儿快睡》。玛吉一时想不出为什么。这是不是表示他疲倦了，还是有别的含意？接着她意识到，准是他在心里想起勒罗伊小时候的事了。这支歌是他们哄她睡觉时唱的——他和玛吉两人齐声哼唱。玛吉将头靠在椅背上，跟着他的口哨，默念着歌词。

当你是个待在家、在家玩、八点上床的小妞儿……

她向下看去，忽然看见自己手腕上戴着两块手表。一块是她常戴的天美时小表，另外一块是粗大笨重、宽皮表带的男表。事实上这是她父亲的表，几年前就不走了。粉红色的方形表盘，淡蓝色的数字在夜里会发光。她将另一只手拢成一圈，挡住手腕，身体前倾挡住光线，构成一个暗室，这样就能看见表盘的数字发出的光了。她的手指上沾有口香糖的气味。身边的塞琳娜说："再过五分钟，我只求这么多。要是什么都没发生，我们就走，我保证。"

玛吉抬起头，透过树叶，盯着蹲在对面街上的一对石狮。石狮之间是一条白色的路，蜿蜒地穿过一片平整的草坪，最终延伸到一栋气派的殖民时代风格的砖石建筑前，房子里住着塞琳娜的父亲。前门没有玻璃窗，就连顶端毫无用处的小玻璃格子都没有。玛吉纳闷，不知塞琳娜为什么要死盯着一个看不透的东西。她们蹲在一丛纠结的杜鹃花树丛里，很不舒服。玛吉说："你半小时前就这么说。没人会出来。"

塞琳娜将一只手放在她的手臂上，让她别出声。门哗地打开。巴莱特先生走出来，又转身说了句什么。他的妻子出现了，正往上拉着手套。她穿着一身修身的长袖褐色连衣裙，而巴莱特先生的西装几乎是同样的褐色。玛吉和塞琳娜看见他时，他永远只穿西装，哪怕是周末。他就像玩具屋里的玩偶，玛吉想——那种塑料拼装玩偶，衣服都是画上去的，没法脱下来，还有一张轮廓分明、没有特征的脸。他砰地关上门，挽起妻子的胳膊沿着小路走出来，鞋跟坚实地笃笃敲着地面。他们穿过那对石狮时，好像与玛吉和塞琳娜直直对视，玛吉能看见巴莱特先生小平头上竖着的根根银发。不过从他的脸上读不出任何东西，他妻子的表情也一样。他们迅速向左一转，朝停在街边的一辆蓝色长凯迪拉克走去。塞琳娜呼出一口气。而玛吉则感到自己快被一阵沮丧憋死了。这些人把自己包裹得多么密不透风！你可以整天观察他们，可还是无法了解他们。（或许，结了婚的夫妻都这样。）那些瞬间——比如他们第一次做爱，再比如其中一人半夜吓醒之后，两人之间的交谈——世上再没有其他人会知道。

玛吉转向塞琳娜说："哦，塞琳娜，节哀顺变。"塞琳娜穿着红色的丧服，拉起自己黑披肩的边缘擦眼泪。"亲爱的，我很遗憾。"玛吉说，醒来时，自己也在哭。她以为自己躺在家里的床上，艾勒睡在她身边，他的呼吸平稳得像轮胎碾过路面，温热裸露的手臂垫在她的头下，可那只是汽车座的后背。她坐直了，用指尖轻轻擦了擦眼睛。

光线在暮色中更暗了，他们开上了巴尔的摩北部乱哄哄的商业街。光影迷离的招牌从身边飞过，高质量水暖建材，塞西尔烧烤，吃吃吃。艾勒只剩下灰色的剪影，玛吉扭身去看勒罗伊和菲奥娜，发现她们身上所有的色彩都褪去了，唯有霓虹灯的光在她们脸上闪动。"我准是睡着了。"她告诉她们，于是她们点点头。她问艾勒："还要多久？"

"嗯，还有十五分钟左右。我们已经上了环城公路。"

"别忘了在杂货铺停一下。"

她恼恨自己错失了一部分聊天。（还是他们根本没说话？这更糟。）她感到脑袋里软绵绵的，什么都不那么真实。他们经过一栋走廊用玻璃围起的住宅，走廊里亮着灯，摆了一组鼓，小鼓叠在大鼓上，都闪着金光，像女人嵌金丝的晚礼服，所有的鼓都闪着铬合金的光泽，她不知道自己是不是又做梦了。她转过身，目光跟着那栋建筑往后走。那些鼓越变越小，可它们依旧奇异地闪亮着，就像鱼缸里的金鱼。

“我做了个最古怪的梦。”她顿了顿之后说。

“有我吗？”勒罗伊想知道。

“我不记得。不过你大概在。”

“上星期我朋友瓦莱丽梦见我死啦。”勒罗伊说。

“哦，千万别提这种事儿。”

“她梦见我被卡车碾过。”勒罗伊得意地说。

玛吉转身去捕捉菲奥娜的目光。她想让菲奥娜相信这种梦并不意味着什么，也可能想让自己安心。可菲奥娜并没听见。她盯着那些凌乱的便利店和比萨店出神。

“顶呱呱超市。”艾勒说。他拨上左转灯。

玛吉说：“顶呱呱什么？我从来没听说过。”

“图个方便而已。”艾勒告诉她。他被迎面而来的车流挡了道，终于抓到空当一下子冲上对面马路，开进散乱地停着顾客扔下的购物车的停车场。他将车停在一辆厢式小货车旁边，熄了引擎。

勒罗伊说她也要一块儿进去。玛吉说：“哦，当然。”艾勒坐在驾驶座上，身体正开始往下滑，这时一下坐了起来，打开车门，就好像他刚才就准备要和她们一起去似的。玛吉笑了。（别说他不在乎自己的孙女！）菲奥娜说：“我肯定也不想一个人坐在这里。”她也下了车，跟着他们。她对买菜从来没兴趣，玛吉想起来。

结果顶呱呱是一家冰冷而敞亮的白色大型超市。成排成排的收银台大部分都已经关闭。广播里放着甜腻的情歌。她只能无奈地放慢脚步，合上音乐节拍。她散漫地走过蔬菜水果货架，摇晃着提包，而他们则在前面走。勒罗伊推着一辆空购物车跑起来，又跳上车的后端稳稳地向前滑去，直到追上已经走近家禽柜台的艾勒。他扭过头朝她笑。从玛吉的角度看过去，他的侧脸尖尖的——有些像饿狼，真的。是他将脸伸向勒罗伊的样子。玛吉走过菲奥娜，走到他身边。她将手臂伸进他的臂弯，在他的肩头轻轻蹭了蹭自己的脸。

“红肉还是白肉？”艾勒问勒罗伊。

“红肉，”勒罗伊马上说，“我和妈喜欢鸡小腿。”

“我们也是。”艾勒对她说，拿了一包放进她的购物车。

“有时候，我和妈也吃大腿肉，不过我们认为犯不着为翅膀费事。”勒罗伊说。

“我和妈”这个，“我和妈”那个——多久之前，玛吉依然是别人生活的核心呢？而这个“妈”却是菲奥娜，一把细骨头的菲奥娜，穿着一刀剪牛仔短裤在货架之间晃悠的菲奥娜。

艾勒跟着喇叭里的音乐哼着，将一包大腿肉搁在购物推车里的小腿肉上边。“现在去找冰激凌。”他说。勒罗伊推着车向前滑去，玛吉和艾勒跟着。玛吉的手臂还勾着艾勒。菲奥娜落在了后面。

在冷冻柜前，他们决定要软糖酱口味，这当然不成问题，但问题是有那么多种软糖酱口味可以挑：顶呱呱的自制品牌，超市常见的品牌，除此之外还有那些高价的、听上去像外国名字的、被艾勒称为“特制甜食”的品牌。原则上，他反对“特制甜食”，他想要顶呱呱的自制品牌。菲奥娜发现了一个护发专柜，对此没有发表意见，可勒罗伊说她和妈一直喜欢布瑞耶冰激凌。而玛吉否决了他们的选择，要挑听上去像是外国货的。他们本可以一直讨论下去，可这时喇叭里放起了《今夜你属于我》，放到一半时，艾勒开始跟着一起哼唱起来。“在这里坐下，”他漫不经心地低声唱道，“小溪边……”玛吉忍不住插入那一小段轻盈空灵的女高音：“看上去多么甜蜜……”

开始他们不过是随便唱唱，可唱着唱着竟成了一场名副其实的表演。“再一次，梦中遐想，在如此月色下！”他们的歌声在合唱部分交替缠绕，接着分开，只等着再次汇聚，缱绻相缠。菲奥娜忘了正在研究的染发剂；勒罗伊钦佩地双手交握抵着下巴；货架之间的一位老太太停下脚步，朝他们笑起来。是这位老太太把玛吉拖回了现实。她突然觉得这情景中藏着欺瞒：在她和艾勒的和声中，以及他们彼此凝视的温情目光中充满谎言。她独唱到一半突然停住。“心警乐队[①]，”她笑盈盈地对勒罗伊说，“一九五七年的歌。”

“一九五六年。”艾勒说。

玛吉说：“管它呢。”

他们又将注意力转回冰激凌。

最终，他们决定买布瑞耶牌的，还从冰柜上方的货架上拿了巧克力酱。“巧克力酱要好时的还是雀巢的？”艾勒问。

“随你们俩好了。”

“哦，这里有一罐顶呱呱自制的。你觉得我们买这个怎么样？”

“别买褐母牛牌就行。”勒罗伊对艾勒说，“我受不了褐母牛。”

---

①姐妹歌手组合，1956年至1964年活跃于美国歌坛。

"绝对不要褐母牛。"艾勒说。

"褐母牛有股蜡味儿。"勒罗伊对玛吉说。

玛吉说："啊。"她低头看着勒罗伊那张小尖脸，笑了。

菲奥娜问玛吉："你有没有想过用摩丝？"

"用什么？"

"一种定型摩丝，擦在头发上的。"

"哦，擦在头发上。"玛吉说。她以为她们在说巧克力慕丝什么的。"哦，没有，我没想过。"

"我们很多美容师都推荐。"

菲奥娜在向玛吉推荐摩丝吗？还是她随便说说？"它有什么效果？"玛吉问。

"哦，对你来说，摩丝会让你的头发有点儿，我也说不准，有点儿造型，可以撑起来。"

"我买一个吧。"玛吉决定。

她挑了一只银色的罐子，还顺手拿了一瓶灵契牌香波，因为那张优惠券还在她手上。（使你头发丰茂繁盛，夺回岁月带走的秀发。广告上这么承诺。）然后他们一起走向快速通道，玛吉催促着他们，因为她的手表显示已经过了六点，而她跟杰西说的是六点半。艾勒说："你的钱够不够？你结账时我可以去开车。"

她点点头，他就走了，勒罗伊把他们的物品一件件整齐地排在柜台上。他们前面的顾客除了面包什么都没买。黑麦面包，白面包，烤松饼，全麦小圆包。他大概是想喂胖他妻子吧，也许他这人是只大醋缸，老婆既苗条又漂亮。那位顾客提着面包离开了收银台。勒罗伊说：

“请套双层口袋。”是一种老练的命令式的口气。收银台的小伙子看都不看就咕哝了一声。他是个健壮帅气的小伙子，皮肤晒得黝黑，敞开的衬衫衣领里露出一条项链，项链上挂着一片金剃须刀片。这是什么意思？他用手指敲击键盘，麻利地在收银机上敲下款项。最后是香波。玛吉从提包里掏出优惠券递给他。“这个。”她说，“给你。”

他接过优惠券，翻了个面，仔细读着背面的字，不过嘴唇并不怎么动。接着他把那东西还给她说：“哦，呃，谢谢。”接着，“总共十六块四毛三。”

玛吉有点糊涂，不过她数好钱，提起购物袋。离开收银台时，她问菲奥娜：“顶呱呱难道不接受优惠券吗？”

“优惠券？我不知道。”菲奥娜说。

“说不定已经过期了。”玛吉说。她换了一只手提购物袋，这样可以看一眼有效期。可日期被杜尔伍德·克雷格粗重的蓝色笔迹盖住了：贴近我，抱紧我，让我兴奋得发抖……

玛吉的脸滚烫。她说：“哎哟！自作多情！”

“什么？”菲奥娜说，不过玛吉没回答。她团起优惠券，扔进购物袋。

店外，天又黑了许多。天空呈现出透明的深蓝色，虫子在停车场的路灯下飞舞。艾勒靠在停在街边的车上。“要不要把东西放进后备厢？”他问玛吉。可她说：“不用，我拿着就好。”突然间，她感觉到了自己的老态和疲累。他们好像永远到不了家。她爬进车，重重地坐下，放任购物袋哗啦一声砸在膝盖上。

大天使圣约翰。查理琼浆。二手车经销商。一家连着一家。盖齐纪念堂。恶鲃螃蟹屋。快乐时光夜总会，一只霓虹灯弯成的酒杯上冒出一串红蓝霓虹灯气泡。墓园，简陋的木结构房子，快餐店，空荡荡的游乐场。他们朝右拐上贝尔莱亚路——终于,终于下了一号公路——朝他们自己的街道开去。木结构住宅越来越密。窗户像是方形的黄光，有些挂着薄窗帘，有些则堂而皇之地大敞着，露出装饰花哨的灯，或不偏不倚地摆在窗台中央的瓷塑像。玛吉无缘无故地想起她和艾勒谈恋爱时开车出去，经过别人的家，似乎全天下的夫妻都有一处不被打搅的私人空间。那时候，她是多么想有一栋房子，哪怕再小，哪怕只有四面墙和一张床！想到多年之前的那种渴念，她感觉甜蜜和酸楚涨满胸口。

他们经过神目手相屋，其实只是一栋私人住宅，客厅窗户上挂了个牌子而已。一个女孩坐在门外的台阶上，或许正等着看手相。她长了一张心形的小脸，除了一双紫色麂皮鞋，全身都是黑色的，在走廊灯下格外显眼。一个男人费力地在人行道上走着，肩上骑了个小姑娘，两只手紧揪着他的两把头发。眼前所见的越来越亲切、有特色。玛吉转向勒罗伊说：“我想，这些你大概都不熟悉。”

“哎，我见过。”勒罗伊说。

“你见过？”

“只是路过。”菲奥娜马上纠正道。

“什么时候？”

勒罗伊看着菲奥娜，菲奥娜说：“我们可能开车路过这里一两回。”

玛吉说：“哦，这样。”

到他们自己家门前，艾勒停了车。这栋房子乍一看和前面的差不多，只是栋带走廊的住宅，至少从街上看过去是这样，低矮、门槛不高，没什么了不得，玛吉总是先告诉别人。她希望至少亮着灯，那样会让人觉得更温馨。可每一扇窗都黑黢黢的。“哎呀！”她说，口气过分热情。她打开自己这边的门，紧紧抓着购物袋下了车。“大家快进屋！”

他们在人行道上歪歪扭扭地走着，像喝醉了似的。这一路实在太远太长。艾勒走上台阶时，竟不小心让菲奥娜的行李箱撞到了扶栏，他的手捏着钥匙摸索了一阵才打开门。

他们走进散发着霉旧气味的一团漆黑的门厅。艾勒打开灯。玛吉叫道:“戴茜？”她并不指望听到回答。显然这是一栋没有人气的房子。她将购物袋换到左手，拿起留在书架上的记事便笺。跟拉维尼亚道别去了，戴茜笔迹清晰的斜体字这么写着。“她在‘满分’太太家。”玛吉跟艾勒说，“哦，她会回来！说个再见能有多久？她马上就回来！”

都是为了勒罗伊，让她看见的确有一个戴茜——这栋房子里除了老头老太太，还有些别的。

勒罗伊胳肢窝下夹着棒球手套，在走廊里转悠。她眯起眼睛抬头看着挂在墙上的照片。“那是谁啊？”她指着一张问。

那是当年刚当父亲的年轻的艾勒，站在一片斑驳的阳光下，笨手笨脚地抱着一个小婴儿。“是你爷爷，抱着你爸爸。”玛吉告诉她。

勒罗伊“哦”了一声，马上往下看。她或许希望那是杰西抱着自己。玛吉朝屋里扫了一圈，看看能否找到这种照片。满墙的照片，根本看不出墙纸的花样。每张照片都由艾勒亲自操刀，专业地镶嵌在相框里；每个相框的边衬和铸模框架都不尽相同，像是样品陈列似的。

有杰西学步的，有杰西站在滑板车上的，有五年级的合影，照片里他的脸只有一枚图钉那么大。可是没有杰西长大后的照片，玛吉注意到，就连他十几岁的照片都没有。当然也更没有他当父亲的。那时他们已经没有空墙可挂了。再说，玛吉的母亲总说，在卧室以外的地方挂家人的照片，多不上档次。

菲奥娜正将行李箱往楼梯那边推，她身后的地板上拉出两道细长的刮痕。“哎，不用管它。”玛吉对她说，“艾勒一会儿会帮你拎上去的。”

菲奥娜会是什么感觉，多年以后重返旧地——走过她决定留下腹中孩子的走廊，跨过她生气时常在背后砰地一甩的前门？她看上去疲惫而沮丧。骤然亮起的灯光使她眼睛周围的皮肤皱了起来。她丢下行李箱，指着挂在墙壁高处的一幅照片。“正巧我在这里，”她对勒罗伊说，“要是你想看看的话。”

她指的是自己的结婚照。玛吉倒把这个给忘了。那是克丽丝特尔的新婚礼物，婚礼上她带来了一架照相机。照片上是一个穿着一件有折痕的连衣裙的活泼姑娘。相框是一只用来装文凭框的黑塑料架，一定是从伍尔沃斯百货商店买来的。勒罗伊不动声色地研究着照片。接着她走进客厅，艾勒正把台灯拧亮。

玛吉提着食物去厨房，背后紧跟着菲奥娜。“他在哪儿？”菲奥娜低声问。

“哦，他大概……”玛吉啪地打开顶灯，朝钟瞥了一眼，“我跟他说我们六点半吃饭，这才刚到时间，而你也知道他这人没有时间概念，所以别担心——”

菲奥娜说："我没担心。谁说我担心了？我不在乎他来不来。"

"不，当然不担心。"玛吉安慰她。

"我只是带勒罗伊来看看你们俩。我不在乎他来不来。"

"哦，你当然不在乎。"

菲奥娜重重地坐进厨房的椅子里，将手提袋扔在桌上。她就像个客人，手提袋总是不离身，跟着她从一间屋到另一间屋，至今不改。玛吉叹了口气，开始从口袋里往外拿食物。她将冰激凌放进冰箱，接着撕开两包鸡肉倒进一只碗里。"勒罗伊喜欢吃什么蔬菜？"她问。

菲奥娜说："啊？蔬菜？"她的心思似乎不在这个问题上。她瞪着墙上的挂历，挂历还是八月。哦，这个家的确不是很有条理，但菲奥娜也没什么权利挑剔。台子上零散的东西好像自己会堆起来。食品柜里塞满了蒙尘的调味瓶、麦片盒、不配套的碗盘。抽屉一拉开就往下倾斜，里面塞满了杂七杂八的东西。玛吉的眼睛落在一只抽屉上，她走过去快速翻了一遍塞在里面的一层层纸片。"哦，在这里面。"她说，"我发誓……"

她看见一张家长会的通知单，一张从某处撕下来的叫绝顶葡萄干馅饼的食谱，一盒自从她买回来就没再见过的康复祝福卡。接着，终于，"啊哈。"她举起一张传单。

"是什么？"

"杰西长大后的照片。给勒罗伊看。"

她将照片递给菲奥娜：一张黑乎乎的乐队照片的复印件。洛里默和他的鼓在前边，杰西站在后边，两只手臂松松地搭在另外两个人的脖子上，是戴夫和那个谁。都是一身黑。杰西皱着眉头故作怒容。照片下面印着带虎皮斑纹的“旋转猫”几个字，最下面的地方留着空白，可以自行填写演出的时间和地点。

“当然，这照片拍得不好看。”玛吉说，“这些摇滚乐队总想显出一副，我也说不好，凶神恶煞的模样，你注意到了吗？也许我应该把钱包里他的照片给她瞧瞧。那张照片上他也没笑，不过至少没皱眉头。”

菲奥娜拿过宣传单仔细看。“多有趣，”她说，“每个人都没变。”

“没变？”

“我的意思是说，他们总想变成某种样子，你不是一直这么觉得吗？他们心比天高，不停地变来变去，改变他们对音乐的看法。哎，有一回勒罗伊问我，她爸爸唱什么样的歌，是新潮流、朋克、重金属还是什么，到底是什么？我觉得她想在朋友跟前显摆。于是我说：‘天哪，现在大概什么都有可能。我什么都不知道。’可瞧瞧他们。”

“啊？所以？”玛吉说，“瞧什么？”

“洛里默的头发还是傻乎乎地直着，背后留一根拖到脖子的辫子，我那时真想一刀把它剪掉。”菲奥娜说，“就连他们穿的，还是相同的款式，还是同样老掉牙的地狱天使风格的衣服。”

“老掉牙？”玛吉问。

“你可以想象等他们到了四十岁，只要他们的老婆没意见，周末还凑到一块儿，去扶轮社的什么聚会上演唱。”

这话玛吉听了很不是滋味，不过没动声色，又低头去忙那碗鸡肉。

菲奥娜说：“他带谁去吃饭？”

“什么？”

“你说有一次他带了个女人去吃晚饭？”

玛吉扫了她一眼。菲奥娜手里还捏着那张传单，继续盯着看。“不是什么重要的人。”玛吉说。

“可是，是谁呢？”

“就是一个他在什么地方碰上的女人。这种事我们见多了。没固定的。”

菲奥娜将照片放到桌上，可还是盯着看。

客厅里，刺耳的音乐在高保真音响里响起。毫无疑问，勒罗伊找到了被杰西淘汰的东西。玛吉听到了《嘿嘿》和《每天》，以及熟悉的拖腔拉调的和弦声，虽然她说不出是哪个乐队在唱。她从冰箱里拿出一盒乳酪，淋在鸡肉上。一阵头痛令她的前额紧绷。回想起来，她觉得头痛其实已经骚扰了她一阵子。

“我去给杰西打个电话。”她突然对菲奥娜说。

她走到挂在墙上的电话旁，拿起听筒。没有拨号音。相反，她听见电话那端传来铃声。“艾勒一定在用分机，”她说，又挂上了，“唉，随他吧。蔬菜。勒罗伊吃什么蔬菜？”

“她喜欢凉拌沙拉。”菲奥娜说。

“哦，老天，我该买莴苣才是。”

“玛吉，”艾勒一边说，一边走进厨房，“你对我的电话答录机做了什么？”

“我？我什么也没做。”

“你肯定做了。”

“我没做！我已经告诉过你昨晚的小意外，不过我又重新录了留言。”

他钩了钩自己的手指，示意她去电话旁。“试试。”他告诉她。

“试什么？”

“打个电话去店里试试。”

她耸耸肩，走到电话边拨了号。另外一端，电话铃响了三声，接着咔嗒一声。“哦，开始了。”玛吉自己的声音说，很远很轻，“我们来看看：按A键，等待红……哎呀，见鬼。”

玛吉眨了眨眼睛。

“我准是什么地方弄错了。”她的声音继续说。接着，她用和孩子们胡闹时常用的假嗓子说：“谁，我？弄错了？我这么完美，这么说实在叫我吃惊！”

一声条带摩擦的尖锐声音，好像磁带快进，接着“哔”的一声。玛吉挂上听筒。她说：“唔……呃……”

“天知道我的顾客会怎么想。”艾勒对她说。

“说不定没人打过去。”她侥幸地说。

“我简直搞不懂你是怎么弄的！傻瓜也会操作那台机器。”

“唔，这就证明了，现在这世道，哪怕再简单的产品你都不能相信。”她告诉他。她又拿起听筒，开始拨杰西的号码。当杰西那头的铃声响了又响时，她不安地将电话线在手指间缠来缠去。她知道菲奥娜坐在桌边一只手撑着下巴，正看着他们。

“你给谁打电话？”艾勒问。

她装作没听见。

“她给谁打电话，菲奥娜？”

“杰西，我想。”菲奥娜告诉他。

“他的电话铃不响，你忘了？”

玛吉抬头看他。“哦！”她说。

她放下听筒，懊恼地盯着它。

“哦，唉，”菲奥娜说，“他说不定在路上。毕竟是星期六晚上，他能工作到多晚？”

“一点不晚。”艾勒告诉她说。

“我想起来，他在哪里上班？”

“奇克摩托车行。他卖摩托车。”

“这时候他们是不是打烊了？”

“当然打烊了。他们五点打烊。”

“那何必打电话？”

“不，不，她往他的公寓打。”艾勒说。

菲奥娜说：“他的……”

玛吉又回到鸡肉边。她用乳酪搅拌它，从抽屉里拿出一只扁扁的牛皮纸袋，朝袋里倒进些面粉。

“杰西有间公寓？”菲奥娜问艾勒。

“哦，是的。”

玛吉又量了一些小苏打、盐和胡椒倒进袋子里。

“一间离这儿很远的公寓？”

“在考尔夫特街上。”

菲奥娜仔细思考着。

玛吉说：“有件事我一直想问你，菲奥娜！”她的声音又成了那种叽叽喳喳的鸟叫。“记得你离开后几个月吗？”她问，“杰西打电话给你，说你先给他打电话，你说你没打？哦，你打没打过？难道不是你打到我们家来，我说，‘菲奥娜吗？’你就挂断了的那次？”

“哦，老天……”菲奥娜咕哝一声。

“我是说，准是你，不然为什么我一说你的名字，那边就挂断了？”

“我真的不记得。”菲奥娜说着拿起自己的手提袋站起身。她步态轻漫而茫然，好像没意识到自己正在离开。她走出厨房，叫了一声：“勒罗伊？你在哪里？”

“看见没有？”玛吉对艾勒说。

“嗯？”

“是她。我就知道。”

“她没说是她。”

“哎呀，艾勒，你有时真是死脑筋不开窍。”她说。

她封上牛皮纸袋，晃了晃，将调料摇匀。你不可两方面都拥有，她应该告诉过菲奥娜，你不能既嘲笑他没有变化，又讨厌他的变化。嘿，他当然搬出去了！难道菲奥娜想象着他这些年来一直待在此地等她光临？

可是，玛吉多少明白她的感觉。你对一个人的记忆就像一张收藏在心里的照片，他就是在某个特定的位置、特定的地方。

她又看了一眼桌上那张乐队传单。他们曾经都那么狂热，她想，投入了那么多精力。她想起以前他们在洛里默父母家车库里的那些排练，多少个月，他们哪怕只能捞到一场无偿演出都会兴奋不已。有一天晚上，杰西回到家，得意地挥舞着一张十元钞票——他们第一张演出收到的支票中他的份额。

“是不是戴茜？”艾勒问。

“什么？”

“我想我听见前门响。”

“啊！”玛吉说，“可能是杰西。”

“别太抱希望。”他告诉她。

可只有杰西会那样推门，将门一推，撞上门后的书架。玛吉拍拍手掸去面粉。“杰西？”她喊。

“我来了。”

她跑进走廊，艾勒慢悠悠地跟在后面。杰西只是站在门口。他正朝客厅里张望，勒罗伊站在那儿，一动不动，像只受惊的小动物，手心相贴放在胸前，一只脚往后跷。杰西说：“哦，嘿。”

“嘿！”勒罗伊说。

“你好吗？”

“还行。”

他朝玛吉看了一眼。玛吉说：“她是不是长大了？”

他细长的黑眼睛又回到勒罗伊身上。

玛吉向他走去，希望他赶快进屋。（他好像总是准备要溜走。）她拉着他的胳膊，说：“我去炸鸡，只要几分钟。你们俩在这里坐坐，熟悉熟悉。”

可他从来就不是容易受摆布的人。他穿着一件针织运动衫，薄薄的衣衫之下，她感觉到了他的倔强——手肘上硬实的肌肉。他的皮靴在地下扎了根。这事他要自己来对付。

“你在听什么呢？”他问勒罗伊。

“嗯，就一些唱片。”

“你喜欢感恩而死[①]？”

“感恩而死？嗯，对。”

“那你得听听更棒的唱片。”他说，“这张太俗气了。”

“嗯，对，噢。”她说，“我正是这么想的。”

他又瞥了玛吉一眼。他板着脸，下巴显得老长，就像艾勒想憋住不笑时的样子。

“她还喜欢运动。”玛吉告诉他，“带了棒球手套来呢。”

“是吗？”他问勒罗伊。

她点点头，跷起的脚趾优雅地往下轻点，像在跳芭蕾。

这时楼上哗啦一响，菲奥娜喊：“玛吉，哪里——”

她走到扶梯口。他们都抬头望着她。

“哦。”她说。

她开始往下走，一只手扶着楼梯栏杆，走得轻巧而平稳。唯一能听见的声音是凉鞋拍打着她赤裸的脚后跟。

杰西说：“很高兴见到你，菲奥娜。”

她下到走廊上，抬头看着。“也很高兴见到你。”她说。

“换了新发型，是不是？”

她抬起一只手，碰了碰发梢，眼睛依然盯着他的脸。“哦，大概是吧。”她对他说。

玛吉说：“唉，我想我得回去……”

而艾勒说：“厨房要不要帮手，玛吉？”

---

①摇滚乐队，1965 年成立于加利福尼亚。

“要，谢谢！”她欢快地唱道。

菲奥娜对杰西说：“我在楼上找香皂盒。”

玛吉迟疑了一下。

“香皂盒？”杰西说。

“我看了你的衣柜抽屉，是空的，只有樟脑丸。你搬去公寓时把我的香皂盒也一起带走了？”

“你在说什么香皂盒？”

“我的玳瑁香皂盒！你留着的那个。”

杰西朝玛吉望过去。玛吉说：“你记得她那只香皂盒的。”

“唔，不，我不知道。”杰西说。他的手一把揪住前额的头发，一碰上摸不着头脑的情况，他就做这个动作。

“她离开后，你留下了它。”玛吉对他说，“我看见你拿着。里面有一块香皂，记得吗？透明的，你可以看透的那种。”

“哦，对了。”杰西说，他松开了前额那一撮头发。

“你记得？”

“当然。”

玛吉松了一口气。她朝勒罗伊咧嘴一笑，勒罗伊那只脚此时已经着了地，脸上茫然不知所措。

“盒子在哪里？”菲奥娜问，“我的香皂盒在哪里，杰西？”

“嗯，呃，你姐姐没拿走？”

“没。”

“我还以为她和你别的东西一起打包了。”

“没。”菲奥娜说，“你藏在你的衣柜抽屉里。”

杰西说："哎，菲奥娜。要是这样的话，说不定已经扔了。嘿，不过，如果你那么看重它，那我愿意——"

"可你留着它，因为它让你想起我。"菲奥娜告诉他，"闻起来是我的气味！你把我的香皂盒凑到鼻尖，还闭上了眼睛。"

杰西的目光又一次转到玛吉身上。他说："妈？是不是你告诉她的？"

"你是说这不是真的？"菲奥娜问他。

"你说我闻香皂盒，妈？"

"你闻过！"玛吉说。虽然她很不愿意当着他的面再说一遍。她从来没想过要让他难堪。她转向艾勒（正如她所料，他脸上挂着惊愕、责备的表情），说："他把盒子放在最上面的抽屉里。"

"你的百宝抽屉。"菲奥娜对杰西说，"要不是你母亲告诉了我这个，你以为我会大老远跑来，就像个普通……歌迷？我不是非来不可！我过得不错！你母亲说你捧着我的香皂盒不放，不肯让克丽丝特尔装进箱子里，你闭着眼睛使劲儿闻，至今还藏着它。她说，你一直不肯丢掉，晚上睡觉将它枕在枕头下。"

玛吉叫道："我从没说过——"

"你以为我是什么？废物？"杰西问菲奥娜。

"嘿，听着。"艾勒说。

这时每个人似乎都更愿意看着他。

"让我把这事理清楚。"他说，"你们在说一只塑料肥皂盒。"

"我的塑料香皂盒，"菲奥娜告诉他，"杰西每天晚上和它一起睡。"

"这里面似乎有误会。"艾勒说，"这种事玛吉怎么会知道？杰西有自己的公寓。我听说和他一起睡的是一个车行迎宾。"

“一个什么？”

“呃，没什么。”

“什么是车行迎宾？”

一时无声。接着，艾勒说：“你知道，你去买车的时候站在车行门前的人。她先拿到你的姓名和地址，才去招呼销售员出来。”

“她？你是说一个女人？”

“对。”

“杰西和一个女人睡觉？”

“对。”

玛吉说：“你就想糟蹋好事，对不对，艾勒？！”

“不。”艾勒对她说，“糟蹋好事的是明摆着的事实，玛吉。实际上，杰西现在正跟另一个人交往。”

“可那女人不重要！我的意思是说他们又没订婚或是结婚什么的！他不在乎她！”

她望着杰西，希望他附和她，可他只是站在那里研究自己左脚的拇趾。

“我说，玛吉，承认吧。”艾勒说，“事实就是这样。他就是这样。他从来就不是做丈夫的料！他不停换着女朋友，没有一份工作能超过几个月。而且每次丢饭碗，都是别人的错。如果老板不是混蛋，那顾客肯定全是混蛋，或者同事都是——”

“喂，等等。”这时杰西开口了。而玛吉说：“你为什么总是、总是夸大其词，艾勒！他在那家唱片店做了整整一年，你难道忘了？”

“杰西认识的每个人，”艾勒平静地总结，“这么巧，都会变成混蛋。”

杰西一转身，走出了家门。

更令人不安的是，他没摔门，只是咔嗒一声在身后轻轻带上了门。

玛吉说：“他会回来的。”她是冲着菲奥娜说的。可见菲奥娜没搭理（她瞪着杰西的背影，脸上近乎麻木），她便转而对勒罗伊说：“你看见他见到你多么高兴了吧？”

勒罗伊只是张着嘴。

“他是为艾勒的话生气，没别的。”玛吉告诉她，接着她又说：“艾勒，这件事我一辈子不会原谅你。”

“我也一样！”艾勒说。

菲奥娜说道：“够了。”

他们转过头。

“你们两个都住嘴。”她说，“我烦透了这种事。我烦透了杰西·墨兰，我烦透了你们俩，总是为同样无聊的事唠叨，计较，吵个不停。艾勒永远有理，而玛吉永远犯错。”

“为什么……菲奥娜？”玛吉说。她受到了伤害。也许她是很笨，可她向来暗地里觉得外人是羡慕她的婚姻的。“我们不是吵，我们是在商讨。”她说，“我们是在汇集两人对事物的看法。”

菲奥娜说：“哦，别说了。不明白为什么我以为这里会改变。”她走进客厅，抱住吓得瞪大眼睛的勒罗伊。她说：“哦，哦，宝贝儿。”说着便将自己的脸埋进勒罗伊的脖颈弯里。很明显，菲奥娜自己才更需要安抚。

玛吉瞟了一眼艾勒，又朝别处看去。

"肥皂盒？"艾勒说，"你怎么编得出来这种故事？"

她没回答。(反正她说什么都像是在吵架。) 相反，她从他身边走开，沉默着朝厨房走去。她希望这沉默是有尊严的沉默，可艾勒却跟在她身后，说："看看，玛吉，你不能总想去操纵别人的生活。面对事实！醒醒，认清事实！"

安·兰德斯的至理名言：醒醒，认清事实。他一引用安·兰德斯，她就心烦。她走向厨台，将鸡腿扔进牛皮纸袋。

"肥皂盒！"艾勒惊讶不已地对自己说。

"你的鸡腿加豌豆，"她问，"还是四季豆？"

可艾勒却说："我去洗一洗。"说完便走了。

所以就剩她一个人了。好哇！她轻轻擦了一下睫毛上的眼泪。她和这栋房子里的每个人都闹翻了，她活该。就像以前一样，总是她一意孤行，总是她多管闲事。可她管闲事的时候并不觉得自己在管闲事。她只是觉得好像这个世界的焦点稍稍有点偏移，颜色稍稍有点错位，就像报纸上印花了的广告。只要她稍稍调整一下，一切就会回归原位、完美无缺。

"蠢！"她对自己说，一边摇晃着袋中的鸡腿。"一把又蠢又多管闲事的老骨头！"她哐的一声将煎锅架上灶台，倒进很多的油，狠狠拧开开关，后退一步，等着锅烧热。看看，油星溅上了高级连衣裙的前襟，溅上鼓起的小腹。她笨头笨脑，挺着肚皮，她居然没想到做饭时要围上围裙。更何况这件连衣裙花了她一大笔钱，在赫奇特百货花了六十四美元，要是让艾勒知道，他又要震惊了。她怎么会这么贪心？她抬起手背擦了一下鼻子。做个深呼吸。唉，管他呢！

油还没烧热，她就把鸡腿放了进去。不幸的是，鸡腿很多。现在看来，太多了。（除非晚饭前她们能把杰西劝回来。）她得拨弄拨弄那些鸡大腿，给最后几块鸡小腿挤出地方。

豌豆，还是四季豆？这件事还没确定。她抓起抹布擦擦手，走进客厅去问。“勒罗伊，”她说，“哪种——”

可客厅是空的。勒罗伊放的唱片听上去有气无力，好像已经连唱了两三遍。“往前走，从此了断……”一群男人在里面七嘴八舌地使劲儿唱。沙发上和两把扶手椅上都没人。

玛吉穿过过道，走向屋前的走廊，喊道：“勒罗伊？菲奥娜？”

没人回答。四张摇椅空对着街灯。

“艾勒？”

“在楼上。”他喊道，声音嗡嗡响，像被什么闷住了似的。

她走回屋子。菲奥娜的行李箱，谢天谢地，还立在楼梯下，所以她不可能离开。“艾勒，勒罗伊在你那里吗？”玛吉喊道。

他在楼梯口露了脸，脖子上搭了条毛巾，一边朝下望着她，一边擦脸。

“我找不到她，”她告诉他，“两人都不见了。”

“你去走廊找过？”

“找了。”

他搭着毛巾，走下楼梯。“呃，说不定她们去了后边。”他说。

她跟着他走出前门，绕过房子。夜间空气温暖而潮润。一只飞虫，或是蚊子，在她耳边嗡嗡叫，她挥手将它赶开。这时谁会想到室外来？很显然，不会是勒罗伊，也不会是菲奥娜。他们拐到了后院，后院漆黑一片。

“她们走了。”艾勒对她说。

“走了？你是说真的走了？”

“肯定是。”

“可她们的行李箱还在走廊里。”

“呃，它太重。”他说着拽起她的胳膊，拉着她走上走廊的后台阶，“要是步行，她们大概不想拎着它。”

“步行。”她说。

厨房里，鸡腿炸得噼啪响。玛吉没理会，但艾勒将火关小了。

“要是她们步行，我们可以去追她们。”玛吉说。

“等等，玛吉——”

慢了一步，她已经走了。她又穿过走廊，走出门，走下台阶，上了街。菲奥娜的姐姐住的地方在西边，靠近主街，因此她们一定会往左拐。玛吉用手遮住路灯的光线，朝空荡荡的街道望去。她看见一只白猫躬着背，犹疑地前行，好像误入了陌生地带。过了一会儿，小巷里跑出一个留着黑色长发的女孩，抱起猫喊着：“火鸡！你在这儿啊！”她一闪身就不见了。一辆车开过，留下一场球赛的片段：“……无人出局，满垒，今晚在三十三街激烈异常，伙计们……”工业区上空映出一片红灰的天色。

艾勒赶上来，将一只手搭在她的肩头上。“玛吉，亲爱的。”他说。

可她挣脱了他，开始往家的方向走。

一旦生起气来，她就失去了方向感，现在她就像盲人那样专注于脚下的路，摸索着路边的黄杨小树篱，走上走廊台阶时还绊了两次。

“亲爱的。”艾勒在她身后说。她穿过走廊，走到楼梯边放平菲奥娜的行李箱，跪下，拧开碰锁。

她在里面找到一件粉红睡袍、一套儿童睡衣，还有几条比基尼花边内裤——都像抹布那样揉成一团，没有一件好好叠起来。下面有一只带拉链的小化妆袋、两本翻烂了的漫画书、半打美容杂志、一盒多米诺骨牌，还有一本厚厚的讲马的旧故事书。菲奥娜和勒罗伊即便没了这一切也照样过。她们没了就过不下去的东西——菲奥娜的手提袋和勒罗伊的棒球手套被她们带走了。

玛吉翻着东西，而艾勒闷声不响地站在她背后。突然间，玛吉觉得自己这辈子就是个圈。它周而复始，不断重复，没有出头之日。

4

玛吉上班的养老院里有一位老人，他相信一旦进入天堂，这辈子失去的所有东西都会回来。“哎呀，对啊，这想法太棒了！”他告诉玛吉时，玛吉这么说。她开始以为他是指无形的东西——旺盛的精力，比方说，或者是年轻人头脑发热、激情奔放的冲动劲儿。可他说着说着，她就发现他心里惦记的是有形的实物。在天堂的门口，他说，圣彼得会把所有东西都装进一只黄麻袋里交还给他：母亲在去世前替他编织的小红毛衣，四年级时被他忘在一辆公共汽车上，他一直无法释怀。大哥生气时扔进玉米地的一柄特制小折刀。他第一个情人背弃婚约，和牧师儿子私奔后没归还他的钻石戒指。

她的黄麻袋里会装些什么，玛吉心想——不知丢在哪里的小粉盒，单只耳环，雨伞。有些东西丢失时她没注意，过了几个星期或者几个月才想起来。(“我不是有过一个……吗？”“我的……去哪儿了？”)甚至有些东西她随手送了人，之后又想要回来——比如，她捐赠给慈善机构的五十年代的裙子，现在长裙再次流行。于是她又说了一遍：“哎呀，对啊。”但口气没刚才那么肯定，因为看来她并没有像那位老人一样损失惨重。

不过，现在（她正忙着将剩下的炸鸡腿装进塑料盒，让艾勒当成午餐带走）她又重新考虑了一下那只黄麻袋，这回，袋子满得鼓了起来。她想起自己的一条绿裙子，一天她哥哥乔希的老婆娜塔莉说喜欢。玛吉说："拿去，正好配你眼睛的颜色。"因为真的很配，绿裙子送给了娜塔莉，玛吉很高兴，她像亲姐妹那样喜欢娜塔莉。可是后来乔希和娜塔莉离了婚，娜塔莉搬走了，再也不来往，就好像她跟玛吉也离了婚，现在玛吉想讨回那条绿裙子。她穿着绿裙子走路，裙子飘啊飘！这是一条任何地点、任何场合都合适的绿裙子！

而且，她还要那只好玩的小猫，白毛团儿，是恋爱时艾勒送给她的第一件礼物。白毛团儿是个有趣的小淘气包，不停地用小尖牙和柔软的小灰爪和假想敌打架，那时候玛吉和艾勒经常和她一玩就是几个小时。可后来可怜的小东西被玛吉不小心弄死了。她打开母亲的烘干机，没先朝烘干箱里看一眼就按下开关，等她取出衣服，带出了白毛团儿。热乎乎，柔弱无骨，就像她的名字。玛吉哭了很久。之后来了一连串的猫——露西、切斯特和南瓜，可现在玛吉突然想要回白毛团儿。圣彼得肯定允许黄麻袋里装动物，是不是？他允许里面装木乐尼街上所有不够神气活现的瘦狗吗？小时候，这些杂种狗清远的吠声每晚伴她入睡。他允许里面装小孩子养的小沙鼠吗？小沙鼠在铁丝转轮里不停地跑，转啊转，把好时光都转掉了，玛吉实在可怜他，把他放了出来，结果南瓜抓住他，把他吃了。

还有，她曾经拥有的那串旧钥匙圈，一块可以绕着轴转动的金属圆片，正面刻着"爱我"，背面是"不爱我"，是鲍里斯·德拉姆送她的。杰西考驾照时，她激动地把钥匙圈送给了他。他考完驾照，她刚开车把他送到家，就将钥匙圈朝他手心里一塞。糟糕的是汽车还挂在挡上，她爬出车时它动了起来。“嘿，干得好，妈。”杰西说着去踩刹车。他这种大大咧咧让她第一次感觉他是个堂堂男子汉。不过现在他的钥匙都装在一只皮革小包里——蛇皮的。她相信。那个钥匙圈她也想要回来。她的手指仍然能感觉到它，很轻，不是什么贵重金属，上面有凸起的字母。那时她站着和鲍里斯说话，心不在焉地转着它，爱我，不爱我。她又一次看见自己学刹车时鲍里斯跳到车前，举起手。唉，他一直想说的其实是：我在这里！看看我！

还有，那串褐色透明珠子的项链，看上去像深色琥珀。塑料古董，旧货铺的姑娘是这么说的。你会觉得用词自相矛盾，可玛吉喜欢那串项链。戴茜也喜欢，小时候经常借来戴，还借玛吉的高跟鞋。项链最终在屋子背后的小巷子里弄丢了。一个夏日的傍晚，戴茜戴着那串项链去跳绳，回家时泪汪汪的，因为项链不见了。黄麻袋里肯定会有那串项链。还有那个夏日傍晚，为什么不——冒着汗香的孩子，萤火虫，暖烘烘的、摇椅一摇就磕着椅子脚的回廊木条地板，巷子里响着的声音：“那能叫好球？”还有，“小姑娘玛丽·马可，马可，马可，马可，浑身上下一袭黑色，黑色，黑色，黑色……”①

她将那盒鸡腿搁在冰箱里靠外的地方，这样艾勒不会看不见。她想象着圣彼得看到黄麻袋里倒出来的东西，该多么吃惊：一瓶清风，一盒新雪，一朵浮云，是唱诗班排演后艾勒送她回家时，像飞船一样

①一首儿童游戏里的歌。小孩子一边拍手一边唱。

在他们头上飘着的浮云。

架子上的碗盘已经干透，她将它们摞起来，收进碗柜。之后，她给自己舀了一大碗冰激凌。她后悔没买薄荷巧克力碎的。软糖酱口味太寡淡。她一边爬上楼梯，一边将勺子插进冰激凌碗。经过戴茜卧室门口时，她踌躇了一下。戴茜正跪在地上，将书本摆进纸板箱。“要不要来点冰激凌？”玛吉问她。

戴茜抬头看了她一眼，说：“不要，谢谢。”

“你晚上就只吃了一块鸡小腿。”

“我不饿。”戴茜说着，将前额的一缕散发往后捋。她穿着不准备带走的衣服——松垮垮的牛仔裤和破了一只扣眼的衬衫。她的房间看上去已经是人去楼空的样子了。往常摆在书架上的小玩意儿几星期前就早早收拾好了。

“你那些小布头动物呢？”玛吉说。

“在行李箱里。”

“我以为你打算把它们留在家。”

“对，可我改了主意。”戴茜说。

整顿晚饭，她都没怎么说话。玛吉看得出她担心明天的行程。不过她就是那样，嘴上不会多说。你得透过蛛丝马迹——没胃口，还决定带布头动物一起走——读出来。玛吉说：“哎，宝贝儿，需要帮忙，告诉我一声就行。”

“谢谢，妈妈。”

玛吉沿走廊走进她和艾勒的卧室。艾勒盘膝坐在床上，面前排着接龙游戏。他脱了鞋，挽起衬衫袖子。“来点冰激凌？”玛吉问他。

“不用，谢谢。”

“其实我一口也不该吃，”她说，“可出门总那么消耗精力。我觉得光坐在车里就已经耗掉了一百万卡路里。”

可衣柜上方的镜子里，她的确圆鼓鼓的。她将冰激凌放在铺着桌布的台面上，朝镜子凑过去，端详着自己的脸。她收起两颊，做个瘦脸给自己瞧。不对劲！她叹了口气，转过头，走进浴室换上睡袍。“艾勒。”她喊了一声，那声音喊在瓷砖上弹出一记回音，“你觉得塞琳娜还在生我们的气吗？”

她得从门里望出去，才能接住他的回答：耸一耸肩膀。

“我想我该打个电话过去，看看她怎样了。”她对他说，“可我最讨厌她一听见是我就挂断。”

她解开连衣裙扣子，将裙子从头上脱下来，扔在马桶盖上，接着脱下两只鞋子。“记得我帮她把她妈妈送进养老院吗？”她问，“那次，她几个月不肯跟我说话，每次我打电话过去，她就哐地挂上听筒。我最不喜欢她这么干。电话另一端哐的一声，真让我觉得太幼稚，觉得我们又回到了三年级。”

“因为她的行为就像三年级学生。”艾勒说。

玛吉穿着拖鞋走出来，吃了一大口冰激凌。“可我真不明白她干吗这么生气。”她冲着镜子中的艾勒说，“完全不是故意的！我真的是出于好心。我对她母亲说：‘哎，你要叫别的病人对你另眼相看？一进门就让他们知道你不是个没趣的老太太？’我是说这位可是阿妮塔啊！她可是穿过红斗牛裤的人！我可不能让他们看轻她，是不是？这就是为什么我会告诉塞琳娜，我们要等万圣节晚上才送她入院。这就是为什么我用自己的缝纫机做了那件丑角服，还大老远跑到东大街上的什么铺子去。那铺子叫什么名字来着？”

“戏剧材料用品屋。”艾勒说，又发了一圈牌。

“戏剧材料用品屋，买白色化妆油彩。我怎么会知道那一年他们在星期六就举办过了万圣节化妆大会。”

她端着冰激凌走到床边，将枕头靠上床头，坐下。艾勒正望着面前摊开的牌皱眉头。“你觉得我是计划好让她出洋相的。”玛吉对他说，“塞琳娜一直这么以为。”

虽然说到塞琳娜，可在她心里浮现的不是塞琳娜，而是阿妮塔：画着油彩的脸，一头红纱线假发。玛吉用唇膏在她眼睛下面画的三角形让她的眼睛看上去异常闪亮，甚至有些泪汪汪的，和马戏团丑角一模一样。后来，她坐在自己的轮椅里，瘪着下巴，咯咯发抖，眼睁睁地看着玛吉离开。

“是我太懦弱。”玛吉放下手里的碗，突然说，“我应该留下来，帮塞琳娜一起给她换衣服。可我觉得太尴尬，觉得自己把事情搞得一团糟。我只是说：‘回头见！’就走掉了。我最后只看见她坐在那里，戴着一顶吓人的假发，就好像……失态，老态龙钟，可怜，她周围的人都穿戴得体。”

“唉，亲爱的，最终她也习惯那里了。”艾勒说，“何必放在心上？”

“因为你没亲眼看见她那副模样，艾勒。她还绑了一条安全带，明白吗？医用安全装备，因为她已经没法儿自己坐直了。穿着一套丑角服，绑着一条安全带！我真蠢，我说。”

她指望艾勒会继续反驳她，可他只是在一张皇后上压了一张梅花J。

“我不知道为什么欺骗自己会上天堂。”玛吉对他说。

沉默。

“我要不要打电话给她？”

“打给谁？”

“塞琳娜，艾勒，我们在说谁啊？”

“当然，你想打就打。”他说。

“可要是她一听是我就挂断，怎么办？”

“就当省了一笔电话费。”

她朝他扮了个鬼脸。

她拿过床头柜上的电话机，搁在腿上，琢磨了一会儿，提起听筒。艾勒识趣地朝纸牌弯下腰去，开始吹口哨。（对别人的私事，他非常礼貌，不过玛吉凭经验知道，就算假装一门心思唱歌吹口哨，其实无意中也能听到许多事情。）她缓慢而小心地拨了塞琳娜的号码，仿佛这样有助于她们之间的谈话。

塞琳娜的电话短促地响了两下，而不是一声长音。玛吉想，这有点土气，有点落伍。“哔——哔。”铃声说，“哔——哔。”

塞琳娜说：“喂？”

“塞琳娜？”

“是啊？”

“是我。”

“哦，嘿。”

也许她还没意识到这个“我”是谁。玛吉清了清喉咙说：“是玛吉。”

“嘿，玛吉。”

玛吉靠上枕头，伸直了双腿，放松下来。她说：“我打个电话看看你怎么样。”

“挺好！”塞琳娜说，“哦，我也说不清。说实话，不太好。我不断地走来走去，从一间屋子走到另一间，好像没法儿静静待在一个地方。”

“琳达不在？”

“我让她走了。”

“为什么？”

“她让我心烦。”

“让你烦？怎么回事？”

“哦，反正这样或那样不顺眼。我忘了。他们带我去吃晚饭……我承认一部分是我的错。我有点太任性。我不喜欢那家饭馆，受不了那里吃饭的人。我不停地想，要是让我独自一人该多好，整个家里就我自己一人该多好。可现在我独自一人，那么静。我就像裹在棉花里。听见电话铃响，我兴奋得像什么似的。”

“我希望你住得不那么远。”玛吉说。

塞琳娜说：“水管怎么样了，红蚁又怎么在厨房里露脸了，鸡毛蒜皮的事，我没人可说了。”

“你可以跟我说呀。”玛吉道。

“唉，可它们又不是你的红蚁，你明白吗？我的意思是你和我不在一条船上。”

“哦。”玛吉说。

一时无语。

艾勒在吹什么调子？是勒罗伊今晚放的那张唱片上的曲子，歌词就在玛吉嘴边，可就是一时想不起来。他收起一列方块，将它们移到一张王牌上。

“你看，”塞琳娜说，“每次麦克斯出差，他一回来我们就有那么多话要告诉对方。他不停地说，我也不停地说，接着，你知道我们干了什么？”

“干了什么？”

“我们惊天动地大吵一场。”

玛吉笑起来。

“接着我们就言归于好，一起上床。”塞琳娜说，“发疯一样，是不是？眼下我就不停地想，要是这时麦克斯起死回生，健健康康的，我们是不是还会像以前那样大吵一场？”

“哦，我想会的。”玛吉说。

她纳闷，见到艾勒并且知道这次见面是和他的永别，不知是什么感觉。她觉得无法相信。或许一连几个月，她总会等着他优哉游哉地晃进来，就像三十年前那个初春之夜，他走进唱诗班排练的教堂。

“呃，还有，塞琳娜，”她说，“我想对葬礼之后的事道歉。”

“哦，别提了。”

“不不，真的，我们俩都感到很难过。”

她希望塞琳娜听不见背后艾勒的口哨声，因为那样她的道歉会显得虚情假意。近来我常想到，他的口哨吹得得意扬扬，那是一次多么漫长而荒唐的旅行……

“别提了，是我闹脾气。”塞琳娜对她说，“触到寡妇的神经之类，太愚蠢。我已经过了动不动就丢弃朋友的阶段了，我丢不起了。”

“哦，别这么说！”

“什么？你是想要我丢掉你？”

“不，不是……”

“开玩笑的。”塞琳娜说，“玛吉，谢谢你打电话来。真的。听到你的声音很高兴。”

“我也是。”玛吉说。

“再见。”

“再见。”

塞琳娜挂断电话。等了一分钟，玛吉也挂了。

冰激凌已经没法吃了。她由着它融化成汤。而且，她也觉得吃得太饱。她向下看着自己，看着把自己的胸部箍得紧绷绷的胸衣。“我是大象。”她对艾勒说。

他说：“还没有。”

“真的。”

他一边研究牌局，一边伸出食指点着自己的上嘴唇。

唉。她站起来，走进浴室，边走边脱衣服，从挂钩上取下睡袍，将睡袍往头上一套，它就顺她的身体滑下去，松软爽快、轻飘飘的。“唉！”她说。她洗了把脸，刷了牙。从卧室到浴室扔了一路的内衣裤，她捡起它们，塞进洗衣筐。

有时候，过完特别烦心的一天，她会有种冲动，要把自己里里外外所有衣服付之一炬。

随后，她将连衣裙挂上衣架。这时她突然冒出个念头。她朝艾勒看了看，又转开目光，将连衣裙挂进壁橱，挂在绸衬衫边上。

“天啊。”她开口道，又一次朝他看了看，“卡特威尔镇是不是小了点儿？”

“唔。”

“那么小，我竟忘记了。”她说。

“唔唔。”

“我敢打赌，他们那里的学校也一样小。”

没有反应。

“你觉得卡特威尔镇学校会提供良好的教育？”

“我实在不知道，”艾勒说。

她关严了壁橱的门。“哦，我知道。”她对他说，“肯定比巴尔的摩的学校落后整整一年，说不定两年。”

“当然，巴尔的摩的学校绝对一流。”

“哦，至少比卡特威尔镇的要好。”

他朝她挑起一边的眉毛。

“我是说很有可能。”玛吉说。

他拿起一张牌，挪到另一张上，接着改了主意，又把它挪回原处。

“我们可以这么做，”玛吉说，“给菲奥娜写封信，问问她是否考虑过勒罗伊上学的事。提出让她到巴尔的摩来注册，让勒罗伊一年里和我们一起住九个月。”

“不行。”艾勒说。

“十二个月也行，如果后来变成了那样。你明白，孩子会离不开他们的同学。说不定她不肯离开了。”

“玛吉，看着我。”

她面对着他，双手撑着后腰。

“不行。”他说。

她可以提出一大堆的理由。各种各样的理由！

可不知怎的，她却没说。她放下两只手，踱到窗前。

这是一个静谧、深邃而温馨的夜晚。风很轻，刚能吹动百叶窗的拉杆。她将百叶窗拉高，探出头，前额贴在细密的纱窗上。空气中弥漫着橡皮轮胎和青草的气息。惊险片的声音从隔壁洛克家的电视里传来。对面街上，西蒙斯夫妇正走上前门的台阶，丈夫叮叮当当地掏出了大门钥匙。他们不会马上就睡，不可能。他们是无忧无虑没小孩的年轻夫妻，眼睛里只有爱情。不用说，他们刚在餐馆吃了晚餐，现在就要……要做什么？要放几段浪漫抒情音乐，也许是小提琴曲，优雅地坐在纤尘不染的白色双人沙发上轻声私语，各举一盏薄得一碰就碎、不见边缘的水晶杯。他们也许还会跳舞。有一回她看见他们俩在前走廊上跳舞——妻子穿着细高跟鞋，头发挽成高髻，如一座滚圆的小雪屋；丈夫搂着她，但保持着一定距离，彬彬有礼、温文尔雅。

玛吉转过身，回到床边。“哦，艾勒。”她说着，嗵地一声往他身边一坐，“我们俩以后为什么活着啊，我们还剩下那么多日子？”

她碰翻了他的一叠牌，可他很体贴，忍着没去摆正，而是伸出手臂，把她搂了过去。“为今天，亲爱的。”他说，让她靠着自己坐好。他拿起一张梅花四挪到梅花五上，不过仍然紧搂着她。玛吉将头靠在他胸前，看着他玩。他的游戏正玩到关键之处，她看出来了。他已经过了之前不用多推敲、随便怎么挪都有路可走的阶段，现在他的选择变得越来越少，他得判断准确才行。她感到突然涌上一阵小小的激动，像是一阵发热，心绪飘摇，她扬起脸，亲了亲他可亲的颧骨。然后她挣脱开，挪到自己那边的床上，明天要开长途，她知道出发前需要好好睡上一觉。

图书在版编目(CIP)数据

呼吸课／〔美〕安·泰勒著；卢肖慧译.
--天津：百花文艺出版社，2017.3
ISBN 978-7-5306-5560-3

Ⅰ.①呼… Ⅱ.①安…②卢… Ⅲ.①长篇小说-美
国-现代 Ⅳ.①I712.45

中国版本图书馆CIP数据核字(2016)第307299号

著作权登记号 图字：02-2016-158

呼吸课
〔美〕安·泰勒 著
卢肖慧 译

出 版 人 李勃洋
出 版 方 百花文艺出版社
地　　址 天津市和平区西康路35号　　邮编 300051
电话传真 +86-22-23332651（发行部）
　　　　 +86-22-23332656（总编室）
　　　　 +86-22-23332478（邮购部）
主　　页 http://www.baihuawenyi.com
发 行 方 新经典发行有限公司
　　　　 电话(010)68423599　　邮箱 editor@readinglife.com
经　　销 新华书店

责任编辑 魏　青
特邀编辑 翟明明　强　梓
装帧设计 韩　笑
内文制作 杨兴艳

印　　刷 北京天宇万达印刷有限公司
开　　本 880毫米×1230毫米　1/32
印　　张 11
字　　数 230千
版　　次 2017年3月第1版
印　　次 2017年3月第1次印刷
书　　号 ISBN 978-7-5306-5560-3
定　　价 45.00元